Katy Birchall

Mein Leben im Hotel Royal

Warum mein Dackel mehr Follower hat als ich

Katy Birchall

Mein Leben im Hotel Royal

Warum mein Dackel mehr Follower hat als ich

Aus dem Englischen
von Bettina Spangler

Schneiderbuch
EGMONT

Bücher von Katy Birchall bei Schneiderbuch:

Mein Leben im Hotel Royal, Band Nr. 1:
Warum mein Dackel mehr Follower hat als ich

Plötzlich It-Girl, Band Nr. 1:
Wie ich aus Versehen das coolste Mädchen der Schule wurde

Plötzlich It-Girl, Band Nr. 2:
Wie ich versuchte, die größte Sportskanone der Schule zu werden

Plötzlich It-Girl, Band Nr. 3:
Wie ich beinah die Promi-Hochzeit des Jahres ruiniert hätte

Weitere Bücher von Katy Birchall
sind bei Schneiderbuch in Vorbereitung

Auflage © 2018 Schneiderbuch,
verlegt durch Egmont Verlagsgesellschaften mbH,
Alte Jakobstraße 83, 10179 Berlin

Die englische Originalausgabe erschien 2018 unter dem Titel
»Hotel Royale: Secrets of a Teenage Heiress« bei Egmont UK Limited,
The Yellow Building, 1 Nicholas Road, London, W11 4AN, England

Aus dem Englischen von Bettina Spangler
Umschlaggestaltung von bürosüd° GmbH, www.buerosued.de
Umschlagmotiv: Mädchen, www.masterfile.com, 619-08681854s
Satz: PPP Pre Print Partner GmbH & Co. KG, Köln
Printed in the EU
ISBN: 978-3-505-14110-2

www.schneiderbuch.de

Für Sam, Luke und Lily

KAPITEL 1

Prinz Gustav hat meinen Selfiestick geklaut.

Daher saß ich jetzt in seinem Wandschrank, während sein *Personal Assistant* dem Prinzen beibrachte, wie man sich perfekt in Pose schmiss.

»Bei Instagram kommt es allein aufs Selbstbewusstsein an«, erklärte der Assistent. Prinz Gustav schaute derweil nervös in den nächstbesten Spiegel und inspizierte seine Zähne. »Die Schultern schön locker, und dann zeigt denen, wer Ihr seid. Sie wollen Euer wahres Gesicht sehen.«

Ich linste durchs Schlüsselloch des Schranks. Draußen in der Suite hielt der *Assistant* gerade *meinen* Selfiestick hoch und wartete geduldig, während Prinz Gustav die Schultern kreisen ließ.

»Seid Ihr bereit?«

»Ich weiß nicht so recht, Freddie.« Prinz Gustav stieß einen übertriebenen Seufzer aus. »Ich war mir so sicher, dass ich einen Instagram-Account will. Aber jetzt stresst mich die Vorstellung nur noch.«

»Das verstehe ich ja«, lenkte Freddie ein, »aber dafür bin ich schließlich da. Wir gehen alles gemeinsam durch. Es ist höchste Zeit, dass Ihr ein Profil bekommt. Glaubt mir, bald schießt Ihr in jeder Lebenssituation Selfies, ohne lange darüber nachzudenken.«

»Was mache ich mit meinem Kopf?«

»Das ist alles ganz einfach. Ich habe ausführlich recherchiert und die besten Apps heruntergeladen. Damit finden wir bestimmt den richtigen Filter.« Freddie lotste Prinz Gustav näher ans Fenster. »Als Erstes brauchen wir optimale Lichtverhältnisse. Hier, bitte schön, das ist doch wunderbar. Und jetzt den Kopf leicht neigen.«

»Ich komme mir vor wie ein Labrador.«

»Der Winkel ist großartig«, beharrte Freddie. »Einfach perfekt! Und jetzt nehmt den Selfiestick, und wenn Ihr das Gefühl habt, bereit zu sein, dann drückt auf den Knopf da unten.«

Misstrauisch nahm Prinz Gustav das Ende des mit rosa und silbernen Strasssteinen besetzten Selfiesticks entgegen und versuchte, die beste Position zu finden. Er fuchtelte so energisch mit dem Stab herum, dass er Freddie um ein Haar k. o. geschlagen hätte.

Wie war es möglich, dass jemand nicht mit einem Selfiestick umgehen konnte? Der Prinz war doch noch gar nicht *so* alt! Gab es in Schlössern denn nicht auch so was wie WLAN?

Freddie, der rasch den Kopf eingezogen hatte, reckte dem Prinzen vor Begeisterung zwei Daumen entgegen. Schweigen senkte sich über den Raum, während alle gebannt abwarteten. Prinz Gustav hielt den Kopf in Position und zupfte mit der freien Hand an seinem Hemdkragen herum, ehe er sich räusperte und die Lippen zu einem leichten Schmollmund verzog. Nach wenigen Sekunden war ein leises Klicken zu hören.

»Hat es geklappt?«, wollte Prinz Gustav wissen. Unbeholfen reichte er den Selfiestick zurück an Freddie. Der nahm das Handy ab. Niemand gab einen Ton von sich, während Freddie das Foto inspizierte. »Tja«, sagte er langsam, und ein breites Grinsen trat auf sein Gesicht. Er hielt Prinz Gustav das Display hin, damit er es sich selbst ansehen konnte. »Ich würde sagen, ein königlicher Volltreffer!«

»Nicht übel für mein erstes Selfie!«, rief Prinz Gustav stolz. »Lass uns noch eins machen!«

Oh. Mein. Gott. Schlimmer konnte es echt nicht werden.

Ich glaube, wegen dieses bedauerlichen Schauspiels werde ich bald ganz schön blöd dastehen. Genau genommen war ich nämlich unerlaubt in die Hotelsuite von Prinz Gustav eingedrungen. Aber er war es, der die Sache ins Rollen gebracht hatte – schließlich hatte er sich meinen Selfiestick ohne meine Zustimmung »geborgt«. Und daran wiederum hat im Grunde allein meine Mum Schuld, wenn wir es ganz genau nehmen wollen. Denn sie war es, die den Stick an ihn verliehen hatte, ohne mir ein Wort zu sagen. Und es war schließlich immer noch *mein* Selfiestick, nicht ihrer, daher hatte sie kein Recht, ihn einfach so jedem x-Beliebigen zu borgen. Und deshalb war das hier eindeutig *Diebstahl*!

»Matthew«, hatte ich kurz zuvor noch gerufen, ganz außer Puste, weil ich wie ein geölter Blitz durch die Hotellobby gesaust war. Beim Schlittern über den glatten Marmorboden wäre beinahe mein Dackel Fritz heruntergefallen. Aber in letzter Sekunde hatte ich mich noch am Tresen der Rezeption festhalten können.

Ungeduldig drosch ich auf die goldene Klingel ein. »Matthew!«

»Was ist denn mit *dir* los?«

Würg. Cal Weston, Matthews meganerviger Sohn, saß am anderen Ende auf dem Tresen und musterte mich neugierig. Er war an der Schule einen Jahrgang über mir. Nicht, dass wir dort groß miteinander geredet hätten. Im Hotel konnte ich ihm allerdings nur schwer aus dem Weg gehen, weil er immer in irgendwelchen Ecken lauerte, dieser Spinner. Ich meine, hallo? Welcher Loser verbrachte denn seine Freizeit ausgerechnet am Arbeitsplatz seiner Eltern?

Okay, ich gebe zu, im Grunde war es bei mir nicht viel anders, aber ich *wohnte* immerhin hier, und das war ja wohl etwas ganz anderes!

»Das geht dich nichts an«, gab ich schnippisch zurück und haute wieder auf die Klingel. »Matthew!«

Ich ertappte Cal dabei, wie er genervt die Augen verdrehte.

»Weißt du«, sagte ich und funkelte ihn böse an, »da oben darfst du eigentlich nicht sitzen. Es kommen ständig neue Gäste an, du solltest nicht das Erste sein, das sie sehen. Verschone sie doch bitte mit deinem Anblick.«

»Aber dass du hier so herumkrakeelst, das ist schon in Ordnung? Auch kein guter erster Eindruck, wenn du mich fragst.«

Dafür erntete er lediglich einen weiteren finsteren Blick von mir.

»Wenn ich hier oben sitzen bleibe, verpfeifst du mich dann wieder?« Er seufzte theatralisch und richtete den Blick auf den Monitor seines Laptops. »So wie letztes Mal?«

»Ich habe dich nicht verpfiffen!«, protestierte ich empört. »Du warst doch selber schuld! Dieser Pfau war KOMPLETT außer Kontrolle, und ich … ach, vergiss es. MATTHEW!«

»Kann ich Fritz mal halten?«

»Nein!«, fauchte ich. »Er lässt sich nur von netten Leuten auf den Arm nehmen. MATTHEEEEEW!«

»Ja?« Die Stimme kam von hinter mir, sie klang ganz ruhig, und trotzdem fuhr ich vor Schreck zusammen.

»Da sind Sie ja! Ich habe schon zigmal auf die Klingel gehauen!«

Cal schnaubte verächtlich. »Du bist doch erst seit zwei Minuten hier.«

Ich zeigte ihm die kalte Schulter. »Matthew, ich möchte eine Straftat zur Anzeige bringen.«

Matthew zog die Augenbrauen fast bis zum Haaransatz hoch. »Ach ja?« Er begab sich hinter die Rezeption und strich die dunkelgrüne Uniform mit den Goldknöpfen glatt. »Hier im Hotel Royal?«

»Ja, hier im Hotel Royal«, bestätigte ich und tippte ungeduldig mit den Fingernägeln auf den Tresen. »Deswegen erzähle ich es ja dir und nicht der Polizei. Jemand hat sich in mein Zimmer geschlichen und meinen Selfiestick geklaut. Du weißt schon, den, den Alexander McQueen extra für mich entworfen hat.«

Cals dämliches Gekicher ignorierte ich komplett.

»Was ist das hier für eine Aufregung?«, wollte Audrey, unsere Geschäftsführerin, wissen. In ihren auf Hochglanz polierten Stilettos kam sie flott durch die Empfangshalle gestöckelt. »Flick, müsstest du nicht eigentlich oben sein und deine Hausaufgaben machen?«

Genervt rollte ich mit den Augen. Auch wenn sie nicht meine Mum war, benahm Audrey sich nämlich ständig so. Sie war echt ein Ass darin, alle im Hotel herumzukommandieren. Angeblich soll die Queen sogar einmal versucht haben, sie abzuwerben, damit sie stattdessen die Leute im Buckingham Palast herumscheucht. Sie aber lehnte den Job ab, weil sie lieber bei uns blieb. Für meine Mum war das vielleicht das Beste, weil sie keine neue Geschäftsführerin suchen musste und so. Aber für mich hieß das, dass Audrey mich weiter beobachtete wie ein Schießhund.

»Ich habe Matthew gerade mitgeteilt, dass ich Opfer eines skrupellosen Verbrechens geworden bin.«

Darauf stieß Cal ein lautes »Ha!« aus und schüttelte den Kopf.

Mit zusammengekniffenen Augen funkelte ich ihn an. »Hast du nicht was Besseres zu tun? Geh doch woandershin!«

»Ach, ich soll mir diese ziemlich unterhaltsame Vorstellung entgehen lassen? Spinnst du? Ich habe hier den besten Platz, den gebe ich nicht auf.«

Fritz wurde langsam ungeduldig und zappelte wild in meinen Armen herum, weshalb ich ihn kurzerhand auf den Tresen der Rezeption setzte. Dessen Oberfläche war so spiegelglatt poliert, dass ihm ständig seine Beinchen wegrutschten, als er versuchte, darauf zu laufen. Ein bisschen wie Bambi auf Eis. Wenn ich nicht so verzweifelt gewesen wäre wegen meines Selfiesticks, hätte ich das zum Brüllen komisch gefunden.

»Nein, Flick!«, schimpfte Audrey und schnappte sich Fritz, den sie auf Armeslänge von sich weghielt. Hilflos zappelten seine Hinterbeinchen in der Luft. Audrey konnte noch nie besonders gut mit Hunden umgehen. »Was habe ich dir gesagt? Du sollst Fritz nicht auf die Rezeption setzen. Hier, nimm ihn wieder!«

»Ich nehme ihn!«, bot Cal sich an. Hastig reichte Audrey ihn hinüber und untersuchte ihr Kostüm sofort nach Hundehaaren, dabei hatte Fritz sie nicht einmal berührt.

Eigentlich waren Haustiere im Hotel Royal nicht erlaubt, aber vor zwei Jahren hatte Mum endlich nachgegeben, nachdem ich ihr monatelang hartnäckig damit in den Ohren gelegen hatte. Ich nahm Fritz überall mit hin, nur nicht in die Schule. Tja, sogar Audrey hatte zugegeben, dass er »für einen Hund« ausgesprochen putzig war. Seine Social-Media-Gefolgschaft wächst stetig, und die Gäste lieben ihn abgöttisch. Besonders ein Gast, ein gewisser Mr Dancy, der sich drei- bis viermal im Jahr im Hotel Royal einquartierte. Der brachte Fritz jedes Mal einen neuen Pullover mit, damit er es in der kalten Jahreszeit mollig warm hatte. Heute trug Fritz zum Beispiel einen blauen Pulli, auf dessen Rücken in großen Buchstaben »HOT DOG« stand. Mittlerweile hatte mein Dackel eine recht beachtliche Sammlung an Strickpullovern.

»Was soll der Lärm?«, wollte Audrey wissen und führte mich im gleichen Moment weg von den Gästen, die soeben in Scharen durch die Drehtür strömten, vollbepackt mit Einkaufstüten von irgendwelchen Designerläden. Chefconcierge Matthew trat auf sie zu, um sie zu begrüßen und sich freundlich zu erkundigen, ob sie einen schönen Tag gehabt hätten. Sie freuten sich so, ihn zu sehen, dass sie sich ausführlich ausließen über die vielen Sehenswürdigkeiten, die sie gesehen hatten, und eine gähnend langweilige Geschichte darüber zum Besten gaben, wie einer von ihnen in einer Telefonzelle stecken geblieben war. Der arme Matthew musste jedes Mal so tun, als wäre er wahnsinnig interessiert an diesen langweiligen, immer gleichen Gesprächen, und er arbeitete echt schon eine EWIGKEIT bei uns im Hotel, seit fünfzehn Jahren, mindestens. Er lachte und tat jedes Mal genau an der richtigen Stelle ganz erstaunt. Darin war er absoluter Meister, voll überzeugend. Mum sollte ihm eigentlich eine Gehaltserhöhung geben, dafür, dass er diese Tortur jeden Tag auf sich nahm.

»Flick?«, ermahnte Audrey mich, während ich den Concierge versonnen anstarrte. »Was ist hier los?«

»Ach so, ja. Also, mein Selfiestick ist geklaut worden. Den brauche ich dringend! Fritz lädt jeden Tag um Punkt siebzehn Uhr dreißig ein neues Foto auf seinen Instagram-Account hoch. Das geht nicht ohne Selfiestick.«

»Fritz benutzt einen Selfiestick?« Audrey sah mich mit zweifelnder Miene an.

»Nein, natürlich nicht! Den brauchen wir bloß wegen der verschiedenen Perspektiven, hat was mit Allegorien zu tun.« Ich seufzte. »Ach, vergiss es, das verstehst du eh nicht. Entscheidend ist, dass wir den Stick vor siebzehn Uhr dreißig finden, damit ich das nächste Foto posten kann. Sonst müssen wir uns auf *Tausende* enttäuschter Follower gefasst machen. Fünfundvierzigtausend, wenn du es genau wissen willst.«

»Verstehe.« Audrey lächelte. »Ich denke, ich weiß jetzt, was geschehen ist. Du solltest dich mit deiner Mutter unterhalten.« Sie warf einen Blick auf ihre Armbanduhr. »Ihr Meeting müsste in diesem Moment zu Ende sein, und bis zum nächsten sind es noch fünf Minuten. Warte hier, ich rufe sie kurz an.«

Sie marschierte zurück zur Rezeption und verschwand in dem kleinen Büro dahinter. Kurz danach kam sie wieder heraus. »Sie ist gleich bei dir. Nimm doch solange Platz.«

Sie deutete auf einen der violetten Samtsessel, die überall in der Empfangshalle standen. Erleichtert befreite ich Fritz aus den Klauen des Bösen, denen von Cal, und setzte ihn in einen der Sessel, während ich es mir auf dem daneben bequem machte. Während wir warteten, thronte Fritz majestätisch auf dem weichen Samt und genoss die bewundernden Blicke der ankommenden Gäste. Einige winkten ihm sogar zu.

Als wir noch Kinder waren, saßen Cal und ich gern stundenlang in diesen Sesseln und beobachteten die Gäste. Wir flüsterten uns erfundene Geschichten zu, von wegen, wer diese Leute sein könnten und was sie so machten, und dann lachten wir uns jedes Mal schlapp, bis Audrey ankam und uns wütend verscheuchte. Das ist echt *eine Ewigkeit* her, damals war Cal noch nicht so ein Spinner. Wir waren sogar so was wie Freunde.

ENDLICH kam Mum die Treppe herunter, doch sie wirkte jetzt schon total gehetzt. Wenn es um mich ging, verlor sie schnell die Geduld, dabei war ich ihr einziges Kind und sollte deshalb der Hauptgrund sein, weshalb sie morgens aufstand.

Daran musste ich sie erst neulich wieder erinnern, als sie mit mir schimpfte, weil ich sämtliche Rauchmelder im Hotel ausgelöst hatte. Das ist echt total blöd gelaufen. Eigentlich hatte ich mir Essen im Ofen warm machen wollen, habe mich dann aber leider von irgendwelchen YouTube-Videos ablenken lassen, in denen Hunde Erdnussbutter aus einem Glas schlecken. Da habe ich den Herd komplett vergessen. Woran in erster Linie meine Mutter schuld war, weil sie mich nie was vom Zimmerservice bestellen ließ. Hallo? Dabei wohnten wir in einem Hotel, das einen Sternekoch mit einem Michelin-Stern beschäftigte. Außerdem wären die meisten Eltern doch hellauf begeistert, wenn ihr geliebtes Kind Interesse am Kochen zeigt, und das im zarten Alter von vierzehn Jahren. Aber neeeein, ich kriegte mal wieder mächtig Ärger, bloß weil sämtliche Gäste und die gesamte Belegschaft evakuiert werden mussten. Die Geschichte schaffte es sogar in die Schlagzeilen, weil alle dachten, in einem der größten Hotels in ganz London hätte es ein Feuer gegeben. Eine der Zeitungen setzte das Gerücht in die Welt, es habe sich um Brandstiftung gehandelt. Das PR-Team musste die ganze Nacht durchackern, um Gäste und Vertreter der Presse mit Engelszungen davon zu überzeugen, dass alles in bester Ordnung wäre, tatsächlich sei die Angelegenheit auf eine Pizza im fünfzehnten Stock zurückzuführen, die mittlerweile einem Stück Holzkohle glich.

Als Mum auf mich zukam, ging mir plötzlich ein Licht auf, was die Leute immer meinten, wenn sie behaupteten, sie hätte so eine autoritäre Aura. Allein mit ihrem energischen Gang und der Art, wie sie sich setzte, zog sie sämtliche Blicke auf sich. Ich glaube, ich habe sie noch nie im lockeren Schlabberlook gesehen. Selbst an den Wochenenden war sie angezogen, als müsste sie gleich ins nächste Meeting. Ich bin überzeugt, vieles von ihrer autoritären Ausstrahlung war darauf zurückzuführen, dass sie niemals laut wurde. Nicht ein einziges Mal. Noch nicht einmal damals, als Cal und ich im Ballsaal diese Ziege freigelassen hatten, oder bei dieser Geschichte mit der Pizza letzte Woche. Wenn sie enttäuscht oder wütend war, warf sie dir diesen Blick zu, der dir die Eingeweide gefrieren ließ.

Glaubt mir, ich kenne diesen Blick leider VIEL ZU GUT.

»Könntest du Fritz bitte da wegnehmen, damit ich mich hinsetzen kann? Nimm ihn doch auf deinen Schoß«, schlug sie vor und wechselte einen wissenden Blick mit Audrey, die uns von der Rezeption aus beobachtete.

»Er hat aber gern einen Sessel für sich allein.«

»Flick«, sagte meine Mum mit einem warnenden Unterton in der Stimme.

»Schon gut«, entgegnete ich mit einem tiefen Seufzen. »Aber wenn er ausrastet, bist du schuld.«

»Dieses Risiko nehme ich gerne in Kauf.«

Ich sprang auf und schob die Hände unter Fritz' Bauch, um ihn aus dem Sessel zu heben. Sofort fing er an zu knurren. »Ja, ja, ich weiß, ich hab's ihr gesagt«, raunte ich ihm leise zu.

»Wie ich höre, vermisst du deinen Selfiestick?«, fragte Mum ganz ruhig und nahm in dem Sessel Platz, während Fritz es sich auf meinem Schoß gemütlich machte.

»Ja, jemand hat ihn geklaut! Möglicherweise ein allzu begeisterter Fan von Fritz. Ich schlage vor, wir riegeln das Hotel ab und durchsuchen sämtliche Zimmer. Am besten fangen wir bei der Opernsängerin im dritten Stock an. Leuten mit so überdimensional großen Perücken kann man einfach nicht trauen.«

»Das wird nicht nötig sein, Flick«, erklärte Mum. Im nächsten Moment erhob sie sich, um einen Ober zu begrüßen, der auf dem Weg in die Küche war.

»Guten Tag, Mrs Royal und Miss Royal. Und ... äh ... Mr Fritz.«

»Guten Tag, Timothy.« Mum schenkte ihm ein warmherziges Lächeln. »Wie läuft es denn mit Ihrem Italienisch?«

»Oh, das wissen Sie noch! Es läuft ganz ausgezeichnet, besten Dank.«

»Wunderbar. Ich wollte schon immer Italienisch lernen, habe es aber nie geschafft«, gestand Mum. »Ich bin nicht viel weiter gekommen als bis ... halten Sie sich fest ... *spaghetti bolognese!*«

Sie brachen beide in schallendes Gelächter aus, als hätte Mum was Urkomisches gesagt.

Ich hoffe, dass ich meinen Humor nicht von Mum geerbt habe. Der ist nämlich eher ... speziell.

Ungeduldig hüstelte ich.

»Tja, dann will ich nicht weiter stören«, sagte der Ober, der den Wink verstanden hatte, bevor er in Richtung Personallift weitereilte, um hinunter in die Küche zu fahren.

»Erstaunlich, nicht wahr?«, fragte Mum, als sie sich wieder setzte. »Dieser Mann hat einen Vollzeitjob und findet trotzdem die Zeit, eine Fremdsprache zu erlernen, weil seine Verlobte aus Italien stammt. Bis zur Hochzeit will er fließend Italienisch sprechen. Wirklich sehr beeindruckend.«

Ich rollte mit den Augen. »Okay, Mum, das ist ja alles schön und gut, aber können wir uns jetzt bitte auf das Wesentliche konzentrieren? Die Lage ist ernst! Jemand ist in unsere Wohnung eingebrochen. Möglicherweise eine von Selfies besessene Opernsängerin!« Ich beugte mich zu ihr herüber. »Hör zu: Ich verspreche dir gern, dass ich die Polizei da raushalte und von einer Anzeige absehe, sofern ich meinen Selfiestick wohlbehalten zurückbekomme.«

Mums Mundwinkel zuckten. »Wie gnädig von dir, aber es handelt sich hier um keinen rätselhaften Fall und schon gar nicht um Diebstahl. Ich habe deinen Selfiestick einem unserer Gäste geliehen. Prinz Gustav III., wenn du es genau wissen willst.«

Blinzelnd sah ich sie an. »Was?«

»Ich habe deinen Selfiestick an Prinz Gustav verliehen. Du weißt doch, dass er zurzeit bei uns wohnt, oder? In der Saphir-Suite?«

»Du hast meinen Selfiestick an irgendeinen dahergelaufenen Prinzen verliehen? Wie kommst du denn auf so eine Idee?«

»Matthew hat zufällig mitbekommen, wie er sich in der Lobby mit seinem Assistenten darüber unterhalten hat. Anscheinend hatte er sich im Duty Free einen gekauft, nur war der nicht mehr auffindbar. Er schien ganz aufgelöst, deswegen setzte Matthew mich darüber in Kenntnis, und ich habe ihm dann leihweise deinen angeboten, damit sie nicht extra einen neuen besorgen mussten. Außerdem«, sagte sie abschließend und zwinkerte Audrey verschwörerisch zu, »sieht Prinz Gustav unverschämt gut aus.«

»Mum! Urgh! Und dieser Selfiestick gehört mir und Fritz!«

»Der Prinz braucht ihn ja nur heute. Sein Assistent hat versprochen, ihn spätestens morgen zurückzubringen. Ich habe vor etwa einer Stunde einen der Angestellten gebeten, das Ding auf sein Zimmer zu bringen, damit er ihn vorfindet, wenn er vom Tee mit seiner Tante zurückkehrt.«

»Und was ist mit mir?«

»Was soll mit dir sein?«

»Ich brauche ihn, ganz dringend!«

»Oh, ich bin mir sicher, du kommst einen Abend lang ohne ihn aus.«

»Was? Auf gar keinen Fall! Fritz braucht ihn für seinen Instagram-Post. Und ich hatte vor, einen Testlauf für meinen Videoblog zu machen. Dafür brauche ich den Selfiestick aber unbedingt, damit ich verschiedene Perspektiven ausprobieren kann.«

»Videoblog?« Mum zog missbilligend die Augenbrauen hoch.

Oh Mann, jetzt ging das wieder los.

»Ich dachte, wir hätten das besprochen, Flick«, sagte Mum mit strenger Stimme. »Ich habe meine Meinung dazu wirklich mehr als deutlich gemacht.«

»Ja, hast du. Und ich habe echt versucht, deine Bedenken zu verstehen.«

Wieder zuckten Mums Mundwinkel. »Und?«

»Tja, ich denke, dass du dir unnötig Sorgen machst.«

»Flick«, sagte Mum mit einem warnenden Unterton.

»Mum, hör zu, alle meine Freundinnen haben mir versichert, dass ich *auf einen Schlag*« – ich schnippte mit den Fingern, um meine Aussage zu bekräftigen – »Millionen Zuschauer hätte, wenn ich mit dem Videobloggen anfangen würde. Die ganzen Millionenerbinnen tun es. Die meisten haben in meinem Alter schon ihre eigene Handtaschenkollektion oder ein Parfüm auf dem Markt, das verdanken sie allein ihren Online-Profilen. Ich bin jetzt vierzehn Jahre alt, du musst mich auch mal mein eigenes Ding machen lassen. Du weißt schon, wie in *Arielle, die Meerjungfrau.«*

»Du meinst den Disney-Film?« Mum machte ein verdutztes Gesicht. »Was hat der denn mit Videobloggen zu tun?«

»Oh Mann. Ihr Dad klammert doch total, deswegen verlässt sie ihn, um bei diesem supersüßen Prinzen zu leben.

Weißt du, Mum, du könntest viel von König Tritons Fehlern lernen.«

»Hi, Christine.«

Ich seufzte theatralisch, als Cal mit dem Laptop unter dem Arm auf uns zukam. Warum musste er eigentlich immer zum falschen Zeitpunkt aufkreuzen und stören?

»Hallo, Callum«, begrüßte Mum ihn gut gelaunt. »Wie geht es dir?«

»Gut, ich war gerade auf dem Weg zu Chefkoch Kian. Ich habe gehört, er hat eine neue Kreation auf dem Speiseplan, eine Erdbeer-Mousse.«

»Ja, stimmt. Die ist wirklich hervorragend.« Mum wandte sich mir zu. »Hast du die neue Mousse schon probiert?«

»Mir ist diese Mousse piepegal!«, rief ich. »Was ist mit meinem Selfiestick?«

»Glaub mir, diese Mousse ist zum Niederknien.« Mum richtete ihre Aufmerksamkeit jetzt wieder auf Cal und zeigte nicht einen Funken Interesse an meiner Notlage. »Wie ich höre, warst du in der Englisch-Hausarbeit wieder einmal Klassenbester?«

Cal errötete. »Das hat Dad Ihnen gesagt, stimmt's? Das war doch nur ein einfacher Aufsatz, nicht der Rede wert.«

»Er ist sehr stolz auf dich, und das zu recht. Du warst schon immer so fleißig.«

Mir entging nicht, dass Mum einen wehmütigen Blick auf mich warf, als sie das sagte. Was echt unfair war, wenn man bedenkt, dass ich mindestens genauso fleißig wäre, wenn EINE GEWISSE Person nicht herumlaufen und meinen Selfiestick an irgendwelche Prinzen verleihen würde. Und damit verhinderte, dass ich das Ergebnis meiner Arbeit ins Internet hochladen konnte.

»Hast du immer noch vor, später einmal Journalist zu werden?«

»Das ist der Plan, ja.«

»Ich muss dich unbedingt Nicholas Huntley vorstellen, vorausgesetzt, du möchtest das«, fuhr Mum fort. Cal machte ganz große Augen.

»Warum sollte man *den* denn kennenlernen wollen?« Ich verschränkte genervt die Arme, weil wir vom eigentlichen Problem wieder einmal abgekommen waren. »Ist das nicht dieser Typ, der die Schauspielerin geheiratet hat, diese Helena Montaine?«

Das Restaurant im Hotel Royal war eins von Helena Montaines Lieblingsrestaurants, daher war sie oft hier, wenn sie sich mit berühmten Regisseuren traf oder mit ihrem neuen Ehemann, Nicholas Huntley, sowie ihrer Tochter und ihrer Stieftochter zusammen aß, den absoluten It-Girls Marianne Montaine und Anna Huntley. Das gab immer ein Riesen-Trara, wenn sie bei uns war, weil vor der Tür ganze Horden von Paparazzi warteten, um Fotos zu machen. Bei uns stiegen regelmäßig irgendwelche Promis ab, aber zu Helena und ihrem Mann hatte Mum einen besonderen Draht. Ich sah sie oft an der Cocktailbar mit ihnen, wo sie sich bei einem Drink über sterbenslangweilige Dinge unterhielten, die keinen interessierten, so was wie die neusten Nachrichten und solche Sachen.

»Nicholas Huntley ist zufällig der beste Journalist aller Zeiten«, verkündete Cal total großspurig. »Und er hat einige der wichtigsten Bücher auf dem Markt über Kriegswaffen geschrieben. Mit seinem Buch über Panzer hat er sogar den Baillie-Gifford-Preis gewonnen.«

Ich gähnte demonstrativ. Ernsthaft, es gab auf der ganzen Welt keinen langweiligeren Menschen als Cal Weston. Außer vielleicht diesen Nicholas Huntley mit seinen Büchern über Panzer.

»Sag mal, Callum«, sagte Mum, die sich unvermittelt erhob und ihr weißes, maßgeschneidertes Jackett glatt strich. »Verbringst du deine Abende eigentlich auch mit Videobloggen?«

»Ähm.« Cal zog ein verdutztes Gesicht. »Nein. Das ist nicht unbedingt mein Ding.«

»Siehst du, Flick?« Mum richtete den Blick auf mich. »Cal hat keinen Videoblog.«

»Kein Wunder, er hat ja auch nichts Interessantes zu erzählen«, wandte ich ein, während Cal die Augen verdrehte. »Über *mich* wollen die Leute gern was hören.«

»Darüber reden wir später. Für heute musst du jedenfalls ohne diesen Selfiestick auskommen. Und Fritz auch.«

»Aber M–«

»Keine Widerrede, Flick«, fiel Mum mir ins Wort. »Ich muss zum nächsten Meeting. War schön, dich zu sehen, Callum. Ich hoffe, du bist weiterhin so fleißig.«

Sie klopfte Cal auf die Schulter und ging an der Rezeption vorbei durch die Drehtür nach draußen, wo bereits ein Wagen auf sie wartete.

»Du willst einen Videoblog starten?« Cal kicherte. »Was willst du denn erzählen?«

»Na, Sachen aus meinem Leben«, schnaubte ich verärgert. »Nicht, dass dich das was angehen würde.«

»Und warum sollte sich irgendein Mensch für dein Leben interessieren?«

»Äh, hallo? Ich habe es immerhin auf die Liste der ›50 begehrtesten Erbinnen und Erben‹ der *Daily Post* geschafft. Also bitte!«

»Ja, du warst auf Platz 49«, rief er mir im Weggehen noch zu. »Echt megabeeindruckend.«

Wütend starrte ich auf seinen Rücken, ehe ich mit Fritz auf dem Arm in Richtung Lift abdampfte und dabei so laut aufstampfte, dass jeder es hören konnte. Den missbilligend hochgezogenen Augenbrauen von Audrey und Matthew schenkte ich keine Beachtung, während ich auf den Knopf für den fünfzehnten Stock drückte. Im Aufzug lehnte ich mich gegen den Spiegel und knuddelte Fritz, während das blinkende Licht von einem Stockwerk zum nächsten sprang.

Das alles war doch total lächerlich und so was von unfair. Nur weil Prinz Gustav Xavier III. ein Prinz war, hieß das doch noch lange nicht, dass er einfach so herumlaufen und fremder Leute Sachen klauen konnte. Was ich aber noch schlimmer fand, er WAR NOCH NICHT MAL EIN ECHTER PRINZ! Die Monarchie in seinem Land war schon vor Ewigkeiten abgeschafft worden! Trotzdem benutzte er immer noch stolz den Titel »Prinz«, trieb sich auf den besten Partys herum und klaute anderen Leuten ihre Selfiesticks.

Schlagartig hatte ich eine Idee. Er benutzte den Selfiestick im Moment gar nicht, weil er mit seiner Tante gemütlich beim Nachmittagstee saß! Mum sagte doch, sie hätte den Stick in sein Zimmer bringen lassen, damit er ihn hätte, sobald er zurückkäme. Ich konnte mich also problemlos in seine Suite schleichen, mir den Selfiestick schnappen und ihn für Fritz' Fotoshooting mit in mein Zimmer nehmen. Wenn Prinz Gustav ihn später brauchte, konnte er ja danach fragen, und vielleicht würde ich ihn ihm sogar leihen. Ich gratulierte mir lautstark zu diesem genialen Plan. Fritz signalisierte mir mit einem Bellen, dass er der gleichen Meinung war.

Ich musste mir nur heimlich Zutritt zu Mums Büro bei uns in der Wohnung verschaffen und den Generalschlüssel holen, mit dem man jede Tür im Hotel aufschließen konnte. Ein Kinderspiel. Ich hatte mir nämlich ohne Mums Wissen einen Schlüssel zu ihrem Büro nachmachen lassen, als ich neun Jahre alt war. Ich wäre im Nullkommanichts in Prinz Gustavs Zimmer und wieder draußen, ohne dass irgendjemand was davon mitbekäme. Pipileicht.

Jetzt, da ich hier in Prinz Gustavs Schrank saß, während er die Lippen zu einem Schmollmund verzog, und zwar, wie er das selbst formulierte, »geheimnisvoll und trotzdem verführerisch«, bereute ich meine Entscheidung natürlich bitterlich.

Dabei hatte ich das Ziel direkt vor der Nase gehabt. Ich hatte den Selfiestick bereits triumphierend in der Hand gehalten, als ich eine Stimme durch den Korridor draußen hallen hörte. Sofort war ich zur Tür gerannt, um durchs Guckloch zu spähen, und tatsächlich, es war ausgerechnet Prinz Gustav, der auf die Tür zuhielt und mit einem seiner zahlreichen Bodyguards über die Vor- und Nachteile der sozialen Netzwerke diskutierte.

Hastig ließ ich den Stick fallen und kletterte in den Schrank, nachdem ich panisch durchs Zimmer gerannt war. Dort verkroch ich mich in der hintersten Ecke und verhielt mich mucksmäuschenstill.

Bei dem Versuch, es mir bequem zu machen, ohne das leiseste Geräusch zu produzieren, dämmerte mir bereits eines: Die Gefahr, dass meine Mum das hier herausfand, war nicht gerade gering. Wenn Prinz Gustav zum Beispiel beschloss, für seinen neuen Instagram-Account verschiedene Outfits auszuprobieren, was mir sehr wahrscheinlich schien, so enthusiastisch, wie er an die Sache heranging, dann war ich so was von geliefert.

Meine einzige Hoffnung war, dass Prinz Gustav III. gleich wieder los müsste auf eine wichtige Gala mit vielen wichtigen Leuten oder Ähnliches, dann wäre die Luft bald wieder rein.

»Macht weiter so, Eure königliche Hoheit, dann habt Ihr bis heute Abend mehr Instagram-Follower als alle Kardashian-Schwestern zusammen!«

Ich stöhnte leise auf, als Prinz Gustav den Blumenstrauß aus der Vase auf der Frisierkommode zerrte und sich damit in Pose schmiss, als würde er an den Rosen schnuppern.

»Sehr einfallsreich, Eure Hoheit!«, rief Freddie begeistert. »Die Damen werden es lieben!«

In dem Augenblick passierte die Katastrophe.

Die lieblichen Töne von Fritz' schrillem Gekläffe drangen aus meiner Tasche: mein persönlicher Benachrichtigungston, wenn eine SMS eintraf. Ich hatte komplett vergessen, mein Handy auf lautlos zu stellen, und ausgerechnet jetzt musste ich eine Nachricht nach der anderen kriegen. Wer hatte denn auf einmal ein solches Mitteilungsbedürfnis? Ich wollte noch nach meinem Telefon greifen, doch es war zu spät. Schritte waren zu hören, dann rief jemand: »ZURÜCK, EURE HOHEIT!« Und schon wurde die Schranktür mit dramatischer Geste aufgerissen, und ich blinzelte verstört in die Gesichter der strammen Bodyguards des Prinzen.

»Hi«, kiekste ich und zog den Kopf ein, um zwischen ihren Beinen hindurch zu Prinz Gustav zu linsen. Der stand mit dem Rücken an die gegenüberliegende Wand gepresst, abgeschirmt durch einen weiteren Bodyguard. Der Selfiestick baumelte in seiner Hand, und die Blumen waren über den ganzen Boden verteilt. »Willkommen im Hotel Royal, Prinz Gustav. Mein Name ist Flick.«

Entgeistert blinzelte er mich an, ohne einen Mucks zu sagen.

»Tolle Fotos übrigens. Die Leute werden Augen machen.«

Jepp. Mum würde mich umbringen, daran bestand kein Zweifel.

KAPITEL 2

Flick! Oh Mann, ich musste dir sofort schreiben. Du wirst nicht glauben, was mir gerade passiert ist! Bist du da?

Flick? Bist du da? Hallooooooo!?

Okay, ich erzähle es dir einfach trotzdem. Gerade war ich mit Mum im Garten und unterhalte mich nett mit ihr, da LANDET EIN VOGEL AUF MEINEM KOPF!

Ernsthaft, der ist einfach da oben gelandet!!! Dabei hatte ich noch nicht mal Futter auf meinem Kopf oder so, er hat sich einfach so hingehockt! Dad sagt, das war ein Spatz. Ich schicke dir gleich die ganzen Fotos! Mum hat bestimmt hundert gemacht! Viel Spaß damit.

Hey, Grace, sorry, dass ich erst jetzt antworte.

Ich bin da in eine etwas missliche Lage geraten, hat was mit einem Prinzen zu tun. Wir reden später.

OH MANN, dein Leben ist ja so was von cool im Vergleich zu meinem. Du gibst dich mit irgendwelchen königlichen Hoheiten ab, und ich verbringe den Abend mit einem Vogel auf dem Kopf!! Na ja, egal. Wenigstens hat er mir nicht auf die Haare gekackt! Wir sehen uns in der Schule, bis dann!

»Fan. Erwartungen?«

So sprach Mum das Wort aus. Als wären es zwei mit einem Punkt dazwischen. Sie redete immer so, wenn sie stinksauer war – dann benutzte sie keine unnötig langen Sätze, sondern sprach jedes Wort, das aus ihrem Mund kam, gaaaaanz laaaangsam aus, damit ihr Opfer so nervös wie möglich wurde. Zum Glück bin ich mittlerweile ziemlich immun gegen diese Taktik.

»Ja.« Mit einem Nicken verschränkte ich die Arme vor der Brust und fragte mich, wie lange es wohl diesmal dauern würde. Dieses ganze Selfiestick-Debakel hatte mich nun schon den Großteil des Abends gekostet. Mum richtete den Blick auf Audrey und Matthew – die beide einige Schritte im Hintergrund standen und die Geschehnisse interessiert mitverfolgten. Vermutlich wollte sie sich vergewissern, ob sie etwas zu der Angelegenheit beizutragen hatten. Keiner von den beiden sagte einen Ton, daher richtete sie ihre Aufmerksamkeit wieder auf mich.

Fritz war natürlich auch da und lag quer über meinen Füßen, das ist so eine komische Angewohnheit von ihm. Mir machte das nichts aus, weil es meine Füße schön warm hielt, wenn ich keine Schuhe anhatte. Das ist echt praktisch, aber manchmal vergaß ich, dass er da lag, und dann stand ich auf, um irgendetwas zu machen, und auf einmal kippte er hinunter und rollte über den Boden. Das wäre ja eigentlich ziemlich witzig, wenn er hinterher nicht immer stundenlang schmollen würde.

»Nur damit ich das richtig verstehe«, fing Mum wieder an und lehnte sich gegen den Schreibtisch, vor dem sie sich aufgebaut hatte. »Du musstest die ›Fanerwartungen‹ erfüllen … so lautet also deine Entschuldigung?«

»Genau.« Ich zuckte die Schultern. »Sonst wäre es doch nie so weit gekommen.«

»Was. Willst. Du. Damit. Sagen?«

»Ich hab vorhin schon versucht, dir das zu erklären, aber du wollest ja nicht zuhören.« Ich stieß ein frustriertes Seufzen aus. »Ich musste pünktlich um siebzehn Uhr dreißig einen neuen Post auf Fritz' Profil hochladen, es ging nicht anders. Ich habe seinen vielen Fans doch versprochen, dass es um die Zeit ein neues Foto geben wird. Die wollte ich auf keinen Fall enttäuschen! Das wäre sonst so gewesen wie damals, als Matthew mir versprochen hat, Erste-Reihe-Tickets für den Cirque du Soleil zu besorgen. Nur dass das für ihn nicht *oberste Priorität* hatte, und am Ende landete ich in Reihe F hinter so einer doofen Trulla mit einem riesigen Dutt auf dem Kopf.«

Von Matthew kam ein verlegenes Hüsteln. Ich lächelte ihn gnädig an. »Keine Sorge, Matthew, alles längst vergeben und vergessen.«

»Sprich. Weiter«, krächzte Mum mit belegter Stimme. Mal im Ernst, vielleicht sollte ihr jemand eine Lutschtablette besorgen?

»Na ja, ich konnte das Foto ja schlecht ohne meinen Selfiestick hochladen. Das hätte sonst einfach nicht zum Stil von Fritz' Instagram-Profil gepasst. Das ist nämlich ganz besonders und total künstlerisch. Und ich hatte keine passenden Fotos in meinem Album, die ich stattdessen hätte benutzen können. Deshalb wollte ich nur kurz bei Prinz Gustav vorbeischauen, mir den Stick für höchstens fünf Minuten borgen, und das wäre es gewesen! Aber er war ja nicht da.«

»Und deshalb hast du so mir nichts, dir nichts beschlossen, bei ihm einzubrechen und ihn zu stehlen?«, fragte Mum betont langsam.

»Ach, weißt du, wenn du es so formulierst, klingt es doch viel schlimmer, als es in Wirklichkeit war. Ich meine, hallo? Eigentlich hat Prinz Gustav ihn ja *mir* geklaut.«

Mum schloss für einen kurzen Moment die Augen und stieß ein lang gezogenes Seufzen aus.

Ich packte die Gelegenheit beim Schopf und holte mein Handy heraus, um nachzugucken, ob ich irgendwelche Nachrichten bekommen hatte. Zum Glück waren keine weiteren Fotos von Grace mit einem Vogel auf dem Kopf eingegangen. Da war nur eine Nachricht von Ella, die mich daran erinnerte, dass ich mir gestern in der Schule ihre Wimperntusche geborgt hatte, und ob sie die vielleicht wieder zurückhaben könnte. Ella konnte manchmal so eine Nervensäge sein. Okay, eigentlich war sie das DAUERND!

»Ich nehme an, wir sind hier fertig«, sagte ich und wollte schon aufspringen.

»Noch. Nicht.«

Ich ließ mich zurück auf den Sessel plumpsen. Ganz langsam ging Mum um den Schreibtisch herum und ließ sich auf dem riesigen Bürostuhl aus Leder nieder. Sie lehnte den Kopf zurück und starrte an die Decke, ehe sie den Blick ganz langsam senkte, um mich anzusehen. Wie dramatisch. Musste sie so übertreiben?

»Mum, ich muss echt los und meiner Freundin zurückschreiben. Es ist ultrawichtig.« Ich wedelte mit dem Handy.

»Ich bin mir sicher, die ach so wichtigen Angelegenheiten einer Vierzehnjährigen können warten, solange wir dieser Sache nicht auf den Grund gegangen sind und wissen, warum du unerlaubt in Prinz Gustavs Hotelzimmer eingebrochen bist.«

»Mum, das habe ich dir doch erklärt, weil ich meinen Selfiestick holen wollte. Hörst du mir überhaupt zu? Ich habe doch eben alles lang und breit erklärt.«

»Habe ich dich nicht gebeten, ohne Stick auszukommen? Einen. Einzigen. Abend?«

»Ich wollte ihn ja wieder zurückbringen«, wandte ich verzweifelt ein. »Mum, sei mir nicht böse, aber findest du nicht, dass du ein bisschen überreagierst?«

Mum massierte sich mit Daumen und Zeigefinger die Nasenwurzel, ein untrügliches Zeichen dafür, dass sie nachdachte. *Angestrengt* nachdachte.

Es kann gefährlich werden, wenn man versucht, sie zu unterbrechen, während sie sich die Nasenwurzel massiert. Das weiß ich so genau, weil ich das einmal getan habe, als sie mit den Fingern an der Nasenwurzel vor dem Geldautomaten stand. Sie hatte einen Aussetzer und wusste ihre Geheimzahl nicht mehr. Dabei hatte ich sie nur darauf hinweisen wollen, wie peinlich es war, dass sie mitten auf der Straße stand und sich die Nasenwurzel zwischen die Finger klemmte. Sie behauptete, sie wäre *so kurz davor* gewesen, dass ihr die Nummer wieder einfiel, doch meine »geräuschvolle« Unterbrechung habe sie völlig rausgebracht, und deswegen wurde ihre Karte eingezogen. Die darauffolgenden Tage ritt sie ununterbrochen darauf herum und musste mir immer wieder unter die Nase reiben, wie frustrierend es doch sei, auf eine neue EC-Karte warten zu müssen. Außerdem warf sie mir immer wieder bohrende Blicke zu. Da kommt einem das Wort »Sündenbock« in den Sinn.

Doch aufopferungsvoll, wie ich war, sagte ich lieber nichts. Jetzt wusste ich, dass man sie besser nicht störte, wenn sie diese Sache mit der Nasenwurzel machte.

Während ich Mum in Ruhe ihren Nasenrücken massieren ließ, fing ich an, Ella zu antworten, hielt aber inne, als Audrey ein nicht ganz so zurückhaltendes »Ähem« vernehmen ließ. Sie sah mich an und ließ vielsagend die Augenbrauen hüpfen. Schnell ließ ich das Handy in der Tasche verschwinden.

»Ich möchte, dass du mir jetzt ganz genau zuhörst, Felicity«, fing Mum schließlich an. Endlich ließ sie die Hand sinken und schlug die Augen wieder auf. »Du wirst zu Prinz Gustav gehen – und zwar NICHT, wenn dir danach ist, sondern Audrey wird einen Termin für dich vereinbaren. Zu diesem Treffen wirst du gefälligst pünktlich erscheinen. Du wirst dich bei ihm ausgiebig für dein ungebührliches Verhalten entschuldigen und ihm glaubwürdig versichern, dass so etwas *nie wieder* vorkommen wird. Habe ich mich klar genug ausgedrückt?«

»Kristallklar. Audrey, teilst du mir bitte mit, wann es bei ihm passt. Kann ich jetzt gehen?«

»Ich. Bin. Noch. Nicht. Fertig.« Sie verschränkte die Hände ineinander und legte sie vor sich auf den Schreibtisch. »Du hast zwei Wochen Hausarrest.«

»WAS?« Ich sprang hoch und schreckte Fritz auf, der wütend knurrte. »Mum, das kannst du nicht machen! Nächste Woche ist die Party bei Ella!«

»Und ob ich das kann, du kannst von Glück sagen, dass es nur zwei Wochen sind und nicht mehr. Außerdem wirst du im Hotel aushelfen, wo immer Unterstützung benötigt wird. Audrey und Matthew werden dir das sagen. Wenn du schon jeden Abend zu Hause sitzt, kannst du dich genauso gut nützlich machen.«

»Ist das dein Ernst?« Ungläubig starrte ich sie an. »Du meinst ... ich soll *Hausarbeiten* übernehmen?«

Audrey unterdrückte ein Lachen. Diese miese Verräterin.

»Ja, Hausarbeiten. Ich schlage vor, für den Anfang hilfst du dem Catering-Team in der Küche. Ich bin mir sicher, die haben reichlich Geschirr, das gespült werden muss. Du kannst dich sofort an die Arbeit machen.«

»Äh, und was soll ich Ella bitte schön sagen?«, grummelte ich wütend. »Sie rechnet doch auf ihrer Party fest mit mir.«

»Du kannst ihr gerne ausrichten, dass deine Mutter dich bestraft, weil du in das Zimmer von Prinz Gustav Xavier III. eingebrochen bist. Und dass du großes Glück hast, dass er keine Anzeige erstattet.« Damit erhob sie sich und signalisierte mir, dass das Gespräch beendet war, indem sie auf die Tür wies. »Ich bin mir sicher, Ella wird dein Fehlen bei der Party mit Fassung tragen und Verständnis zeigen.«

Ich schnaubte verächtlich.

Offenbar hatte Mum Ella noch nie getroffen. Das letzte Mal, dass sie mich zu einer ihrer »exklusiven« Pyjamapartys eingeladen hatte, hatte ich nicht kommen können, weil meine Tante aus New York zu Besuch war. Danach hat sie mich nie wieder zu einer solchen Party eingeladen.

»Was ist mit Fritz?«, versuchte ich es, nachdem mein Einwand mit der Party nicht funktioniert hatte.

»Was soll mit Fritz *sein?*«

»Na, ich muss mit ihm Gassi gehen und solche Sachen.«

»Das kannst du zwischendurch erledigen, wenn du deine Hausarbeiten erledigt hast. Oder du bittest Jamie ganz lieb, ob er tagsüber eine extralange Runde mit ihm dreht.«

Jamie war einer unserer Sommeliers und ging tagsüber mit Fritz raus. Er war verrückt nach Hunden, und direkt nachdem Mum Fritz gekauft hatte, bot er an, mit ihm spazieren zu gehen. Zu dem Zeitpunkt hatte sie noch nicht so recht gewusst, was wir mit dem Hund machen sollten, während ich in der Schule war. Wie es aussah, sprach Jamie mit Fritz auf ihren täglichen Runden durch den Park gern die neusten Ergänzungen der Weinkarte durch – das half ihm angeblich, sich die vielen Details über Jahrgänge und Anbaugebiete zu merken.

»Audrey«, fuhr Mum fort, »wenn du Flick hinunter in die Küche bringen und dem Chefkoch die Situation erklären könntest, wäre ich sehr dankbar. Ich muss zu einer Veranstaltung im Ballsaal«, erklärte Mum. »Und wenn jemand sie in einer Stunde in der Küche abholen und sie in unsere Wohnung eskortieren könnte, würde ich das sehr zu schätzen wissen.«

»Ich bin kein Kind mehr«, zischte ich, hob Fritz blitzschnell vom Boden hoch und trampelte wütend zur Tür.

Mum zog die Augenbrauen hoch. »Ich war schon fast so weit, dir zu glauben.«

KAPITEL 3

Audrey wartete, bis ich Fritz in unserer Wohnung abgeladen hatte, und begleitete mich dann hinunter in die Küche. Der Chefkoch eilte geschäftig hin und her und traf Vorbereitungen fürs Abendessen. Nachdem er ein paar Worte mit Audrey gewechselt hatte, hieß er mich in seinem Team willkommen und deutete auf einen Stapel schmutziger Töpfe, der in der hinteren Ecke neben einem riesigen Spülbecken stand.

»Da bist du niemandem im Weg.« Er grinste übers ganze Gesicht und zwinkerte Audrey verschmitzt zu.

Ich bedachte die beiden mit einem finsteren Blick, ehe Chefkoch Kian den Daumen hochhielt und dann eilig davonwuselte, um eine Soße abzuschmecken. Audrey legte mir die Hand auf die Schulter.

»So schlimm ist es doch gar nicht«, sagte sie in versöhnlichem Ton. »Ich bin in einer Stunde zurück und hole dich ab. Bis dahin versuch bitte, dir keinen weiteren Ärger einzuhandeln.«

Unwirsch schüttelte ich ihre Hand ab und trottete rüber zur Spüle, wo ich die ekligen Spülhandschuhe in Neonorange misstrauisch beäugte. Ich hielt einen Handschuh hoch.

»Igitt.« Ich schnupperte daran und blickte mich Hilfe suchend um. Eine junge Köchin hastete mit einer Schöpfkelle in der Hand an mir vorbei. »Entschuldigen Sie bitte!« Schlitternd kam sie zum Stehen.

»Ja?«

»Haben Sie hier keine anderen Handschuhe?«

»Verzeihung?«

»Für den Abwasch«, erklärte ich ungeduldig. »Haben Sie nichts anderes da? Andere Farben?«

»Nein, wir benutzen alle nur die.«

»Na schön.« Ich warf die Handschuhe achtlos beiseite. »Dann benutze ich eben keine.«

»Äh.« Verunsichert sah sie sich um. »Wir ... wir müssen aber welche benutzen. Aus Gründen der Hygiene und der Sicherheit.«

»Die sind total eklig! Die benutze ich nicht, auf gar keinen Fall!«

»Zieh die bitte an, Flick, ja? Keine Widerrede! Du willst doch nicht, dass ich dich beim Boss verpfeife, wegen aufmüpfigem Verhalten, oder?« Wie aus dem Nichts stand Chefkoch Kian plötzlich neben uns. »Ah, da bist du ja, Sasha. Ich habe schon auf diese Schöpfkelle gewartet. Komm mit, wir dürfen Flick nicht aufhalten, sie hat noch viel vor sich mit diesen Töpfen.«

Sasha warf mir einen mitleidigen Blick zu, bevor sie hinter dem Küchenchef hereilte und pflichtbewusst die Schöpfkelle hochhielt. Ich hätte wissen müssen, dass Chefkoch Kian das alles irrsinnig komisch finden würde, er machte sich nur zu gern über mich lustig. Vorsichtig zog ich die orangen Handschuhe über und beugte mich mit einem lang gezogenen Stöhnen über das Waschbecken, um mir anzusehen, wie man die überdimensionale Spültisch-Handbrause bediente.

»Sieh an, sieh an, wen haben wir denn da.«

Widerstrebend drehte ich mich um und sah zu Cal Weston, der mich schadenfroh angrinste, in der einen Hand einen Löffel und in der anderen ein Schälchen Erdbeer-Mousse.

»Ist schon eine Weile her, seit du uns hier in der Küche mit deiner Anwesenheit beehrt hast.«

»Stalking gilt übrigens als Straftat«, erklärte ich ihm verärgert und streckte die Hand nach dem Spülmittel aus. »Musst du mich immer verfolgen?«

»Äh, hallo? Ich war als Erster hier! Wenn hier irgendeiner jemanden verfolgt, dann bist das ja wohl du.«

»Warum bist du überhaupt hier unten? Hast du kein Zuhause?«

»In der Küche fühle ich mich nun mal am wohlsten. Das reinste Schlaraffenland, und alles kostenlos.« Er schob sich genüsslich einen großen Löffel voll Mousse in den Mund. »Früher waren wir die ganze Zeit hier, schon vergessen? Aber inzwischen bist du dir ja zu fein, um dich hier aufzuhalten.«

»Ich bin mir nicht zu fein dafür, ich habe bloß zufällig ein Leben.« Emsig fing ich an, den größten Topf im Stapel zu schrubben. »Im Gegensatz zu gewissen anderen Leuten.«

»Autsch! Du bist so ein Hitzkopf!«

»Ich bin KEIN Hitzkopf!«, brauste ich auf. Cal zog mich gern damit auf, dass ich so leicht aus der Haut fuhr. Weil ich rothaarig und daher angeblich besonders temperamentvoll sei. Dabei habe ich ihm schon öfter erklärt, dass meine Haare nicht rot, sondern kastanienbraun sind. Und wenigstens sahen meine Haare so aus, als würden sie hin und wieder mit einer Bürste in Berührung kommen, im Gegensatz zu dem Vogelnest, das er auf dem Kopf hatte.

»Mir ist zu Ohren gekommen, dass du eine Verabredung mit Prinz Gustav hast«, bemerkte er spöttisch.

Ich schrubbte kräftiger über die widerspenstige Fettkruste an der Innenseite des Topfes. »Stimmt. Der will sich bei mir einschleimen, damit er eine Einladung zum Weihnachtsball bekommt.«

»Ach so, der Weihnachtsball. Dann hat es also nichts damit zu tun, dass du dich entschuldigen sollst, weil du dich in seinem Schrank versteckt hast?«

Ich beachtete ihn nicht weiter und konzentrierte mich stattdessen auf meine unmögliche Aufgabe. Der Berg war praktisch nicht zu bewältigen. Wenn das so weiterging, würde der Abwasch den ganzen Abend dauern.

»Du musst mir einen Gefallen tun.«

Ich lachte. »Du machst Spaß, oder?«

»Nein. Ich brauche deine Hilfe.«

Der ernste Tonfall seiner Stimme überraschte mich. Jetzt drehte ich mich doch um und sah ihn neugierig an. Er musterte mich eingehend mit finsterer Miene. Ich stellte den Topf weg, drehte den Wasserhahn zu und verschränkte abwartend die Arme vor der Brust. Dabei tat ich so, als würde es mir nichts ausmachen, dass eine Mischung aus Spülmittel, Wasser und Fett von den Handschuhen auf meine Klamotten tropfte. »Wobei brauchst du denn meine Hilfe?«

»Es geht um einen Wettbewerb, an dem ich teilnehme.« Er stellte sein Schälchen ab und holte sein Handy heraus. Darauf zeigte er mir die Website für den Wettbewerb *Nachwuchsjournalist des Jahres*. »Ich muss einen Beitrag verfassen, der sich von den anderen abhebt. Die Gewinner werden kurz vor Weihnachten bekannt gegeben.«

»Und? Was hat das mit mir zu tun?«

»Ein Interview mit Prinz Gustav wäre *auf jeden Fall* etwas, das aus der Masse hervorsticht. Vielleicht könntest du ihm gegenüber eine Bemerkung fallen lassen, wenn du ihn triffst«, sagte er mit einem hoffnungsvollen Unterton.

Ich prustete laut vor Lachen, wirbelte zum Waschbecken herum, drehte den Hahn auf und machte mich wieder über den Topf her.

»Was ist denn daran so lustig?«, wollte er empört wissen, während er das Handy wieder in der Tasche verschwinden ließ.

»Na ja, zum einen bist du ein unbedeutender Teenager, deswegen sehe ich kaum eine Chance, dass Prinz Gustav dir ein Exklusivinterview gibt. Und zum anderen bist du den ganzen Tag schon – nein, warte, die letzten paar Jahre – total gemein zu mir. Deshalb werde ich bestimmt nicht das Risiko eingehen und mich für dich vor Prinz Gustav zum Gespött machen.«

»Ich glaube, das hast du schon ganz gut allein hingekriegt«, gab er gereizt zurück.

»Oh, da kommt mir eine Idee. Warum schreibst du nicht darüber, dass du dauernd planlos im Hotel herumhängst und allen nur im Weg bist und auf die Nerven fällst?«

Er blieb mir eine Antwort schuldig, während ich wieder nach dem Spülmittel griff und möglichst viel davon über dem Topf verteilte, bis das ganze Waschbecken voller Schaum war.

»Ach, vergiss, dass ich gefragt habe«, entgegnete er kaum hörbar. Er nahm seine Schüssel und wandte sich zum Gehen.

»Cal, warte.«

Er blieb stehen.

»Erzähl in der Schule bitte nichts davon, dass ich abspülen musste, okay?« Ich schüttelte den Schaum von den Handschuhen ab. »Das wirft kein gutes Licht auf mich.«

Er heftete den Blick auf den Boden und schüttelte den Kopf, dann ging er ohne ein weiteres Wort. Ich hatte keinen Schimmer, ob das nun bedeutete, dass er es den Leuten erzählen würde oder nicht, aber darüber machte ich mir keine allzu großen Gedanken. Wenn er es echt vorhatte, war es eigentlich auch egal, denn ihm hörte ohnehin keiner zu.

Von dem endlosen Schrubben bekam ich langsam Lähmungserscheinungen in den Armen, deshalb stellte ich das Wasser aus und streifte die Handschuhe ab. Ich wischte mir den Schweiß von der Stirn und begutachtete mein Werk. Irgendwie hatte ich es geschafft, alles mit Wasser vollzuspritzen, und dabei war ich noch nicht einmal mit dem ersten Topf fertig. Wie finden die Leute eigentlich die Zeit für so etwas? Ich sah auf mein Handy, ob ich irgendwelche Nachrichten bekommen hatte: Fehlanzeige. Also legte ich es neben dem Spülbecken ab und schaute mich nach etwas um, womit ich mich ein bisschen ablenken konnte. Ein Stück entfernt entdeckte ich eine Tür, und ich erinnerte mich, dass sie in eine Art Vorratskammer führte. Früher hatte der Chefkoch mich des Öfteren dabei ertappt, wie ich im Schlafanzug da drinnen saß und Schokolade in mich hineinstopfte. Ich musste lächeln. Mir war nämlich wieder eingefallen, dass ich immer so getan hatte, als hätte ich mich versehentlich eingeschlossen. Nur dass meine Finger natürlich voll Schokolade waren und mich jedes Mal verrieten. Chefkoch Kian fand es immer irre lustig und steckte mir heimlich einen Keks zu, bevor er mich wieder nach oben ins Bett schickte.

Ich sah mich schnell um, ob auch keiner in meine Richtung guckte. Nein, alle hasteten geschäftig hin und her, keiner beachtete mich. Vorsichtig schlich ich zu der Tür und zog sie auf. Genau wie ich es in Erinnerung hatte, da waren endlose Regalreihen voller Backzutaten, und ganz hinten stand eine riesige Schokotorte. Ich ging hinein, um die Torte näher in Augenschein zu nehmen, doch leider fiel die Tür, die ich mit dem Fuß aufgehalten hatte, hinter mir zu. Ich betätigte den Lichtschalter, doch wie es aussah, war die Glühbirne kaputt. Schnell wollte ich die Tür wieder aufschieben, doch sie ließ sich nicht bewegen.

Oh nein, bitte nicht!

Ich warf mich mit voller Wucht dagegen, aber sie blieb fest verschlossen. Ich verfluchte mich dafür, dass ich mein Handy draußen hatte liegen lassen, das hätte ich jetzt wenigstens als Taschenlampe benutzen können.

»Hallo? Leute?«, rief ich verzweifelt und warf mich erneut gegen die Tür. Doch vergebens, es kam niemand.

Tastend bewegte ich mich in den hinteren Teil der Vorratskammer, wo ich mich auf den Boden setzte und wartete. Ich vergrub den Kopf in den Händen. Was für eine Katastrophe. Kian würde es Mum erzählen, und wer weiß, was die mir als Nächstes für eine Strafe aufbrummte. Spinnen fangen? Duschkabinen säubern? Oder würde ich mir von Matthew das Zimmer-Reservierungs-System erklären lassen müssen? Ich schauderte bei dem Gedanken. Hoffentlich kam diese Sasha bald wieder hier vorbei auf der Suche nach einer zweiten Schöpfkelle. Bestimmt würde ihr auffallen, dass ich verschwunden war, und dann würde sie eins und eins zusammenzählen. Sie machte einen netten Eindruck. Eine, die wusste, wie man Probleme löste.

Als nach mehreren Minuten immer noch nichts passiert war, kam mir der schreckliche Gedanke, dass ich in dieser Vorratskammer sterben könnte.

Wie grauenvoll! Megadeprimierend!

Damit es gar nicht erst so weit käme, würde ich etwas zu essen brauchen. Ich roch die Schokotorte förmlich, sie musste direkt auf dem Regal neben mir stehen. Vorsichtig tastete ich nach dem silbernen Tablett, auf dem sie stand, zog es zu mir her und stellte es behutsam auf den Boden. Es bestand kein Zweifel: Diese Torte war für eine besondere Gelegenheit oder eine Veranstaltung gedacht – Chefkoch Kian würde nicht ohne Grund eine Schokotorte hier drinnen aufbewahren. Ich musste gut aufpassen, dass ich sie nicht ruinierte. Als ich sie von der Tür aus gesehen hatte, hatte ich festgestellt, dass auf der obersten Lage ein Text stand, geschrieben aus lauter kleinen weißen Schokoladentropfen. Jetzt, da sich meine Augen allmählich an die Dunkelheit gewöhnten, konnte ich die hellen Tupfen erkennen, die oben über die Torte verteilt waren. Ich fing an, mir vereinzelt welche zu stibitzen, immer darauf bedacht, dass ich nicht zu viele nahm. Ich war mir sicher, Kian würde nicht auffallen, wenn ein paar von den Schokolinsen fehlten. Sie schmeckten köstlich.

Plötzlich ging die Tür auf, und Licht flutete in den Raum. »Und hier drinnen, Boss, sehen Sie die Torte, eigens gefertigt für die Polomannschaft!«

Ich hörte jemanden nach Luft schnappen, dann durchbrach Mums Stimme die Stille. »Flick?«

»Das glaube ich jetzt nicht«, entfuhr es Chefkoch Kian entgeistert. »Manche Dinge ändern sich wohl nie.«

Blinzelnd sah ich zu ihnen auf. »Endlich! Ich hatte fast keinen Sauerstoff mehr!«

Hastig kämpfte ich mich auf die Füße.

»Jemand muss dieses Licht reparieren«, gab ich Anweisung. »Und was soll es eigentlich bringen, aus Gründen der Hygiene und der Sicherheit potthässliche Spülhandschuhe zu tragen, wenn es hier so dämliche Türen gibt, die einen in Speisekammern einsperren?«

»Man braucht doch bloß am Türknauf zu drehen«, erklärte Chefkoch Kian mit einem leicht irritierten Gesichtsausdruck.

Ich warf einen Blick auf den Türgriff. Ehrlich, ich hätte schwören können, dass der vorhin noch nicht da gewesen war. Andererseits, ich erinnerte mich auch nicht, danach gesucht zu haben. Ich hatte mich lieber gleich gegen die Tür geworfen. Upsi. Ach, was soll's, ich zog das jetzt besser durch.

»Der ist kaputt«, beharrte ich. »Na ja, ich mache mich besser mal wieder an meinen Abwasch, ich hatte vorhin einen richtigen Lauf.«

Damit huschte ich an Mum vorbei zurück zur Spüle und zwängte mich erneut in diese ekligen Handschuhe. Es dauerte nicht lang, da hörte ich Schritte hinter mir.

»Flick, würdest du dich bitte kurz umdrehen?«

Als mir Mums strenger Ton auffiel, verzog ich das Gesicht, drehte mich aber dennoch langsam um und sah sie an.

Die Torte stand jetzt auf der Arbeitsfläche, Mum mit verschränkten Armen auf der einen Seite, Chefkoch Kian auf der anderen, die Hände in die Hüften gestemmt. Hinter ihnen hatte sich eine Gruppe Jungköche versammelt.

»Hallo zusammen.« Ich winkte etwas zu enthusiastisch und bespritzte den Chefkoch dabei versehentlich mit Abspülwasser. »Hoppla, tut mir leid.« Ich lachte. Der Chefkoch allerdings blieb ernst. Er wischte sich mit dem Ärmel übers Gesicht.

»Was ist denn, gibt es ein Problem?«, fragte ich ganz unschuldig.

»Na ja, weißt du, Chefkoch Kian und sein Team aus Konditoren haben lange und hart an dieser famosen Torte für die britische Polo-Nationalmannschaft gearbeitet. Die hat nämlich ein wichtiges Turnier und veranstaltet aus diesem Anlass heute Abend hier im Royal eine Feier im Ballsaal.«

»Wow, megacool.« Ich nickte begeistert. »Dann wünsche ich ihnen viel Glück.«

»Interessante Wortwahl«, sagte Mum ganz ruhig. »Kian, wären Sie so freundlich, meine Tochter darüber zu informieren, was da oben auf der Torte stand? Nachdem Sie die Mini-Schokolinsen in mühsamer Arbeit und in vollendeter Schönschrift arrangiert hatten?«

»›Viel Glück unserer Polo-Mannschaft‹«, grummelte der Chefkoch.

»Danke, Kian. Flick, hast du dir zufällig ein paar von den Schokolinsen genommen, als du ganze fünf Minuten lang in der Speisekammer eingeschlossen warst?«

»Ein paar vielleicht«, gab ich zu. »Ich wusste doch nicht, wie lange ich dadrin eingesperrt bleiben würde! Ich hatte Angst, zu verhungern!«

Sasha kicherte, und ich lächelte ihr dankbar zu. Mir war alles recht, das zur Entspannung der Situation beitrug. Sie riss sich allerdings sofort wieder zusammen, nachdem sie einen strengen Blick von Chefkoch Kian geerntet hatte.

Mum fuhr fort. »Könntest du bitte kurz herüberkommen und vorlesen, was da jetzt auf Kians Torte steht?«

Langsam streifte ich die Spülhandschuhe ab.

»Also«, beeilte Mum sich zu sagen, »ich würde mir nicht die Mühe machen, die auszuziehen. Los, komm hierher und lies vor.«

Widerwillig schlurfte ich rüber und beugte mich über die Torte, um mir selbst ein Bild von der ganzen Aufregung zu machen. Als ich sah, was passiert war, brach ich in schallendes Gelächter aus. Mum und Chefkoch Kian wechselten einen irritierten Blick. »Und?«, forderte Mum mich auf. Ich hielt mir immer noch den Bauch vor lauter Lachen.

»Lies vor!«

Ich bemühte mich, das Kichern zu unterdrücken, aber ich kam nicht dagegen an. »Viel Gl…« Weiter kam ich nicht, ich konnte mir das Lachen einfach nicht verkneifen. »Viel Glück u…« Ich bekam keine Luft mehr, weil ich so geschüttelt wurde von meinem Lachkrampf. »Viel Glück u…« Tränen strömten mir übers Gesicht.

»Felicity!«

Der scharfe Ton meiner Mum brachte mich auf der Stelle zum Verstummen. Ich wischte mir die Augen trocken, ehe ich flüsternd las, was da auf der Torte stand.

»Lauter, wenn ich bitten darf«, forderte Mum mich schroff auf. »Die Köche in den hinteren Reihen konnten dich nicht richtig hören.«

Ich holte tief Luft. »›Viel Glück unserer Po-Mannschaft‹.«

Jetzt begann auch Sasha mit einem ansteckenden Lachen. Chefkoch Kian starrte sie eindringlich an, bis sie endlich aufhörte, doch als er ihr den Rücken zukehrte, sah ich, wie ihre Schultern erneut bebten.

»Wie es aussieht, hast du einen wichtigen Teil des Wortes ›Polo‹ gegessen. Zum Glück hat Kian noch ausreichend Zeit, um dieses unschöne Malheur zu korrigieren, bevor er die Torte in wenigen Minuten hinauf in den Ballsaal bringt, nachdem ich meine Ansprache vor den Gästen gehalten habe.«

Ich schaute betreten hinunter auf meine Füße, und mein Kiefer schmerzte, weil ich mir das Lachen so krampfhaft verbeißen musste.

»Na schön.« Mum verschränkte die Finger ineinander. »Kian, wenn Sie der Torte dann noch den letzten Feinschliff verpassen würden, ich würde gerne ein ernstes Wörtchen mit meiner Tochter reden.« Sie machte eine kurze Pause. »Schon zum zweiten Mal heute.«

Chefkoch Kian fing an, irgendwelche Befehle zu erteilen, und sofort kam wieder Leben in die Küchenbelegschaft. Kurz bevor Sasha loseilte, um noch mehr Schokolinsen zu holen, grinste sie mich an. Wenigstens eine Person hatte ich aufheitern können.

Mum wartete ab, bis wir beide ungestört waren, bevor sie weitersprach.

»Ich verlängere die zwei Wochen Hausarrest wirklich nur ungern auf zwei Monate.«

»Zwei Monate?«, keuchte ich entsetzt. »Aber Mum, du k–«

»Flick«, unterbrach sie mich barsch, »ich dachte, du hättest mittlerweile kapiert, dass es dir nichts bringt, wenn du mir sagst, was ich tun kann und was nicht.«

Ich zog einen Schmollmund.

»Du hast dich heute schon zum zweiten Mal komplett danebenbenommen«, sagte sie mit fester Stimme. »Noch ein drittes Mal, dann werden es endgültig zwei Monate. Haben wir uns verstanden?«

Ich nickte.

»Ausgezeichnet. Du hast dir außerdem eine weitere Stunde Spülen eingehandelt.« Sie deutete auf das Spülbecken hinter mir. »Dann mach dich mal wieder an die Arbeit. Diese Töpfe schrubben sich nicht von allein.«

KAPITEL 4

»Ach, wie schade.« Ella sah noch nicht einmal von ihrem Handy auf.

Möglicherweise interpretierte ich da zu viel hinein, aber sie schien nicht wirklich enttäuscht darüber, dass ich nicht zu ihrer Party kommen konnte.

»Tja«, sagte ich und nickte feierlich, nachdem ich ihr die Situation lang und breit geschildert hatte. »Ich habe mein Bestes gegeben, Mum umzustimmen, aber du weißt selbst, wie sie manchmal ist.«

»Sicher.« Ella hob den Blick zu Grace, die an das Schließfach neben ihrem gelehnt stand und mit ihren gesplissten Haarspitzen herumspielte. »Dein Bruder und seine Freunde kommen aber schon, oder?«

Ella und ich hatten vor Beginn dieses Schuljahres nie wirklich mit Grace gesprochen, doch seit ihr Bruder, der eine Jahrgangsstufe über uns war, sich im Laufe der Sommerferien zu einem der süßesten Typen der Schule gemausert hatte, wollte Ella ständig was mit ihr unternehmen. Grace zufolge hatte ihr Bruder zufällig gleichzeitig am Fitnessstudio UND an Haarpflegeprodukten Gefallen gefunden. Ein großer Pluspunkt war außerdem, dass er Gitarre spielte – zumindest für Ella, die ihm verfallen war, als er zu Schuljahresbeginn mit seiner Band bei einer morgendlichen Versammlung aufgetreten ist. Ich persönlich konnte nicht nachvollziehen, was daran so toll sein sollte. Ich würde nie mit einem Jungen ausgehen, der kein Problem darin hat, ärmellose Hoodies zu tragen. Na ja, jedenfalls lud Ella Grace unmittelbar im Anschluss an diese Versammlung ein, nach der Schule einen Smoothie mit uns trinken zu gehen, und das war's dann, sie wurde zu einem festen Mitglied unserer Elite-Clique.

Anfangs hielt ich Grace noch für eine nervige Streberin, weil sie immer zuverlässig ihre Hausaufgaben erledigte und quasi in jedem Fach Klassenbeste war. Doch dann brachte sie mich einmal in der Mittagspause so zum Lachen, dass ich die Limo, die ich gerade trank, durch meine Nase wieder nach draußen spülte. Von da an freute ich mich, wenn sie Zeit mit uns verbrachte, und sie hatte die total süße Angewohnheit, mir zu irgendwelchen x-beliebigen Themen Nachrichten zu schicken. Es war nicht zu übersehen, dass es sie megaglücklich machte, in der Schule zu unserer Clique zu gehören. Nie war sie schlecht drauf, ganz anders als Ella mit ihren dauernden Launen, die so langsam echt langweilig wurden. Neuerdings hatte sie nämlich immer öfter Stimmungsschwankungen.

Ella und ich hatten uns angefreundet, nachdem unsere Mütter beide in einem großen Zeitschriftenartikel erwähnt worden waren. Darin ging es um weibliche Führungskräfte. Ihre Mum ist Mitbegründerin eines Online-Unternehmens für Luxusmöbel, das offenbar recht erfolgreich ist, aber natürlich lange nicht so cool, wie Hoteleigentümerin zu sein. Jedenfalls veranstaltete Mum bei uns im Hotel Royal eine megaexklusive Party für die ganzen Frauen auf der Liste, und Ella kam in Begleitung ihrer Mum. Ella und ich fanden die Party beide superlangweilig, aber nachdem ein Fotograf ein Bild von uns geschossen hatte, landeten wir zusammen auf einer der letzten Seiten im *Tatler*-Magazin. Ella zeigte es überall herum, und kurz darauf waren wir beide die beliebtesten Mädchen unseres Jahrgangs. Da schien es nur naheliegend, dass wir Freundinnen wurden, zumal wir doch beide so ultrawichtige Mütter und einen hervorragenden Kleidergeschmack hatten.

Wenn sie nur ENDLICH aufhören würde, mir ständig wegen Oliver Dillon und seiner grottenschlechten Loser-Band in den Ohren zu liegen.

»Aber sicher«, bestätigte Grace mit Nachdruck. »Klar kommt er auf deine Party. Ich habe ihm gesagt, er soll seine Freunde mitbringen, und ich weiß zufällig, dass Liam und Tom recht angetan waren von der Idee.«

»Gut gemacht.« Ella lächelte selbstgefällig. »Das wird sicher nett, wenn wir ein paar erwachsenere Jungen dabeihaben.«

»Ich würde mich aber nicht darauf verlassen, dass die beiden das Niveau heben mit ihrer Reife«, warf ich ein. »War es nicht Liam, der wegen einer Wette eine ganze Flasche Worcestersoße trinken musste?«

»Ach so, ja.« Grace kicherte. »Danach hat er *alles* vollgekotzt!«

»Oliver macht einen erwachsenen Eindruck«, sagte Ella nachdenklich. Sie holte ihren Taschenspiegel heraus und überprüfte ihr Make-up.

»Es ist echt so was von schade, dass ich nicht kommen kann«, bemerkte ich.

»War Oliver eigentlich schon mal mit einem Mädchen von unserer Schule zusammen?«, wollte Ella von Grace wissen und ignorierte meinen Kommentar komplett. Langsam wurde es peinlich. Konnte sie denn nicht mal an was anderes denken? Zum Beispiel an mich? Sie könnte wenigstens ein *bisschen* Mitgefühl zeigen, dass ich nicht auf ihre Party kommen würde.

»Warum? Bist du an ihm interessiert?«, fragte ich ohne Umschweife.

»Oh Gott, nein, wo denkst du hin, kein Interesse, war doch bloß eine Frage.« Ella stieß ein gekünsteltes Lachen aus, ehe sie sich mit ernster Miene wieder an Grace wandte. »Und? War er?«

Grace schüttelte den Kopf, dann fügte sie aufgeregt hinzu: »Aber lustigerweise wollte er das Gleiche über dich wissen!«

»Im Ernst?« Ella ließ den Spiegel zuschnappen und machte ganz große Augen.

»Ja, erst gestern Abend.«

»Und was *genau* hast du darauf geantwortet?«

Grace schoss die Röte in die Wangen, weil Ella sie so eindringlich anstarrte. »Ähm ... ich habe nur gesagt, dass du etwas mit Aidan am Laufen hast ...«

»Grace!«, zischte Ella wütend. Grace zog verängstigt den Kopf ein.

»War das nicht gut?«, fragte sie verschüchtert.

»Wie kommst du dazu, so etwas zu sagen? Jetzt wird er denken, dass ich nicht mehr zu haben bin!«

Grace' Gesicht war inzwischen knallrot angelaufen. »N... nein, das denkt er ganz bestimmt nicht. Ich kann ihm ja erzählen, dass das mit Aidan nicht mehr aktuell ist, ich war mir bloß nicht sicher.«

Ich konnte mir nicht helfen, aber Grace tat mir irre leid. Sie war recht zierlich – das kleinste Mädchen unseres Jahrgangs –, deshalb wirkte sie viel verletzlicher als Ella, die zu den Größten zählte und sie um einen ganzen Kopf überragte. Ella würde ihr das nicht so schnell verzeihen. Sie war nicht gerade die Verständnisvollste. Ich würde Grace retten müssen.

»Das ist doch gut!«, sprang ich ihr bei.

Ella drehte sich verwundert zu mir um. Die Schultern von Grace entspannten sich sichtlich, als jetzt plötzlich ich in der Schusslinie stand. »Was willst du damit sagen?«

Ich seufzte. Sie hatte echt keine Ahnung. »Wenn er ein Date mit dir will, muss er sich anstrengen. Er kriegt es nicht einfach so, bloß weil er es will.«

Ella zögerte und schien über meinen Einwand nachzudenken, also fuhr ich fort. »Du verdienst nur das Beste; deshalb muss er beweisen, dass er der Beste ist. Verstehst du?«

»Ja, glaube schon«, sagte Ella stirnrunzelnd.

»Gut gemacht, Grace, wahrscheinlich hast du dafür gesorgt, dass das Interesse deines Bruders jetzt so richtig geweckt ist. Nicht, dass du was von ihm wollen würdest, Ella, stimmt's?«

»Stimmt«, entgegnete sie wenig überzeugend.

»Aber hey, vielleicht wickelt er dich auf der Party ja doch noch um den Finger.«

Ella nickte. »Ja. Ja, vielleicht. Aber der braucht nicht zu denken, ich würde nur darauf warten, dass er sich an mich heranschmeißt.«

»Pah, ganz bestimmt nicht.« Ich machte eine kurze Pause. »Aber nur für den Fall, dass ... Du könntest dir doch von mir diesen schwarzen Leder-Minirock borgen, den du so toll findest.«

»Ist das dein Ernst?«

Zufrieden registrierte ich, dass Ella mich seit Beginn unseres Gesprächs jetzt das erste Mal richtig ansah.

»Deinen neuen?«, hakte sie nach. »Aber den hattest du doch selbst noch gar nicht an.«

»Das ist doch egal.« Ich rang mir ein Lächeln ab. »Der steht dir bestimmt megagut.«

Ich hasste es, Ella irgendetwas zu leihen. Und das lag nicht allein daran, dass sie den Leuten nie verriet, dass etwas eigentlich MIR gehörte, wenn sie ein Kompliment dazu bekam. Nein, ich ärgerte mich auch, weil das bedeutete, dass ich das Teil selbst nie wieder würde tragen können. Im vergangenen Jahr hatte ich bei einer sommerlichen Poolparty eine total süße Designer-Shorts in Pink angehabt, die ich Ella dummerweise das Wochenende davor geborgt hatte. Und dann fragte mich doch tatsächlich ein Mädchen aus unserem Jahrgang, Zoe hieß sie, ob *ich* mir die Hose von *Ella* ausgeliehen hätte. Das war so was von MEGAPEINLICH. Ella ist meine Freundin und so, aber *ich* kopierte niemanden. Die anderen kopierten *mich*. Natürlich musste ich schnurstracks heimgehen und mich umziehen, und die Shorts pfefferte ich sofort in den Müll. Meinem nagelneuen Lederrock drohte nun das gleiche Schicksal. Na ja, das war wohl ein bisschen so, wie wenn Promis bei diesen Reality-Shows im Fernsehen mitmachen. Da essen sie Insekten und tanzen und machen lauter peinliche Sachen, und hinterher entwerfen sie ihre eigene Unterwäschelinie und gehen mit einem Buchvertrag in der Tasche nach Hause. Manchmal muss man eben Opfer bringen, um das zu bekommen, was man will.

»Klasse!« Ella zückte ihren Lipgloss, tupfte eine weitere Schicht auf die ohnehin schon viel zu übertrieben glänzenden Lippen und ließ den Deckel wieder zuschnappen. »Es ist echt schade, dass du nicht zur Party kommen kannst, Flick. Ohne dich wird das doch bloß halb so lustig.«

Endlich. Die Reaktion, die ich mir erhofft hatte. Auch wenn ich dafür meinen Ledermini hatte opfern müssen. Sie rauschte davon in Richtung ihres Klassenzimmers, und Grace atmete erleichtert auf. »Puh, ich danke dir, Flick, echt. Ich dachte schon, gleich macht sie mich zur Schnecke. Du weißt immer genau, was zu tun ist. Ich wünschte, ich wäre ein bisschen mehr wie du.«

Ich gab ihr einen aufmunternden Klaps auf den Arm.

»Skylar im Landeanflug auf London!«

Von Nancy Rose – Daily Post

US-Teenie-Idol Skylar Chase ist in unserer Hauptstadt gelandet, um den Auftakt ihrer Tournee durch Großbritannien zu feiern. Die beliebte Sängerin reist rund um den Globus, seit sie mit ihrem Debütalbum die Charts im Sturm eroberte. Sie stand wochenlang auf Platz eins und brach damit den Rekord für das Album, das sich weltweit am längsten an der Spitze halten konnte. »Ich finde es so aufregend, hier in London zu sein«, schwärmte die Achtzehnjährige in einem Exklusivinterview mit der Daily Post. »Ich werde eine Zeit lang hier sein, um an verschiedenen Projekten mitzuwirken, die Zeit werde ich nicht nur zum Sightseeing nutzen, ich habe auch vor, meine Arbeit voranzubringen.« Es geht das Gerücht, dass sie während der Dauer ihres Aufenthalts in einem der renommiertesten Grandhotels von London, dem Hotel Royal, logieren wird. Für die Popprinzessin also nur das Beste!

»Stimmt das? Ist das echt wahr?«

Ich fuhr zusammen und schaute von meinem Handy auf, als Grace plötzlich hysterisch losschrie. Während die anderen in den letzten Minuten der Mittagspause zusammengesessen und sich ausgiebig über Ellas Party unterhalten hatten, hatte ich mich zufrieden in eine Ecke verzogen, um ein bisschen im Internet zu shoppen.

»Stimmt *was?*«, hakte ich mürrisch nach und schloss hastig die Seite, auf der ich nach einem neuen Lederrock gesucht hatte.

»Das hier!« Grace hielt mir ihr Handy unter die Nase, auf dem eine Promi-Klatschseite geöffnet war.

»Skylar Chase ist in London!«, las ich. »Na und?«

»Sieh doch nur, wo sie wohnt!«, kreischte Grace und fegte mir mit ihren langen schwarzen Haaren übers Gesicht, als sie sich herüberbeugte, um es mir zu zeigen.

Ich las weiter, und bis ich den Absatz komplett überflogen hatte, stand eine aufgeregt flüsternde Horde Schüler um mein Pult versammelt. So lief das immer, wenn jemand Berühmtes bei uns im Hotel abstieg. Dann rannten mir in der Schule alle hinterher, um mich um ein Autogramm zu bitten. Manchmal kreuzten sie aber auch einfach bei uns zu Hause auf. Da meine Schule nicht allzu weit vom Hotel entfernt lag, kam das gar nicht so selten vor. Matthew war jedes Mal ganz stinkig, wenn er die Leute wegscheuchen musste.

»Erklären Sie mir doch bitte noch einmal, warum Sie eine kleine Gemeindeschule gewählt haben und nicht ein privates Internat möglichst weit weg?«, hörte ich ihn Mum zufällig fragen, als Kanye wieder einmal bei uns übernachtete. Matthew musste die Lobby komplett abriegeln, weil eine ganze Schar meiner aufgeregt schnatternden Freundinnen an diesem Nachmittag beschlossen hatte, auf dem Weg von der Schule nach Hause bei uns einzufallen. »Denn dann hätten wir ein Problem weniger.«

»Ich dachte, wenn sie auf eine ganz gewöhnliche Schule geht, hebt sie nicht so schnell ab«, hatte Mum leichthin erwidert, ehe sie ihn an der Rezeption stehen ließ und er sich über die Stirn wischte.

»Damit sie nicht abhebt!«, hörte ich ihn verächtlich schnauben. »Na, das ist ja mal mächtig schiefgegangen.«

Was echt gemein ist, weil ich nämlich total normal bin und von abgehoben keine Rede sein kann! Es ist ja nicht so, als hätte ich darum *gebeten,* dass mein Leben so viel interessanter ist als das von allen anderen, das kam einfach so. Und deswegen hatte es auch keinen Sinn, wenn Mum sich weiter dagegen sperrte, ich brauchte einfach einen eigenen Videoblog-Kanal, daran führte kein Weg vorbei. Auch wenn sie ihr Bestes tat, um mein Leben zu ruinieren und mich hinter den Kulissen zu verstecken, die Nachfrage da draußen war groß, und man musste den Leuten schließlich das geben, wonach sie verlangten.

Ich meine, hallo? Mum ist doch angeblich diese superschlaue Geschäftsfrau. Hatte sie denn nichts gelernt vom Kardashian-Imperium?

Ella kämpfte sich durchs Gedränge zu mir vor und ließ sich wichtigtuerisch auf den Stuhl neben mir fallen.

»Und?«, fragte Ella und legte neugierig den Kopf schief.

»Ich bin mir nicht sicher«, antwortete ich wahrheitsgetreu. »Kann aber schon sein, dass sie bei uns absteigt, wo sollte sie auch sonst hin?«

»Oh Mann!«, quiekte Grace begeistert. »Stell dir vor, du triffst sie in der Lobby!«

»Denkst du, sie würde dir Tickets für ihr Konzert besorgen?«, fragte Ella mit einem genervten Blick auf Grace, die aufgeregt auf und ab hüpfte.

»Vielleicht bekomme ich sogar einen Backstage-Pass, wer weiß?«

Grace klappte die Kinnlade hinunter. »Glaubst du, du könntest mehr als einen bekommen?«

»Grace, krieg dich wieder ein«, schimpfte Ella, ehe sie mich augenrollend ansah, weil Grace jetzt ein langes Gesicht machte.

Ich lächelte in mich hinein. Mir war nämlich wieder eingefallen, wie Ella mir vor ungefähr einem Jahr fast den Arm ausgekugelt hatte vor lauter Aufregung, weil ihre Lieblings-Boyband bei uns im Hotel übernachtete. Damals hatte sie mich um Tickets angebettelt und zumindest gehofft, sie könnte ihnen an der Rezeption zufällig über den Weg laufen. Doch nun musste sie eine neue Untergebene beeindrucken, da galt es, den Schein zu wahren.

»Wenn ich mehr als einen Backstage-Ausweis bekomme, lasse ich es dich wissen. Ich frage sie auch, ob sie hinterher etwas mit uns unternehmen möchte.«

»Was unternehmen?«, hauchte Grace und warf einen nervösen Blick auf Ella, um sich zu vergewissern, dass ihr Ton und ihre Stimmlage jetzt annehmbarer waren.

»Klar!« Ich zuckte die Schultern. »Mum bittet mich oft, etwas mit den VIP-Gästen zu machen, du weißt schon, der Höflichkeit halber.«

Grace legte sich die Hand aufs Herz, als wollte sie sich so Halt verschaffen.

Na ja, so richtig gelogen war das gar nicht. Mum zwang mich manchmal ernsthaft, meine Abende zu opfern, um meine Zeit mit irgendwelchen Gästen zu verbringen, der Teil stimmte also. Fraglicher war da eher der VIP-Part.

In Wirklichkeit war es nämlich so, dass Mum mich jedes Mal dabeihaben wollte, wenn ein Gast, mit dem sie sich unterhalten wollte, eine Tochter oder einen Sohn in meinem Alter hatte. Aus irgendeinem unerfindlichen Grund schien Mum der Ansicht zu sein, dass man automatisch gut miteinander auskam, wen man im gleichen Alter war. Ich stand dann jedes Mal total verlegen und ohne ein Wort rauszubringen neben irgendeinem Loser im Teenie-Alter, während unsere Eltern über irgendwelchen Quatsch redeten, bis die vereinbarte Stunde herum war und ich mich schleunigst aus dem Staub machte und auf mein Zimmer verzog.

Aber dass ich zur Abwechslung auch einmal Leuten vorgestellt worden wäre, von denen ich schon einmal gehört hätte, berühmte Schauspieler oder Popstars zum Beispiel, das passierte nie. Die hatten in der Regel so viele Bodyguards um sich, dass es ein Ding der Unmöglichkeit war, in ihre Nähe zu gelangen. Außerdem hatte ich die strikte Anweisung, keinen von ihnen je zu belästigen und niemandem in die Quere zu kommen. Die einzige Gelegenheit überhaupt, zu der ich in einem Raum mit Promis war, war der alljährliche Weihnachtsball im Hotel Royal. Der stellte für mich immer den Höhepunkt des Jahres dar, eine größere und tollere Party gab es nicht. Zu dem Ball kamen berühmte Persönlichkeiten und königliche Familien aus aller Welt, und alle trugen diese wunderschönen Designer-Ballkleider und zierten am nächsten Tag die Titelseiten der Zeitungen. Es war im Grunde so etwas wie die Oscarverleihung, nur viel besser, weil es keine langweiligen Reden gab und keiner heulte. Na ja, jedenfalls normalerweise nicht.

Aber vom Weihnachtsball einmal abgesehen, galt für Mum der Leitspruch, dass unsere berühmten Gäste sich im Hotel Royal einquartierten, um dem ganzen Trubel zu entkommen, und deshalb sei es ihr wichtig, dass sie das Gefühl hatten, sich bei uns entspannen zu können, ohne sich beobachtet oder verfolgt zu fühlen. Es bestand also nicht der Hauch einer Chance, dass Mum mich in die Nähe von einer Berühmtheit wie Skylar Chase ließ, da ich unsere Promis unbedingt in Ruhe lassen sollte.

Aber das musste ja nicht jeder wissen.

»Weißt du, Flick« – Ella lächelte – »wenn du Skylar nächste Woche auf meine Party mitbringen möchtest, hätte ich nichts dagegen.«

Ein Raunen ging durch die Umstehenden.

»Vorausgesetzt«, fuhr sie fort, »du kannst deine Mum überzeugen, dich gehen zu lassen.«

»Ich sehe, was ich tun kann.«

Um uns herum fingen alle an, wild durcheinanderzureden. Ella wirkte extrem zufrieden mit sich selbst, aber innerlich rastet sie wahrscheinlich aus bei der Vorstellung, Skylar Chase könnte zu IHRER PARTY kommen. Das würde natürlich nie passieren, aber ich konnte sie ja schlecht auflaufen lassen, vor versammelter Klasse.

Hey, Grace

He, Flick! Was gibt's?

Ich will ja nichts sagen, aber ... folgst du mir etwa nach Hause?

Was?! Natürlich nicht!

Okay. Es ist nur so ... ich sehe dich.

Wie meinst du das? Ich bin auf dem Heimweg. Und mein Zuhause liegt genau in die entgegengesetzte Richtung.

Ich sehe dich hinter dem Laternenpfahl stehen.

Welcher Laternenpfahl?

Der, hinter dem du dich versteckst.

Das ist bestimmt jemand anders.

Ich hab gerade gesehen, wie du diesen Text geschrieben hast.

Da schreibt jemand eine Nachricht, während wir uns schreiben. Komischer Zufall, ist das zu fassen!

Ich sehe dich glasklar. Gleich da drüben hinter dem Laternenpfahl.

Bist du sicher, dass nicht du mich verfolgst? Ich will ja nichts sagen, aber das ist echt total creepy.

Ich hab dir doch versprochen, falls ich Skylar Chase sehe, rufe ich dich sofort an, okay? Und sobald ich nicht mehr unter Hausarrest stehe, kannst du nach der Schule mit ins Hotel kommen.

DANKE!

Nichts zu danken. Du kannst jetzt hinter dem Laternenpfahl hervorkommen und heimgehen.

Ich habe dich so was von nicht verfolgt

Das wäre einfach superschräg.

Eben.

Ich bin nur zufällig hier vorbeigekommen, um mir … diesen Laternenpfahl anzusehen.

Klar. Hört sich logisch an.

Das ist ein historisches Glanzstück.

Geh jetzt endlich heim, Grace.

Als ich nach Hause kam, packte mich dann doch ein Anflug von Nervosität. Vielleicht würde ich im Foyer Skylar Chase treffen? Das wäre ja der Wahnsinn! Jedenfalls warteten bereits HAUFENWEISE Fotografen und Reporter vor dem Eingang und standen im Weg herum. Den finsteren Blicken der Portiers, die versuchten, Gäste zu begrüßen, schenkten sie keinerlei Beachtung. Ich sollte nicht mit Journalisten reden, schon gar nicht über Gäste, die im Hotel absteigen, und Mum ließ nicht zu, dass ich Werbung in eigener Sache machte. So waren sie auch nicht daran interessiert, Fotos von *mir* zu schießen. Doch einige der Reporter wussten, wer ich war, und deshalb nickten sie mir kurz zu, als ich durch die Drehtür in die Halle trat.

Was, wenn ich ihr tatsächlich zufällig über den Weg lief? Ich schaute mich nach irgendwelchen Anzeichen dafür um, dass der größte lebende Popstar auf dem Planeten im Hotel war, aber für mich sah alles genauso aus wie immer: Matthew stand hinter der Rezeption und telefonierte, einer der Portiers tippte sich zur Begrüßung an die Kopfbedeckung, als er mich vorbeigehen sah, und überall waren Gäste auf dem Weg in ihre Zimmer oder in die Teestube. Der einzige Unterschied war, dass die extravaganten Blumen-Arrangements in der Lobby mittlerweile lila statt rosa waren.

»Ah, Flick, auf dich habe ich gewartet.«

Ich verzog das Gesicht, als ich Audrey die Treppe herunterkommen sah. Bevor ich durch diese ganze Sache mit Skylar Chase abgelenkt worden war, hatte ich vorgehabt, sofort hinauf in mein Zimmer zu flitzen, um niemandem über den Weg zu laufen, weder Matthew noch Audrey. Jetzt hatte ich offenbar zu lange getrödelt.

»Oh, das ist ja erstaunlich. Eigentlich dachte ich, du würdest sofort auf dein Zimmer rennen, um mir aus dem Weg zu gehen«, gab sie zu.

»Wie kommst du denn auf die Idee?«

»Ach, ich weiß nicht. Vielleicht, weil du, immer wenn deine Mutter dich dazu verdonnert, irgendwo im Hotel auszuhelfen, sofort auf dein Zimmer düst, die Tür zusperrst und so tust, als würdest du tief und fest schlafen?«

»Wolltest du etwas Bestimmtes von mir? Oder hast du mich nur gesucht, um mir einen Vortrag zu halten?«, schnaubte ich verbittert.

»Ich bräuchte deine Hilfe im Restaurant.«

»Na gut, aber erst muss ich mit Fritz Gassi gehen.«

»Ich dachte mir schon, dass du das sagen würdest, deshalb habe ich Jamie vor ungefähr einer Viertelstunde gebeten, mit Fritz rauszugehen. Ich bin mir sicher, der amüsiert sich gerade prächtig im Park. Also, auf ins Restaurant.« Lächelnd schob sie mich auf die Tür zu. »Du darfst helfen, die Tische für das Abendessen einzudecken.«

Ich war überrascht, wie harmlos die mir erteilte Aufgabe war – ich meine, wie schwer konnte es sein, ein paar Messer und Gabeln auf Tische zu legen? Trotzdem stöhnte ich demonstrativ auf, damit sie nicht auf den Gedanken kam, ich wäre vielleicht zu glimpflich davongekommen.

»Ah, Timothy.« Audrey winkte einen der Ober herbei, der Servietten faltete. Ich erkannte ihn wieder, er hatte neulich mein Gespräch mit Mum wegen dieses Selfiesticks gestört. »Flick wird Ihnen die nächste Stunde helfen, ist es in Ordnung für Sie, wenn ich sie Ihrer Obhut anvertraue?«

»Aber sicher«, erklärte er gut gelaunt. »Willkommen im Team, Flick.«

Ich machte eine möglichst unbeeindruckte Miene.

»Dann lasse ich Sie beide mal allein«, sagte Audrey und klatschte kurz in die Hände, ehe sie zurück zur Rezeption eilte.

Timothy bedeutete mir, ihm zu einem Servierwagen zu folgen, auf dem ein großes, glänzendes Silbertablett stand. Darauf stapelten sich scheinbar hundert verschiedene Besteckbestandteile.

»Ganz schön Furcht einflößend, nicht wahr?« Er musste kichern. »Aber keine Sorge, du hast den Dreh bestimmt bald raus. Ich erkläre dir kurz, wozu jede einzelne Gabel und jedes Messer bestimmt ist, eins nach dem anderen, und dann kannst du mir eine Weile zusehen, bevor du es selbst probierst. Klingt das nach einem guten Plan?«

Ich schürzte lustlos die Lippen.

»Ähm ... bestens«, sagte er nervös. »Dann fangen wir mit den Gabeln an.« Er wählte verschiedene Gabeln aus und hielt sie hoch. »Das hier ist eine Fischgabel, hier haben wir eine Menügabel, und das ist eine Salatgabel. Dann hätten wir noch diesen Winzling, das ist eine Cocktailgabel.« Er kicherte wieder, verkniff sich das Lachen dann aber, als er meinen missmutigen Gesichtsausdruck bemerkte. Rasch legte er die Gabeln wieder ab. »Und jetzt zu den Messern. Dieses hier ist ein –«

»Timothy!«

Ein anderer Ober eilte auf uns zu. »Verzeihen Sie die Störung, Miss Royal. Timothy, man verlangt in der Küche nach Ihnen.«

»Na schön. Flick, warte bitte kurz, ich bin gleich wieder zurück. Und dann beschäftigen wir uns mit den Messern.«

»Ich kann es kaum erwarten.« Augenrollend setzte ich mich hin.

Timothy und der andere Ober wechselten einen Blick, bevor sie davonwetzten. Ich nahm eine der Gabeln zur Hand und betrachtete das eingravierte Muster. Warum hatten wir eigentlich bei uns daheim nicht auch so nobles Besteck? Mum war so geizig!

Mit lautem Klirren warf ich die Gabel auf den Besteckhaufen und sah mich ungeduldig in dem riesigen, leeren Speisesaal um. Ich spähte zu der Tür in der hinteren Ecke, die ins Klavierzimmer führte, einem kleineren Veranstaltungsraum für musikalische Aufführungen – Cal und ich hatten uns früher, als wir noch klein waren, öfter darin versteckt, um die Gäste auszuspionieren, bis man uns ertappt und ausgeschimpft hatte, weil wir immer überall im Weg waren. Timothy war nirgends zu sehen, bestimmt würde man ihn in der Küche noch eine Weile aufhalten.

Streng genommen hatte ich das getan, was man mir aufgetragen hatte, nur die Person, die für mich verantwortlich war, hatte ihre Pflichten vernachlässigt. Mir keiner Schuld bewusst, rannte ich rüber zu der Tür und zögerte kurz mit der Hand am Türgriff, als ich Timothys Stimme hörte. Er kam den Flur entlang zurück ins Restaurant. Jetzt oder nie lautete die Devise. Ich stieß die Tür auf, huschte hinein und schlug sie blitzschnell hinter mir zu. Dann lehnte ich mich mit dem Rücken dagegen und atmete erleichtert auf. Jetzt musste ich mir wenigstens keine weiteren Vorträge über Fischgabeln mehr anhören.

»Muahahahaha«, lachte ich leise, hochzufrieden mit mir selbst. Ich genoss die Stille im Musikzimmer und freute mich diebisch über mein gerissenes Entkommen. Von hier aus wäre es ein Leichtes, über die Hintertreppe hinauf in mein Zimmer zu schleichen, ohne dass Audrey oder Matthew mich sahen, die sich immer irgendwo unten herumtrieben. Hier würde mich garantiert keiner erwischen.

»Hi.«

Ich fuhr vor Schreck zusammen und stieß einen spitzen Schrei aus, als sich plötzlich jemand von dem Schemel hinter dem Klavier erhob.

Mir stockte der Atem, als ich sah, wer es war.

Skylar Chase.

KAPITEL 5

»Entschuldige bitte, ich wollte dich nicht erschrecken.«

Eine Weile starrte ich sie bloß entgeistert an, weil ich mir erst darüber klar werden musste, dass das Skylar Chase war, die hier leibhaftig vor mir stand, einer der berühmtesten Popstars der Welt. Und die hatte gerade mitbekommen, wie ich ohne ersichtlichen Grund »Muahahahaha« von mir gegeben hatte.

So hatte ich mir unsere erste Begegnung eigentlich nicht vorgestellt.

»Kein Problem«, brachte ich schließlich hervor, nachdem ich mich wieder einigermaßen gefangen hatte. »Sorry, ich wusste nicht, dass du hier drin bist.«

»Ich wollte nur …« Sie deutete auf das Klavier, hinter dem sie nun hervortrat. Sie lehnte sich seitlich gegen das Instrument.

Ich nickte. »Cool. Tja, ich mache mich dann mal wieder vom Acker.«

»Dich kenne ich doch«, sagte sie und sah mich forschend an. »Bist du nicht … Felicity Royal?«

Sprachlos starrte ich sie an. »Du … *du* weißt, wer *ich* bin?«

»Ich habe deine Mum getroffen, sie hat mir ein Foto von dir gezeigt.«

»Oh nein.« Ich verzog das Gesicht. »Tut mir leid. War sie sehr peinlich?«

Sie lachte. »Nein! Nein, sie war sehr freundlich. Es war nett, sie kennenzulernen.«

»Ja, sie ist nicht unbedingt auf dem neusten Stand, wenn es um die Charts oder so was geht«, erklärte ich, während sie kicherte. »Denk dir nichts, wenn sie über Musik redet, die schon Jahrhunderte alt ist.«

»Werde ich mir merken.« Sie lächelte und ließ ihre perfekten weißen Zähne blitzen.

Ich weiß, das klingt jetzt bescheuert, aber es heißt doch immer, dass manche Leute »Starqualitäten« haben. Tja, Skylar Chase hatte sie, kein Zweifel. Was auch immer das bedeutete. Es war wohl so eine Art Aura, die einen umgab. Man strahlte es ganz einfach aus, ein Zeichen, dass man sich rundum wohlfühlte in der eigenen Haut.

Und wie sie erst aussah! Ich hatte immer noch meine Schuluniform an, sie dagegen trug eine weiße Bluse, enge schwarze Jeans, schwarze Stiefel mit hohen Absätzen und einen schwarzen Hut, der perfekt auf ihren lockigen braunen Haaren saß. Sie sah von Kopf bis Fuß wie ein Popstar aus.

Auch wenn ich eigentlich den Rückzug hätte antreten sollen, weil ich eine berühmte Musikerin bei ihren Proben zu einem Song unterbrochen hatte, wurde ich das Gefühl nicht los, dass sie sich gern weiter mit mir unterhalten hätte. Jedenfalls hatte sie sich mit dem Ellbogen auf das Klavier gestützt und sah mich interessiert an.

»Sollte ein berühmter Popstar nicht eigentlich Leute um sich haben, eine Art Gefolgschaft?«

Sie rollte mit den Augen. »Ich habe tatsächlich ein recht großes Team dabei, aber ich wollte allein sein.«

»Sagen die dir die ganze Zeit, wie toll du bist?«

»Nicht annähernd genug.« Sie grinste. »Was sollte denn das fiese Lachen eben?«

»Hä?«

»Du hast doch so schadenfroh gelacht, als du reingekommen bist.«

»Ich habe nicht fies gelacht, da täuschst du dich.«

»Doch, hast du. Du hast ›Muahahahaha‹ gemacht. So ein typisches Bösewichtlachen halt, wie im Film.«

»Nein, habe ich nicht.«

»Doch, ganz bestimmt. Es war zwar nicht wirklich überzeugend, aber ich habe es laut und deutlich gehört.«

»Was meinst du damit, es war nicht wirklich überzeugend?«

»Es hatte keine Autorität, du hast nicht aus dem Bauch heraus gelacht. So in etwa.« Sie schenkte mir ein schelmisches Grinsen, dann warf sie den Kopf in den Nacken und legte sich so richtig ins Zeug. »MUAHAHAHAHA!«

»Wow.« Ich musste lachen und versuchte, die Tatsache zu ignorieren, wie surreal das Ganze war. Als würde ich mich ständig mit irgendwelchen berühmten Popstars unterhalten. »Hm, echt viel besser als meins.«

»Aha! Dann gibst du es also doch zu, ja?«

»Na schön, ich gebe zu, ich habe ein bisschen fies gelacht.«

»Na bitte.« Triumphierend verschränkte sie die Arme vor der Brust. »Warum denn?«

Ich zögerte. »Tja, um die Sache abzukürzen, ich habe mir ein bisschen Ärger eingehandelt, deswegen hat Mum mir Hausarrest aufgebrummt. Und jetzt muss ich hier und da im Hotel aushelfen.«

»Wenn du Hausarrest hast, heißt das dann nicht, dass du nicht aus dem Haus gehen darfst?«, fragte sie mit gerunzelter Stirn.

»Klar. Deswegen sitze ich ja hier im Hotel fest.«

»Moment mal.« Sie sah mich ungläubig an. »Du *wohnst* hier?«

Ich nickte.

»Hier im Hotel? Im Hotel Royal?«

»Ich weiß, ist total seltsam.«

»Seltsam?« Ihre Miene verzog sich zu einem breiten Grinsen. »Das ist ja wohl SO WAS VON MEGACOOL!«

»Na ja, manchmal vielleicht.«

»Du bestellst dir doch bestimmt jeden Tag den Zimmerservice, oder? Ich jedenfalls würde das dauernd tun.«

»Mum lässt mich leider nicht«, gab ich bedauernd zu. Insgeheim aber freute ich mich, dass endlich mal jemand auf meiner Wellenlänge war. »Sie hätte gern, dass wir ein möglichst normales Leben führen. In unserer Wohnung gibt es eine Küche und alles, was man braucht, deswegen erlaubt sie mir nicht, die Vorzüge des Hotels zu nutzen.«

»Ihr habt eine eigene Wohnung hier im Hotel?«

»Genau, die nimmt fast das komplette fünfzehnte Stockwerk in Anspruch.«

Staunend schüttelte sie den Kopf. »Für dich bedeutet also Hausarrest, dass du im schicksten Hotel der Stadt festsitzt?«

»So kann man es auch sehen, ja«, sagte ich schulterzuckend. »Aber für mich ist es einfach nur mein Zuhause.«

»Und ein Teil deiner Strafe besteht darin, dass du hier aushilfst? Klingt in meinen Ohren eigentlich nicht so schlimm. Es muss doch superinteressant sein, mitzubekommen, wie das hier alles läuft.«

»Warte nur, bis du siehst, wie viele verschiedene Arten von Gabeln wir haben.« Ich seufzte. »Jetzt bist du dran.«

»Ich bin dran? Womit denn?«, fragte sie erstaunt.

»Ich habe dir erzählt, warum ich so fies gelacht habe. Jetzt musst du mir sagen, warum du dich allein in diesem Klavierzimmer versteckst, wenn du doch gerade erst in London angekommen bist.«

Nun war sie es, die tief seufzte. »Ach, weißt du, manchmal wird mir der ganze Rummel zu viel, die unzähligen Fotografen und Fans und dass ich ständig gesagt kriege, wann ich wo zu sein habe, und dass ich nie Zeit für mich habe … Ich hatte schon ewig keine Auszeit mehr.« Sie biss sich auf die Unterlippe. »Klingt ganz schön egoistisch, oder?«

Ich schüttelte den Kopf. »Nein, überhaupt nicht. Ich verstehe gut, wenn du dich hin und wieder aus dem Staub machen willst, damit du durchatmen kannst.«

»Stimmt.« Sie nickte bedächtig. »Tja, deine Mum hat mir gegenüber erwähnt, dass ihr ein Klavierzimmer habt, falls ich das Bedürfnis hätte, zu spielen. Da habe ich mich gleich bei der ersten Gelegenheit davongestohlen. Ich finde Klavier spielen irre entspannend. Inzwischen geht es mir schon erheblich besser.«

»Dann solltest du öfter mal abhauen.«

Sie lächelte und hielt mir die Hand hin. »Ich bin übrigens Sky.«

»Ich weiß. Und ich heiße Flick, Felicity nennt mich eigentlich niemand«, sagte ich und trat einen Schritt auf sie zu, um ihr die Hand zu schütteln.

»War echt nett, dich kennenzulernen. He, hast du –«

Unvermittelt wurde die Tür aufgerissen, und meine Mum kam hereinmarschiert, dicht gefolgt von Audrey und Timothy, der eine recht besorgte Miene zog.

»Flick, ich fasse es nicht … Oh.« Mum blieb wie angewurzelt stehen, als sie sah, mit wem ich mich da unterhielt. »Miss Chase.«

»Hi, Christine.« Sie winkte meiner Mum fröhlich zu.

»Es tut mir schrecklich leid«, beeilte sie sich zu sagen. »Ich kann nicht fassen, dass meine Tochter Sie gestört hat, wo Sie doch offensichtlich üben wollten. Sie sollte eigentlich Timothy helfen beim ... nun ja, spielt ja auch keine Rolle. Flick, ich dachte, ich hätte mich klar und deutlich ausgedrückt, du solltest doch –«

»Eigentlich«, fiel Sky ihr ins Wort, »ist das alles meine Schuld.«

»Ach wirklich?«, fragte meine Mum erstaunt.

»Ach ja?«, kiekste ich.

»Ja, sicher«, erklärte Skylar leichthin. »Sehen Sie, ich war gerade dabei, einen neuen Song zu schreiben, und den wollte ich unbedingt jemandem vorspielen. Ich konnte einfach nicht sagen, ob er gut klang, und war schon kurz davor, oben bei meinem Team anzurufen. Aber ich bin mir sicher, Sie verstehen, dass meine Leute ziemlich beschäftigt sind, Christine.«

»Ich ... ich kann es mir vorstellen, ja«, gab Mum zurück und sah abwechselnd Sky und mich verunsichert an.

»Ich wollte meine Leute nicht stören, deswegen habe ich kurzerhand durch diese Tür geguckt, und da habe ich Flick beim ... Verteilen der Gabeln entdeckt.« Sie wandte sich mir zu. »Stimmt doch, oder?«

»Ja, genau, so war es.« Ich nickte eifrig. »Die Fischgabeln, die Menügabeln, die Salatgabeln und die Cocktailgabeln.«

Mum und Audrey wirkten verblüfft. Timothy, der hinter ihnen stand, reckte mir den erhobenen Daumen entgegen, offensichtlich extrem stolz auf mich. »Ich habe sie gefragt, ob sie sich nicht meinen Song anhören könnte, und sie war so nett, zu mir zu kommen und ihre Meinung abzugeben. Es war nicht ganz leicht, sie zu überreden, weil sie so auf das ... ähm ... Tafelsilber konzentriert war. Aber ich habe sie angefleht, mir zu helfen. Es war wahnsinnig nett von ihr, das Risiko auf sich zu nehmen, meinetwegen Ärger zu bekommen.«

»Tja, für unsere Gäste tun wir alles. Stimmt's, Mum?« Dabei lächelte ich sie zuckersüß an.

»Sie sehen also …«, Skylar seufzte theatralisch, »es war allein meine Schuld, und es tut mir aufrichtig leid, wenn ich Ihnen Unannehmlichkeiten bereitet habe.«

»Oh, Sie brauchen sich nicht zu entschuldigen«, erklärte Mum hastig. »Lassen Sie sich bitte nicht weiter von uns stören!«

»Nein, eigentlich gut, dass sie gekommen sind.« Sky warf einen Blick auf ihre glitzernde Diamantuhr. »Ich gehe jetzt besser, bevor mein Tourmanager noch die Krise kriegt.«

Sie stiefelte an uns vorbei zur Tür, wo sie noch einmal innehielt und sich zu mir umdrehte. »Wir sehen uns, Flick«, sagte sie grinsend.

Und damit stolzierte sie aus dem Zimmer, während wir ihr mit staunenden Blicken folgten.

Und, wie ist sie so?

Wer ist da? Diese Nummer kenne ich nicht!!!

Autsch. Das tut weh. Nein, warte. Mir doch schnuppe. Wie ist Skylar Chase so?

WER BIST DU??

Aha, Großschreibung, ja?
Wirst wohl sauer?

?!?!?!?!?!

Wann geht denn dein Videoblog endlich an den Start? Ich will ihn unbedingt abonnieren. Obwohl, WARTE! Wie sollst du denn nur irgendwas ohne deinen Selfiestick hinkriegen?! PRINZ GUSTAV, DU SCHUFT! RUFT DIE NATIONALGARDE! ALARMIERT DIE KÖNIGIN! GEBT DEM GEHEIMDIENST BESCHEID, DAMIT SIE IHRE BESTEN AGENTEN LOSSCHICKEN!

Cal. Ich hätte wissen müssen, dass du das bist.

Weil ich so geistreich und charmant bin?

Weil du so tierisch nervst! Was willst du? Woher hast du meine Nummer?

Audrey hat sie mir gegeben. Sie meinte, du hättest mit Skylar gesprochen?

Und, was geht dich das an?

Warum reagierst du eigentlich immer so empfindlich?

Hör zu, ich habe viel um die Ohren. Aber ich will deine Frage beantworten. Skylar ist sehr nett. Okay? Und jetzt lass mich in Ruhe!

Guckst du dir wieder mal YouTube-Videos von kleinen Hündchen an, die ihr eigenes Spiegelbild ankläffen?

BIST DU IN UNSERER WOHNUNG!? Ugh!

Beruhig dich. Audrey hat mir erzählt, dass du total auf diese bescheuerten Tiervideos stehst. Nur geraten, aber wohl ein Volltreffer.

Audrey muss aufhören, mit dir über mich zu reden. Hallo? Privatsphäre? Ich habe dir gesagt, wie Skylar so ist. Jetzt lass mich in Frieden.

Ist ja gut. Eigentlich wollte ich dir bloß sagen, dass Chefkoch Kian dir was vom Abendessen aufgehoben hat. Ich richte ihm aber gerne aus, dass du das Essen nicht willst. Nach Skylar Chase habe ich mich allein der Höflichkeit halber erkundigt.

Moment mal, WAS?? NEIN!
Wehe, du sagst das!

Tut mir leid. Zu spät.
Hab's grad weggeschmissen.

Du bist so ein Schwachkopf.

KAPITEL 6

In der Schule hatte ich keinem ein Wort von meiner Begegnung mit Skylar Chase erzählt.

Ich weiß! Eigenartig, oder? Normalerweise rief ich nämlich sofort bei Ella an, wenn ich jemanden getroffen hatte, der halbwegs prominent war. Und dann konnte ich mich hundertprozentig darauf verlassen, dass es am nächsten Morgen die ganze Schule wusste. Bei Sky allerdings wollte ich das nicht, es fühlte sich irgendwie falsch an. Ich konnte auch nicht recht sagen, woran das lag. Es gab auf jeden Fall viele Gelegenheiten, wo ich es hätte erzählen können. Grace lauerte mir schon auf, kaum hatte ich das Schulgelände betreten, und bestürmte mich mit tausend Fragen gleichzeitig, von wegen, ob Skylar echt bei uns im Hotel wohne, ob ich mit ihr geredet hätte und ob es wahr sei, dass sie mal kurzzeitig was mit Justin Bieber gehabt hätte. Ohne nachzudenken, schwindelte ich Grace an und sagte, ich hatte sie nicht gesehen, um dann blitzschnell das Thema zu wechseln.

Grace wirkte enttäuscht, war aber bis zum Mittagessen schon wieder bestens gelaunt, als sie verkündete, dass die *Daily Post* Skylars Aufenthalt im Hotel Royal bestätigt hätte. Man habe beobachtet, wie sie an diesem Morgen mit ihrem Gefolge die Lobby verlassen hätte. Alle sahen mich erwartungsvoll an, doch ich zuckte nur die Schulter und versprach, ihnen Bescheid zu geben, sobald ich sie zu Gesicht bekäme.

Offenbar zufrieden mit meiner Antwort, wechselte Ella sofort das Thema und wollte wissen, wer was zu ihrer Party anziehen würde und welche Jungen kommen würden. Dieses Gespräch setzten sie an meinem Schließfach fort, während ich die Bücher für die letzten Unterrichtsstunden des Tages herausholte.

»Und, was meinst du? Schon das grüne Top und nicht das pinkfarbene, oder?«, erkundigte sie sich gewiss schon zum fünften Mal an diesem Tag.

»Ja«, gab ich genervt zurück.

»Strumpfhose oder nicht?«

»Mhm«, machte ich ganz automatisch, während ich versuchte, in dem ultimativen Chaos im Spind mein Mathebuch zu finden.

»Ich schätze, es kommt ganz darauf an, welche Schuhe ich anziehe.« Sie stieß ein tiefes Seufzen aus, als hätte sie es mit einer Megakatastrophe zu tun. »Außerdem habe ich keine Ahnung, ob ich mir die Haare wellig machen oder sie glatt tragen soll. Vielleicht lasse ich sie mir nur föhnen. Hach, es gibt ja so viel zu bedenken.«

»Klar«, antwortete ich, als ich das Mathebuch endlich triumphierend herauszog.

Das sorgte allerdings dafür, dass auch alles andere aus meinem Schließfach purzelte, die ganzen Bücher und losen Unterlagen waren über den Boden verstreut. Ächzend bückte ich mich und wollte die Sachen aufsammeln, als ich merkte, dass sich neben mir noch jemand bückte. Oliver, Grace' Bruder, klaubte die losen Blätter auf und hielt sie mir hin.

»Danke«, sagte ich und versuchte, alles auf meinen Armen zu balancieren, ohne dass es erneut hinunterfiel.

»Gern geschehen.« Er lachte und fing reaktionsschnell ein Buch auf, dass mir entglitten war. »Hast du alles?«

»Jep.« Ich stopfte die Sachen zurück in den Schrank, dann nahm ich ihm das letzte Buch ab und warf es zum Rest auf den Stapel. Hastig schlug ich die Spindtür zu.

»Du weißt schon, dass dir das alles entgegenkommt, sobald du die Tür wieder aufmachst?«, bemerkte er.

»Ja, ist mir klar«, grummelte ich. »Ich brauche ein neues Schließfach. Das hier ist VIEL zu klein. Ich habe schon im vergangenen Schuljahr einen offiziellen Antrag eingereicht, damit man uns endlich größere Schließfächer zur Verfügung stellt, aber das wurde einfach ignoriert. Die Schule ist so was von knausrig. Wenn ich von einem herausfallenden Buch erschlagen werde, dann verklage ich die Verantwortlichen.«

Oliver lachte lauthals, als hätte ich einen urkomischen Witz gerissen.

Ehrlich gesagt wusste ich nicht, was so witzig daran sein sollte, dass sich an dieser Schule niemand um das Wohlergehen der Schüler sorgte. Na ja, er hatte anscheinend einen echt schrägen Sinn für Humor.

Nachdem Oliver mir zu Hilfe geeilt war, hatte Ella keine Zeit mehr gehabt, mir beim Aufsammeln der Sachen zu helfen, weil sie voll und ganz damit beschäftigt war, seine Aufmerksamkeit zu erregen. Sie fummelte nervös am Saum ihres Rockes herum und zwirbelte sich eine Strähne von ihren glänzenden braunen Haaren um den Finger.

»Das war aber nett von dir, dass du geholfen hast, Oliver«, sagte sie mit klebrig-süßer Stimme. »Flicks Spind war schon immer die absolute Katastrophe. Sie ist einfach zu faul.«

Ich musste zweimal hinschauen, bis mir auffiel, dass ihre Lippen jetzt viel mehr glänzten als noch einen Augenblick zuvor. Offenbar hatte sie schnell neuen Lipgloss aufgelegt, als Oliver sich gebückt hatte, um mir zur Hand zu gehen.

»Ich freue mich schon auf deine Party nächste Woche, Ella«, sagte Oliver grinsend. Dabei setzte er seine hohen Wangenknochen perfekt in Szene.

Ella kicherte total dämlich. »Ja, das wird *so* lustig.«

»Bist du auch da, Flick?«, wollte er wissen und sah mich dabei mit blitzenden Augen an.

»Sie hat Hausarrest«, entgegnete Ella, ohne groß nachzudenken.

»Oh, was hast du denn angestellt, dass du Hausarrest hast?«

»Ich hoffe, du hast alle deine Freunde eingeladen«, ging Ella dazwischen, ehe ich ihm antworten konnte. »Ich habe einen richtigen DJ engagiert und einen Fotoautomaten besorgt.«

»Klingt cool. Tja, ich muss weiter. Wir sehen uns.«

Ella sah ihm hinterher, als er den Flur entlangschlenderte und sich zu seinen Freunden gesellte, die auf ihn gewartet hatten. Als er um die Ecke gebogen war, ließ Ella sich selig seufzend gegen die Spindtür fallen. »Hast du seine Augen gesehen?«, fragte sie total benebelt. »So dunkel und geheimnisvoll. Und er hat so hübsche Wimpern. Die sind unglaublich lang, oder?«

»Ist mir nicht aufgefallen.«

»Die hauen einen echt um. Bist du dir sicher, dass ihm das grüne Top gefallen wird? Nicht, dass mich das kümmern würde.«

»Warum fragst du nicht Grace?«

»Prima Idee, stimmt.«

Damit zog sie ab, und ich seufzte erleichtert auf. Ich glaube, ich hätte das nicht ausgehalten, wenn sie mir auch noch die letzten fünf Minuten der Mittagspause die Ohren vollgesülzt hätte mit Oliver Dillons ach so langen Wimpern. Ich sah zu, wie sie auf Grace zudackelte, die gebannt auf ihr Handy starrte. Bestimmt las sie gerade den neusten Klatsch und Tratsch über Skylar Chase. Als ich mich schließlich umdrehte, rannte ich geradewegs Cal Weston in die Arme.

»Pass doch auf, wo du hinläufst!«, schimpfte ich aufgebracht.

»Du bist doch in mich reingerannt!«, schnaubte er. Ich wollte ihm ausweichen, aber er packte mich am Arm. »Hey!«, sagte er, so leise, dass ich ihn fast nicht gehört hätte. »Warum erzählst du eigentlich keinem was von deiner Begegnung mit Skylar Chase?«

»Geht dich nichts an«, pflaumte ich. »Sag nichts, okay?«

Abwehrend hielt er die Hände hoch. »Das würde ich nicht wagen.«

»Dann ist's ja gut.«

»Es wundert mich nur, dass du gar nicht mit deiner neuen Freundin prahlst.«

»Gehst du eigentlich allen so auf die Nerven, oder sparst du dir das nur für mich auf?«

»Für dich lege ich mich so richtig ins Zeug.« Er grinste. »Hältst du dich jetzt für was Besonderes?«

»Würg, du bist ja so ein Spinner.« Ich sah mich rasch um und hoffte inständig, dass uns keiner beobachtete. Dann senkte ich die Stimme. »Ernsthaft, ich will niemandem erzählen, dass ich mit Sky geredet habe. Aber auf gar keinen Fall darfst du Grace Dillon was davon sagen.«

»Wieso, was stimmt denn nicht mit Grace Dillon?«, wollte er wissen und reckte den Kopf hoch, um zu ihr zu spähen. Gerade nickte sie eifrig wegen etwas, das Ella gesagt hatte. »Ich dachte eigentlich, die wäre ganz in Ordnung. Na ja, zumindest war sie das, bis sie sich mit dir und Ihrer königlichen Hoheit da drüben angefreundet hat.«

»Sag einfach nichts, okay?«

»Na schön, bei mir ist dein Geheimnis sicher. Ich finde bloß ...«, kurz schien er zu überlegen, »das passt gar nicht zu dir.«

»Soll das jetzt so was wie ein Kompliment sein?«

»Wenn du meinst.«

Ich verdrehte die Augen. »Na ja, ich kann es auch nicht erklären. Sky ist so ... normal. Ich weiß echt nicht, mir kommt es einfach nicht richtig vor, das allen brühwarm zu erzählen. Ich kann das nicht erklären«, wiederholte ich.

Cal nickte und musterte mich interessiert. »Ist ja auch egal.« Er zuckte mit den Schultern und setzte dem Gespräch ein Ende, indem er einfach davonschlenderte und den Flur hinunter verschwand.

Finster starrte ich auf seinen Rücken, während er sich entfernte. Keine Ahnung, wieso er die ganze Zeit in Rätseln sprach, als wüsste er etwas, das den anderen verborgen blieb. Aber was soll's. Ich hatte wichtigere Dinge zu tun, als mir über Cal Weston Gedanken zu machen. So was wie die Frage zum Beispiel, wie ich mich vor den langweiligen Hausarbeiten im Hotel drücken konnte. Bitte, bitte, lieber Gott, mach, dass es wenigstens nichts mit Matthew und den Zimmerbuchungen zu tun hat.

BITTE!

»Und hier kommst du zum zentralen Buchungssystem des Hotels«, verkündete Matthew gerade stolz. Er klickte mit der Maus auf ein Symbol, woraufhin sich die langweiligste Tabelle aller Zeiten öffnete. »Einfacher geht es gar nicht, oder? Nur ein Klick. Ich sag dir, die moderne Technik ist schon ein Wunder.«

Ich gab mir echt große Mühe, aber ich schaffte es beim besten Willen nicht, dieselbe Begeisterung wie Matthew an den Tag zu legen. Der seufzte nur.

»Geht eigentlich irgendetwas von dem, was ich dir erzähle, in dein Gehirn rein?« Er streckte die Hand nach einem der unzähligen Staubtücher aus, die er gleich neben den Kugelschreibern mit dem Logo des Hotels aufbewahrte, und fing an, an einer Stelle auf dem blitzblanken Tresen herumzupolieren. Dort war eine kaum wahrnehmbare Schliere zu erkennen.

»Soll ich ganz ehrlich sein, Matthew? Nein.« Gähnend lehnte ich mich auf meinem Stuhl zurück.

»Das dachte ich mir. Aber ich muss sagen, deine Offenheit wusste ich schon immer sehr zu schätzen.« Er grinste und zwinkerte mir verschwörerisch zu. Ich sprang kurz auf, um über den Tresen zu Fritz hinüberzulinsen. Der saß wie immer auf seinem Sessel und hieß die Gäste willkommen. Gerade ließ er sich den Bauch von einer Herzogin kraulen, die sich in kindlichem Ton mit ihm unterhielt, deswegen wollte ich nicht stören und setzte mich wieder.

»Und, wie lief es mit dem Prinzen?«, wollte Matthew wissen.

Ich zuckte mit den Schultern. »Ganz gut. Er war total entspannt wegen dieser Sache. Ich habe ihm ein paar Tipps zur Arbeit mit dem Selfiestick gegeben, und am Ende hat er mich sogar angefleht, noch ein bisschen bei ihm zu bleiben und ihm noch mehr zu zeigen. Ich wünschte, er würde Mum sagen, ich wäre genug bestraft worden.«

»Bist du denn auch der Ansicht, dass dem so ist?«

»Willst du mich auf den Arm nehmen? Ich musste doch echt genug langweilige Arbeiten erledigen.«

Er zog eine Augenbraue hoch.

»Mum ist so streng.«

»Aber kann man es ihr denn verübeln? Sie steht unter extremem Druck, weil der Weihnachtsball immer näher rückt.«

Ich schnaubte verächtlich. »Als hätte sie damit so viel Arbeit. Das organisiert doch alles Audrey.«

»Oh, da wäre ich mir nicht so sicher.« Matthew faltete das Staubtuch zusammen und legte es fein säuberlich wieder an seinen angestammten Platz. »Audrey erledigt durchaus eine ganze Menge, aber deine Mum überblickt alles. Ganz zu schweigen von ihrer alltäglichen Arbeit, die sie mit der Leitung des Hotels noch zusätzlich hat.«

»Aber das braucht sie doch nicht an mir auszulassen, wenn sie gestresst ist.«

»Sie möchte ja nur, dass hier alles reibungslos läuft. Und um diese Jahreszeit gibt es alle Hände voll zu tun – der Weihnachtsball liegt ihr sehr am Herzen.«

»Ja klar. Das ist ja auch der beste Abend des Jahres, und sie kann mit George Clooney flirten.« Ich rollte mit den Augen.

Matthew quittierte das nur mit einem Kopfschütteln. »Das ist es nicht. Vielleicht fragst du sie bei Gelegenheit mal.«

»Wie auch immer, jedenfalls ist sie *total* unfair mir gegenüber. Ich habe mich doch bei Prinz Gustav entschuldigt, deshalb verstehe ich beim besten Willen nicht, warum ich weiter bestraft werde«, sagte ich wutschnaubend.

Er lachte und drohte mir spielerisch mit dem Zeigefinger. »Dieser schelmische Gesichtsausdruck! Der erinnert mich an die vielen Male, als ich dich dabei ertappt habe, wie du die Schlüssel aller Gäste so durcheinandergebracht hast, dass keiner mehr den richtigen bekommen hat. Weißt du das noch?«

»Das war aber jedes Mal auf Cals Mist gewachsen«, flunkerte ich. »Und ich war diejenige, die den ganzen Ärger bekommen hat.«

»Das nehme ich dir nicht ab.« Er lächelte, und seine Augen blitzten. »Du warst immer schon diejenige, die den Kopf voller Flausen hatte. Das war bestimmt deine Idee.«

»Ich musste immer schon den Kopf hinhalten für Cal, falls es das ist, was du meinst.«

»Glaub mir, er ist auch nie ungeschoren davongekommen. Ich mag ja bei der Arbeit stets gut gelaunt sein, aber damit du dich nicht täuschst, als Vater bin ich sehr streng.« Er streckte den Rücken durch, als ein Gast auf die Rezeption zukam. Matthew begrüßte ihn, als handelte es sich um einen guten Freund, den er lange nicht gesehen hatte.

Während ich schweigend danebenstand und zuhörte, fing das Telefon neben mir an zu klingeln. Es handelte sich um ein altes goldenes Vintage-Exemplar, wie bei allen Apparaten hier an der Rezeption. Sie hatten eine klassische Wählscheibe und gaben dieses altmodische Klingeln von sich. Natürlich passten sie perfekt zur Einrichtung des Hotels.

Ich starrte auf das Telefon, während es unablässig klingelte, und mir entging nicht, wie Matthew aus dem Augenwinkel einen Blick darauf warf. Nur leider kam der Gast jetzt richtig auf Touren und erzählte ihm lang und breit von seinem Besuch im Zoo. Und weil Matthew der höflichste Mensch aller Zeiten war, hätte er nicht im Traum daran gedacht, sich mitten während des Gespräches abzuwenden. Das Telefon hörte nicht auf zu klingeln. Erst starrte ich es bloß an, aber irgendwann fing es an, mich zu nerven, deswegen streckte ich den Kopf über den Tresen, ob nicht ein Portier in der Nähe war, der rangehen konnte. Leider waren sie alle beschäftigt. Verärgert hielt ich mir die Ohren zu, bis ENDLICH Audrey angerannt kam und sich den Hörer ans Ohr riss. Sie gab mehrfach ein »Aha« oder »Mhm« von sich und sagte dann: »Selbstverständlich, wird sofort erledigt«, bevor sie den Hörer auflegte.

»Das hat aber lange gedauert«, beschwerte ich mich, als sie sich mir mit in die Hüfte gestemmter Hand zuwandte. »Kann man die Lautstärke an diesem Ding nicht ein wenig leiser stellen?«

»Dir ist schon bewusst, dass das die Hausleitung ist, oder? Das habe ich dir doch schon oft genug erklärt.«

»Ja, und?«

»Und deswegen«, presste sie zwischen zusammengebissenen Zähnen hervor, »hättest du ruhig rangehen können. Es war ein Gast des Hotels und keiner, der eine Reservierung durchgeben wollte.«

»Ich arbeite hier nicht, Audrey. Du kannst doch nicht von mir erwarten, dass ich einspringe, bloß weil du nicht genügend Personal hast. Wir leben nicht in Zeiten der industriellen Revolution. Kinderarbeit ist nicht mehr zeitgemäß.«

Sie sog scharf die Luft ein. An meinem Einwand war etwas dran, und das war ihr bewusst. Ich konnte nicht einfach so ans Telefon gehen. Es war ja nicht meine Schuld, dass ich zufällig hier wohnte.

»Du hast vermutlich recht«, lenkte sie zähneknirschend ein. »So etwas sollte ich tatsächlich nicht von dir erwarten.«

»Ich nehme deine Entschuldigung an.«

»Aus mir völlig unerfindlichen Gründen hat Skylar Chase darum gebeten, du mögest in ihre Suite kommen.«

Mit offenem Mund starrte ich sie an. »W-was? Bist du sicher?«

»Ganz sicher. Das war sie am Telefon. Sie möchte, dass Flick Royal sofort nach der Schule zu ihr aufs Zimmer kommt. Vorausgesetzt, du bist nicht zu beschäftigt, meinte sie.«

»Aber warum?«

»Das hat sie nicht gesagt.«

»Und du bist dir ganz sicher, dass sie nach mir gefragt hat?«

»Ja, ganz sicher.«

»Im Ernst?«

»Flick.« Audrey fing an, ungeduldig mit dem Fuß auf den Boden zu tippeln. »Ich bin mir sicher, dass Skylar Chase gerade eben deine Anwesenheit erbeten hat. Sie wohnt in Zimmer 108. Es versteht sich wohl von selbst, dass du diese Information vertraulich behandelst. Und jetzt schlage ich vor, du begibst dich schleunigst zu ihr nach oben. Mach dir wegen Fritz keine Gedanken, ich lasse ihn dir hinaufbringen, wenn er so weit ist.« Sie schnippte mit den Fingern. »Los, komm, ein bisschen dalli, wenn ich bitten darf.«

Hastig sprang ich auf und lief zum Aufzug. Ich war wie benommen. Mein Herz hämmerte unkontrolliert, als ich auf ihrem Stockwerk ankam und steif vor der Tür zu Zimmer 108 stand. Langsam hob ich die Hand, um anzuklopfen, hielt dann aber wie versteinert inne und musste erst mal schlucken. Ich hatte einen Kloß im Hals. Was sie wohl von mir wollte?

Die Tür schwang auf, bevor ich mich bemerkbar machen konnte. Meine Hand verharrte mitten in der Luft. Skylar Chase stand vor mir, in einem hoteleigenen flauschigen Bademantel und dazu passenden Pantoffeln. »Wie lange wolltest du denn da draußen noch herumstehen?«, fragte sie.

»Äääh«, antwortete ich wortgewandt.

»Komm rein!« Sie schob mich nach drinnen und schloss die Tür hinter mir, während ich vorwärtsschlurfte. »Ich brauche deine Hilfe.«

Sie verschwand im Schlafzimmer und ließ mich verdutzt stehen. Ihre Suite war die größte und schönste im ganzen Hotel. Sie hatte ein riesengroßes Wohnzimmer, ein Schlafzimmer mit Himmelbett, ein Badezimmer mit Whirlpool und einen begehbaren Kleiderschrank. Im Wohnzimmer standen überall frische rote Rosen herum – vermutlich ihre Lieblingsblumen –, und es gab sogar ein Klavier. Das stand unter einem großflächigen Fenster mit einer atemberaubenden Aussicht über London. Die lila Samtvorhänge waren jetzt allerdings zugezogen, die Suite war in helles Kerzenlicht getaucht.

Ich hatte Mum schon des Öfteren gefragt, warum unsere Wohnung nicht ansatzweise so aussah, aber sie hatte meine Frage bloß weggewischt und mir erklärt, in so einer prunkvollen Umgebung wolle ja wohl kein Mensch leben.

Bis zum heutigen Tag ist mir ihre Antwort schleierhaft. Immer her mit den Kronleuchtern!

»Warum stehst du da herum wie bestellt und nicht abgeholt?«, fragte Sky. Sie streckte den Kopf zur Schlafzimmertür heraus. »Komm doch rein!«

»Bist du dir echt sicher, dass du mich sehen wolltest?«, fragte ich und folgte ihr artig ins Schlafzimmer.

»Aber klar doch.« Sie stand neben dem Bett, auf dem ein Riesenberg Klamotten lag. »Es handelt sich um einen Notfall.«

»Was gibt es denn für ein Problem? Wenn es nämlich mit dem Zimmer zu tun hat, bin ich nicht die richtige Ansprechpartnerin –«

»Nein, es geht um Folgendes«, unterbrach sie mich. »Ich habe meinem Team für heute freigegeben. Sie haben wirklich harte Arbeit geleistet, deshalb habe ich darauf bestanden. Natürlich waren sie gleich ganz begeistert und sind losgezogen, um irgendwelche Sehenswürdigkeiten zu besichtigen. Die Sache ist nur, ich bin heute Abend mit ein paar Freunden zum Essen verabredet. Und normalerweise hilft meine Stylistin oder meine Assistentin mir dabei, was zum Anziehen auszusuchen. Die möchte ich jetzt natürlich nicht anrufen. Die sollen sich ruhig dieses Tower-Dingens anschauen. Wie heißt das noch mal?«

»Äh, der Tower von London?«

»Ach so, ja, genau. Da, wo man früher den Leuten die Köpfe abgeschlagen hat.« Sie rümpfte angewidert die Nase. »Ich wusste nicht, wen ich sonst anrufen sollte. Da bist du mir eingefallen.«

»Ich?«

»Ja, du. Ich habe mich daran erinnert, wie du meintest, du stündest unter Hausarrest. Deshalb war ich mir sicher, dass du irgendwo im Hotel sein musst und dich garantiert freust, wenn du dich vor deinen Aufgaben drücken kannst.«

Mein Mund verzog sich zu einem breiten Grinsen. »Du hast den Nagel auf den Kopf getroffen!«

»Super!« Sie erwiderte mein Lächeln. »Und, hilfst du mir?«

»Klar doch.« Ich zog den Stuhl unter der Frisierkommode hervor und nahm Platz.

»Ich brauche nur jemanden, der mir versichert, dass ich nicht komplett daneben aussehe. Du würdest nicht glauben, wie fies die Leute im Internet sein können, wenn man auch nur ein Mal einen Fehlgriff macht.« Sie deutete auf den Kleiderhaufen auf dem Bett. »Das da wären meine Favoriten.«

»Na, das ist ja überschaubar. Nicht.«

»Fangen wir mit dem pinkfarbenen Kleid an«, schlug sie vor und huschte im nächsten Moment damit ins Badezimmer. Ich lehnte mich entspannt auf meinem Stuhl zurück und grinste in mich hinein. Man vergaß leicht, dass man es mit einem weltberühmten Popstar zu tun hatte, wenn man seine Zeit mit Skylar Chase verbrachte. So, wie sie redete und sich benahm – es war, als würde man etwas mit einer guten Freundin machen.

Mit einer sehr glamourösen, hammermäßig coolen Freundin.

»Okay, das wäre mein erster Vorschlag.« Sie kam aus dem Schlafzimmer und drehte sich einmal im Kreis. »Wie findest du es?«

Ich prustete los vor Lachen. »Ehrlich? Ein dickes Nein von der Jury.«

»Warum? Mir gefällt es eigentlich recht gut.«

»Bestimmt nicht mehr, wenn du siehst, wie es in diesem Licht aussieht.«

Sie stellte sich vor den Ganzkörperspiegel und schnappte entsetzt nach Luft. »Oh Mann, das ist ja komplett durchsichtig!«

»Damit kämst du garantiert in die Schlagzeilen«, bemerkte ich, und wir mussten beide lachen. »Also weiter mit dem nächsten.«

Nachdem wir den halben Haufen durchwühlt hatten, entschieden wir uns für ein wunderschönes rotes Minikleid, dazu silberne Glitzerschuhe.

»Du siehst umwerfend aus.« Ich nickte anerkennend. Als sie eine Truhe öffnete, die randvoll mit Handtaschen war, machte ich ganz große Augen. Nach reiflicher Überlegung wählte sie eine silberne Clutch aus, um den Look zu perfektionieren. »Wo findet denn dein Abendessen statt?«, wollte ich wissen.

»Hier im Hotel«, antwortete sie und legte noch ein Paar Diamantohrringe an, während ich mich auf den Boden hockte und anfing, in der Schatzkiste mit den Handtaschen zu wühlen.

»Möchtest du mitkommen?«, fragte sie wie aus dem Nichts.

Erschrocken ließ ich die Handtasche fallen, die ich mir gerade angesehen hatte. »Was?«

»Es ist bloß ein Essen mit ein paar Freunden, ganz ungezwungen.«

»Sicher, ist bestimmt gar keine förmliche Angelegenheit.« Ich lachte und deutete mit einem Nicken auf das Diamantarmband, das sie gerade anlegte.

»Ich meine es ernst. Du solltest mitkommen.«

»Ich … ich kann nicht. Da kenne ich doch keinen, und außerdem habe ich gar nichts anzuziehen und –«

»Ich denke, wir finden schon was für dich.« Sie deutete auf das Bett voller Kleidungsstücke. »Ich lasse mir die Sachen immer gleich in mehreren Größen schicken, ich bin mir sicher, wir finden etwas, das klein genug ist und dir passt.«

»Aber ich will dir nicht zur Last fallen!«

»Äh, ich hab *dich* doch eingeladen, schon vergessen?«

Ich war total sprachlos. Es war nicht zu fassen, dass Skylar Chase mich zum Essen mit ihren *Freunden* einlud.

»Komm schon!«, meinte sie grinsend. »Jetzt zwing mich bitte nicht, zu betteln. Außerdem verstößt du damit gar nicht gegen den Hausarrest, den deine Mum dir aufgebrummt hat, weil du das Hotel ja nicht verlässt. Und, was sagst du?«

Ich starrte sie weiter sprachlos an und konnte nicht fassen, was hier passierte. »Wenn du echt meinst …«

»Na prima!« Sie streifte die Stöckelschuhe ab und düste rüber zum Bett. »Ich glaube, ich habe schon das perfekte Outfit für dich. Mit deinen wunderschönen roten Haaren sieht das bestimmt umwerfend aus«, verkündete sie und schleuderte Klamotten quer durchs Zimmer, während sie den Haufen durchwühlte. »Warte nur, bis die hören, dass ich dich mitbringe, Flick Royal vom Hotel Royal!«

Wie benommen hockte ich da. Ich wurde das Gefühl nicht los, dass sie mich für wichtiger hielt, als ich tatsächlich war.

Aber es konnte ja nicht schaden, einfach mitzuspielen, oder?

Ich brauche ganz dringend meinen Lipgloss zurück.

Ähm, ich habe deinen Lipgloss nicht, Ella. Den hast du doch heute noch selbst benutzt.

Nicht den. Der mit Beerengeschmack. Den habe ich dir schon vor Wochen geliehen.

Klar, aber den habe ich dir direkt zurückgegeben. Ich wollte nur wissen, ob er echt so lecker nach Beeren riecht. Ich habe ihn gar nicht richtig benutzt.

Wenn du ihn verloren hast, dann kaufst du mir aber einen neuen. Der passt nämlich perfekt zu meinem grünen Top.

Ich muss los, lass uns später quatschen.

Ich habe Ellas Lipgloss geklaut.

Der, den sie überall sucht?
Grace, du musst ihn ihr zurückgeben,
sie denkt, ich habe ihn!

Ich weiß, sie hat mir geschrieben, du würdest dich weigern, ihn ihr zurückzugeben. Da ist mir ein Licht aufgegangen. Ich kann ihn ihr nicht zurückgeben. Ich habe den Lipgloss an das Hundeheim in Battersea gespendet.

Du hast LIPGLOSS an ein Hundeheim gespendet??! Grace, du weißt, was ein Hundeheim ist?

Das war ein Versehen. Ich habe ihnen meine Strickjacke gespendet, und da war der Lipgloss drin, in der Tasche.

Du hast eine STRICKJACKE gespendet? Grace, wir reden hier von einem HUNDEHEIM!

Auch Hunde frieren ab und zu.

Du wirst Ella einen neuen kaufen müssen. Sonst wird sie echt sauer. Du kennst sie doch.

Klar. Neulich hat sie mich angeschnauzt, weil ich mir ein Federmäppchen mit Punkten gekauft habe. Sie hat nämlich auch ein Federmäppchen mit Punkten. Ich musste es zurückgeben.

Grace, ich muss aufhören. Ich bin auf dem Weg zu ... ach, egal, zu einem wichtigen Essen.

Was führst du bloß für ein irre cooles Leben. Du verbringst deine Abende schick im Restaurant, und ich kann mein Schildkrötenhaus ausmisten.

Seit wann hast du denn eine Schildkröte??

Habe ich dir noch gar nichts von Bruce erzählt?
Der war ein Geburtstagsgeschenk von meinem Onkel, das ist schon ein paar Jahre her. Er besitzt eine Notunterkunft für Schildkröten in Neuseeland. Bruce ist schon recht groß. Neulich hat er aus Versehen meine Wimpernzange aufgefressen, weil er dachte, sie wäre ein Blatt.

Wie kann man denn bitte eine Wimpernzange mit einem BLATT verwechseln?

Keine Ahnung. Frag Bruce.

Grace. Du bist echt so was von schräg. Aber du bringst mich immer wieder zum Lachen.

Danke! Hab einen schönen Abend. Bruce lässt grüßen: „WAS GEHT AB!?“ (Nur ein Witz. Schildkröten können gar nicht reden. Das habe ich mir bloß ausgedacht.)

Danke für die Info.
Gute Nacht, Grace. Küsschen.

KAPITEL 7

Bis ich das Theaterspielen vor zwei Jahren aufgab, hatte ich in der Schulvorführung immer die Hauptrolle.

Mittlerweile würde ich natürlich für kein Geld der Welt mehr für eine Rolle vorsprechen, egal, welches lahme Stück meine Schule plant. Ich muss allerdings zugeben, dass ich es megatoll fand, im Rampenlicht zu stehen, und manchmal ernsthaft über eine Rückkehr auf die Bühne nachgedacht habe. Aber dann fiel mir immer ziemlich schnell wieder ein, dass ich da EXTREM viel Zeit mit den Leuten von der Theater-AG verbringen muss. Und – nichts für ungut – die sind wahnsinnig *anstrengend*.

Zum Beispiel hatte ich einmal Hannah, die Anführerin in Theaterdingen, auf ihrer eigenen Party allein herumsitzen sehen. Deswegen ließ ich völlig selbstlos meine Freunde stehen und ging zu ihr, nur damit sie sich nicht wie die größte Außenseiterin fühlen musste. Leider war sie mir aber nicht die Spur dankbar dafür, im Gegenteil. Dabei hatte ich bloß gesagt, dass das Stück, in dem sie gerade mitgewirkt hatte, echt nett war und alles, aber das Ende war doch ziemlich vorhersehbar. Es wäre eigentlich cool gewesen, wenn sie es ein bisschen aufgemischt hätten. Die Elfenkönigin hätte zum Beispiel irgendetwas total Dramatisches machen können, wie diesen langweiligen König der Elfen umbringen oder so. Der lief zwar den ganzen Abend mit nacktem Oberkörper rum, war aber irgendwie gruselig. Angewidert sah sie mich an und sagte dann ziemlich gereizt: »Sorry, aber nicht jeder ist der Ansicht, dass man Shakespeare ›aufmischen‹ müsste.« Und dann stand sie einfach auf und ließ mich stehen.

Manche Leute haben echt keine Manieren.

Daher, und aus anderen Gründen, ließ ich meine Theaterkarriere hinter mir und glaubte, auch wegen Mums unnötiger Vorbehalte gegen Videobloggen, ich hätte das Rampenlicht für immer verlassen.

Bis zu diesem Abendessen mit Skylar Chase.

Wenn man in ihrer Begleitung war, fühlte es sich an, als würde man auf der Bühne stehen, und das ohne Pause, ständig verfolgt vom Scheinwerferlicht. Dabei waren wir bloß von ihrer Suite hinunter ins Restaurant gegangen, wir hatten noch nicht einmal das Hotel verlassen und waren hinausgegangen in die wirkliche Welt. Die Leute starrten uns an, als wir durch die Flure zogen, und dann starrten sie uns im Lift an und als wir vom Lift aus ins Restaurant gingen. Ich muss schon sagen, das war ein GROSSARTIGES Gefühl. Eigentlich wurden wir nur einmal nicht angestarrt, nämlich als ich Sky überredete, sich mit mir für einige Minuten hinter einer der riesigen Vasen in der Nähe der Rezeption zu verstecken, weil Audrey in der Lobby herumschlich.

»Ist das immer so?«, fragte ich sie, als wir endlich im Speisesaal ankamen und so taten, als würden wir nicht bemerken, dass all die Köpfe sich nach uns umdrehten.

»Ja.« Sky nickte erschöpft.

»Das ist doch toll!« Ich lächelte und streichelte liebevoll über die Clutch, die sie mir geliehen hatte.

»Findest du?« Sky schüttelte zweifelnd den Kopf. »Das ist doch so, als würde man ständig über den Laufsteg laufen.«

»Du sagst das, als wäre es etwas Schlechtes.«

Sie sah mich prüfend an. »Denkst du nicht, dass dich das irgendwann langweilen würde?«

»Bewundert und verehrt zu werden?« Ich grinste breit. »Ähm, ich glaube, damit käme ich klar.«

Sie lachte, als Timothy mit mehreren Speisekarten in der Hand auf uns zugeeilt kam. Als er mich erblickte, musste er zweimal hinsehen, wahrscheinlich, weil ich normalerweise höchstens mit einem Dackel im Maßanzug unter dem Arm ins Restaurant kam, nicht in Begleitung eines weltberühmten Popstars. Oder lag es doch an meinen Haaren? Sky hatte mir einen total hübschen Zopf geflochten, der sich um meinen Hinterkopf legte wie ein Heiligenschein. Dazwischen hatte sie noch eine blaue Blüte gesteckt, passend zu dem blauen Plisseerock, den sie für mich ausgesucht hatte.

»Miss Chase, Ihr Tisch ist schon bereit, Ihre Gäste sind bereits eingetroffen«, fing er an, bevor er mir einen verunsicherten Blick zuwarf. »Und wird Miss Royal sich ebenfalls zu Ihnen gesellen?«

»Ja, wird sie.« Sky strahlte mich an.

»Kein Problem, wir legen gern noch ein weiteres Gedeck auf.«

Als er davonwuselte, um sich mit den anderen Kellnern abzusprechen, die den Tisch sofort neu eindeckten, kam ein Junge auf uns zu, der Sky mit weit ausgebreiteten Armen empfing.

»Endlich schaffst du es auch mal in die schönste Stadt der Welt.« Er grinste breit, als sie ihm mit einem spitzen Schrei in die Arme fiel. »Es hat lange genug gedauert!«

Ich erkannte ihn auf Anhieb: Es war Ethan Duke, der YouTube-Star. Grace wäre auf der Stelle in Ohnmacht gefallen. Wir hatten in der Schule in den Mittagspausen Stunden damit verbracht, uns seinen Videoblog anzusehen. Glaubte man dem

Text in der Rubrik »Über mich«, den Grace auswendig konnte, war er rein zufällig als Nachbar eines Filmregisseurs groß geworden, mit dessen Sohn er sich angefreundet hatte. Der hatte ihn auf eine ganze Reihe von Filmdrehs mitgenommen. Irgendwann kam Ethan auf die Idee, die megaberühmten Schauspieler zu fragen, ob er sie nicht in den Drehpausen für seinen YouTube-Kanal interviewen könnte, und es dauerte nicht lange, da hatte er Millionen Fans, und die Promis standen Schlange bei ihm, weil sie sich einen Auftritt in seinem Videoblog erhofften. Manchmal waren das Interviews, manchmal aber auch irgendwelche Mutproben, und hin und wieder taten er und ein Promi sich zusammen, um einer anderen bekannten Person einen Streich zu spielen.

Rein zufällig war er aber auch der süßeste Junge auf dem ganzen Planeten, ehrlich. In echt sah er sogar noch besser aus als in seinen Videos, ich hätte nie gedacht, dass das überhaupt möglich wäre. Seine glänzenden, glatten braunen Haare fielen ihm total lässig in die Stirn, sie gingen ihm bis knapp über die dichten Augenbrauen, die seine grün-braunen Augen sehr schön betonten. Dazu hatte er richtig volle Lippen. Ich konnte nicht aufhören, sein perfektes Kinn anzustarren, es sah aus wie gemeißelt. Oh Mann, ich musste aufhören, ihn so anzustarren. Dieses Kinn!

Schiele nicht ständig zu seinem Kinn rüber! Hör auf, sein perfektes Kinn anzustarren, nicht auf sein Kinn starren …

»Flick, das ist Ethan.«

Ich war so sehr damit beschäftigt, sein engelsgleiches Gesicht zu bewundern, dass mein Gehirn überfordert war, als Sky mich ansprach.

»Kinn!«

Oh Mann, bitte nicht.

Sky sah mich blinzelnd an. »Hä?«

»Ich meine, Wahn*sinn*«, beeilte ich mich zu sagen, um die ultrapeinliche Situation zu retten. »Wahnsinn, wie viele verschiedene Sorten Besteck es gibt! Allein vier Gabeln. So viele Gabeln kriegt jeder. Wahnsinn!«

»Flick, wovon redest du?«

»Na, die Anzahl der Gabeln an jedem einzelnen Platz. Ich hab bloß … äh … noch mal überprüft, ob auch alles seine Ordnung hat. Timothy!«, krächzte ich und wartete, dass er auf mich zugewetzt kam. »Sind denn an jedem Platz vier Gabeln? So wie immer?«

»Ähm, ja …«, gab er ganz langsam zurück, als erwartete er, dass es sich um eine Fangfrage handelte.

»Ausgezeichnet«, sagte ich und tätschelte ihm unbeholfen den Arm. »Gut gemacht. Sie können jetzt wieder gehen.«

»Vielen Dank, Miss Royal.« Er zog sich zurück, mit vor Verwunderung gerunzelten Augenbrauen.

»Royal?«, hakte Ethan erstaunt nach. »So wie in Hotel Royal etwa?«

Ein Themenwechsel war mir gerade recht. »Ja«, sagte ich nickend. »Das kennst du?«

»Das Hotel Royal? Na klar. Wir sind ja schließlich drin.«

THEMENWECHSEL = LIEF NICHT SO GUT.

»Ach so, klar, sorry, ich habe heute leider viel zu viel Kaffee getrunken.« Ich stieß ein nervöses Lachen aus.

»Ach, das passiert mir auch gern. Schön, dich kennenzulernen, Flick. Mein Name ist Ethan.«

Skylar, die mich immer noch seltsam von der Seite musterte, deutete auf einen weiteren Jungen und ein Mädchen, die sich zu uns gesellt hatten, während ich was von Gabeln gefaselt hatte.

»Das ist Carly, meine Drummerin, und Jacob kennst du vielleicht. Er modelt.«

Dieses Mal hielt ich es für das Vernünftigste, nichts zu sagen, stattdessen nickte ich bloß, um die beiden zu begrüßen. Dann wurden wir von Timothy durch den Raum geleitet, wobei wir reihenweise neugierige Blicke ernteten und von überall Getuschel zu uns drang. Ich entschied mich bewusst dafür, mich möglichst weit von Ethan wegzusetzen (weil mein Gehirn das mit seinem perfekten Kinn offenbar nicht verarbeiten konnte). Leider landeten wir dann doch direkt nebeneinander.

Tja, das würde interessant werden.

»Die drei kommen auch zum Weihnachtsball ins Hotel Royal«, verkündete Skylar gerade. »Ich fliege extra aus L. A. her.«

»Der Ball ist eins der absoluten Highlights des Jahres«, bestätigte Ethan. »Ich liebe ihn.«

»Du warst doch erst ein Mal da«, zog Carly ihn lachend auf.

»Klar, aber das war megatoll. Ich bin mir sicher, das wird dieses Mal auch wieder gut«, rechtfertigte er sich.

»Wusstet ihr, dass Flick hier im Hotel wohnt?«, fragte Skylar die am Tisch Versammelten ganz aufgeregt. »Es ist ihr *Zuhause.*«

»Du wohnst im Hotel Royal?« Ethans Augen weiteten sich, während er seinen Stuhl näher an den Tisch heranrückte. »Dann weißt du sicher alles über dieses Gebäude.«

»Nicht so richtig«, gab ich schüchtern zu und spielte nervös mit dem silbernen Serviettenring.

»Sie weiß unendlich viel über Gabeln, so etwas darf man nicht unterschätzen«, zog Jacob mich auf.

Skylar verdrehte die Augen. »Achte nicht auf Jacob, Flick, er tut nur so, als wäre es ihm egal, aber er ärgert sich immer noch, weil er heute einen großen Modelauftrag nicht bekommen hat.«

»Das kümmert mich echt herzlich wenig«, entgegnete er leichthin, doch er log ganz offensichtlich. Das weiß ich so genau, weil er exakt das gleiche bemüht unbekümmerte Gesicht zog wie Ella, wenn jemand anderer das bekam, was sie sich eigentlich gewünscht hatte. So wie damals, als Zoe sich bei einem Bio-Projekt mit Aidan zusammengetan hatte. Ich musste mir ganze DREI TAGE LANG ihr Gesülze anhören, von wegen, wie gleichgültig ihr das doch sei, und durfte schön artig nicken, während sie am laufenden Band abfällige Bemerkungen über Zoe vom Stapel ließ. Das zog sie so lange durch, bis Aidan sich schließlich erbarmte und Ella fragte, ob sie mit ihm ins Kino wolle. Wie froh waren wir alle, als sie endlich das Thema wechselte.

»Frag ihn doch mal, an wen er die Kampagne verloren hat, Flick.« Skylar lachte mich über den Tisch an, während Carly kicherte.

»An wen hast du sie denn verloren?«, fragte ich.

Er seufzte. »An Dolly.«

»Und wer ist Dolly?«, drängte Skylar und beugte sich vor über den Tisch, um mit gespielt unschuldiger Miene das Kinn in die Hand zu stützen.

Jacob murmelte irgendetwas Unverständliches vor sich hin.

»Entschuldige bitte, was war das? Ich glaube kaum, dass Flick dich verstanden hat«, sagte Carly, die Skylar verschwörerisch zuzwinkerte. Jacob presste die Kiefer aufeinander und stieß zwischen zusammengebissenen Zähnen hervor: »Ein Hamster.«

Alle am Tisch prusteten los vor Lachen.

»Der Werbekunde hat beschlossen, eine völlig andere Richtung einzuschlagen«, erklärte Jacob mürrisch.

»Dann macht der Kunde aber einen Riesenfehler.« Ethan kicherte und hielt sein Wasserglas aus Kristall hoch. »Alles, wofür du dein Gesicht in die Kamera hältst, verkauft sich doch wie geschnitten Brot.«

»Hört, hört! Oder was auch immer ihr Briten so sagt«, schmunzelte Skylar, während Jacob zufrieden in sich hineinlächelte. Er hob sein Glas und stieß mit Ethan an.

Timothy kam zu uns an den Tisch, um das heutige Menü zu erläutern, nachdem er uns die Empfehlung des Chefkochs ans Herz gelegt hatte. Dann zog er sich zurück, damit wir unsere Wahl in Ruhe treffen konnten. Skylar und Carly fingen an, sich mit Jakob über Dollys Attraktivität zu unterhalten, weshalb Ethan seine Aufmerksamkeit auf mich richtete.

»Wie war es denn, hier aufzuwachsen?«, wollte er wissen.

»Es war … ah … es war toll«, antwortete ich und wünschte mir im selben Moment, ich hätte etwas Interessanteres zu sagen.

»Ich wette, dieses Hotel hat eine irre interessante Geschichte.«

»Ja. Hat es.«

»Dann erzähl doch mal.«

»Was denn?«

»Na, Dinge über seine Geschichte«, erläuterte er und schien ganz gebannt abzuwarten. »Ich mag solche Sachen, und ich war schon immer fasziniert vom Hotel Royal. Das Hotel hat so etwas … Glanzvolles. Wie fing das alles an?«

Ich musste schlucken.

Das Hotel Royal hatte in der Tat eine richtig interessante Vergangenheit. Ich wusste das, weil ich die Leute wieder und wieder darüber hatte sprechen hören. Wenn Mum über derlei Dinge redete, gab ich immer den Anschein, als würde mich das brennend interessieren. Aber manchmal hörte sie gar nicht mehr auf, und das meistens in Situationen, wo es mir gar nicht passte, zum Beispiel, wenn ich mir gerade ein YouTube-Tutorial ansah, wie man sich die Haare mit dem Lockenstab eindrehte, ohne sich die Kopfhaut zu verbrennen. Für solche

Dinge war höchste Konzentration erforderlich. Mum verstand das aber nie und nörgelte dann jedes Mal an mir herum. Ich weiß nicht, wie sie auf die Idee kam, es könnte wichtig für mich sein, dass ich mein Gehirn mit diesen ganzen langweiligen historischen Fakten vollstopfte, wo ich hier doch ohnehin nicht das Sagen hatte. Jetzt allerdings wäre es mir ganz gelegen gekommen, Ethan mit ein paar geheimen Details über das Hotel zu beeindrucken.

Ich würde wohl oder übel improvisieren müssen.

»Das Hotel wurde im frühen zwanzigsten Jahrhundert von meinem Ururgroßvater gegründet«, teilte ich ihm mit, und so weit stimmte die Geschichte sogar ... ich wusste nur nicht mehr, wie es danach weitergegangen war.

Er nickte nachdenklich, und ich wartete gebannt auf seine nächste Frage.

»Und wer leitet es jetzt?«

YES. Die Antwort darauf wusste ich natürlich.

»Meine Mum.«

»Wow«, stieß er anerkennend aus, und er klang ernsthaft beeindruckt, aus welchem Grund auch immer. »Es ist also in der Familie geblieben? Das bedeutet dann ja, dass du irgendwann die Zügel hier übernimmst, oder?«

Entgeistert starrte ich ihn an. »Hä?«

»Es sei denn, du hast noch Geschwister?«

»Nein, ich bin ihr einziges Kind.«

»Dann leitest du den Laden also eines Tages.« Er stieß einen leisen Pfiff aus und ließ den Blick durch den Speisesaal schweifen, ehe er die Augen wieder auf mich richtete. »Nicht schlecht.«

»Darüber habe ich noch nie so richtig nachgedacht«, gab ich schulterzuckend zu und blätterte nervös in der Speisekarte.

»Im Ernst?« Fassungslos starrte er mich an. »Oh Mann, wenn ich an deiner Stelle wäre, würde ich mir die ganze Zeit darüber Gedanken machen.« Er nahm das Menü zur Hand und sah sich das Angebot an.

»Jedes Mal, wenn ich hier esse, habe ich Probleme, mich zu entscheiden. Weil alles so gut klingt«, teilte Ethan dem Tisch mit. Ich tat so, als würde ich mir selbst sämtliche Speisen auf der Karte ansehen, dabei fand ich das meiste total eklig. Entenleber? IGITT! Geräucherter Aal? Würg. Was hatte sich Chefkoch Kian bloß dabei gedacht? Ich würde ein ernstes Wörtchen mit ihm reden müssen.

»Du kennst die Speisekarte sicher auswendig, oder?«, bemerkte Carly mit einem Lächeln. »Ändert die Auswahl sich oft?«

»Weiß nicht recht.«

Sie wirkten allesamt ziemlich überrascht.

»Du kennst die Speisekarte in eurem eigenen Restaurant nicht?«, fragte Ethan ungläubig. »Aber ...«

Zum Glück kam Timothy genau im richtigen Moment zu uns an den Tisch, um die Bestellung entgegenzunehmen. Damit war ich aus dem Schneider, zumindest vorerst, während er sich aufschrieb, was wir wollten. Kaum war er fertig, beeilte ich mich, das Thema zu wechseln.

»Carly, hast du denn auch die ganzen Schlagzeugparts auf Skylars Album eingespielt? Oder begleitest du sie nur auf Tour?«

Freudig antwortete Carly mir detailliert auf meine Frage, und während alle höflich zuhörten, atmete ich insgeheim erleichtert auf. Ich bekam langsam Kopfschmerzen von den vielen Fragen.

»Flick, kommst du eigentlich zu Skys Album-Release-Party?«

Als sie Ethans Frage hörte, schnappte Skylar aufgeregt nach Luft. »Was für eine super Idee! Ja, Flick, du musst unbedingt kommen. Das ist erst in ein paar Wochen, die Party findet in einem der coolsten Klubs in ganz London statt. Hast du Lust?«

»Wow! Voll gern. Ist das dein Ernst?«

»Ja klar, mein voller Ernst.« Sky lachte. »Du bist schließlich meine Gastgeberin, es wäre doch unhöflich, dich nicht einzuladen.«

»Ich kann echt nicht fassen, dass du hier wohnst«, sagte Carly kopfschüttelnd.

Oh nein. Nicht schon wieder.

»Ja, oder?«, pflichtete Skylar ihr bei und nickte eifrig. »Stell dir vor, in so einem Haus aufzuwachsen.«

»Ach, so ein Riesending ist das auch wieder nicht«, wiegelte ich ab und nahm einen Schluck Wasser, weil mein Gesicht schon wieder knallrot anlief.

»Warum denn so bescheiden?« Ethan lächelte mir aufmunternd zu. »Erzähl uns doch mehr davon. Wohnst du in einer der Suiten?«

»Habt ihr einen eigenen Butler?«, wollte Carly wissen und beugte sich neugierig vor.

»Bestellst du dir auch literweise Eis, so wie in *Kevin – Allein in New York?«,* kicherte Jacob.

»Hast du deine Geburtstage immer hier gefeiert? Die Partys müssen doch der Hammer gewesen sein.« Sky grinste. »Da hast du bestimmt auch einen ganzen Haufen toller Leute getroffen, oder?«

»He, du solltest mal bei Ethan im Videoblog auftreten«, schlug Jacob vor.

»Was für eine geniale Idee!« Skylar klatschte begeistert in die Hände, während die anderen beiden nickten. »Was meinst du, Ethan?«

»Das wäre echt cool. Flick?«, fragte er, während alle gebannt auf meine Antwort warteten. »Was sagst du dazu? Möchtest du Gaststar auf meinem Videoblog sein?«

Das war der Moment, in dem ich Audrey erspähte. Sie stand an der Tür und ließ stolz den Blick schweifen, um sich zu vergewissern, dass alles nach Plan lief. Wenn sie mich jetzt entdeckte, würde sie wutschnaubend auf unseren Tisch zugestapft kommen und mir vermutlich sagen, ich solle auf mein Zimmer gehen. Ich hatte mich heute Abend schon genug blamiert, und das vor den wahrscheinlich coolsten Leuten des gesamten Planeten. Wenn Audrey mich jetzt sah, wäre ich geliefert. Mir blieb nur eins.

Ohne weitere Erklärung tauchte ich ab und verkroch mich unter dem Tisch.

»Tja …«, hörte ich Ethan mit einem Lachen sagen, als der Rest des Tisches in verblüfftes Schweigen verfiel. »Das war dann wohl ein klares Nein.«

KAPITEL 8

»Das hört sich VÖLLIG logisch an. Und wir dachten schon alle, du wärst komplett übergeschnappt.«

Ich entfernte die Gurkenscheiben von meinen Augen, damit ich Skylar ansehen konnte.

»Hat Ethan das gesagt?«

»Dass du ein bisschen plemplem wärst? Jepp.«

Ich ließ mich zurück auf den Relaxsessel fallen und schlug die Augen wieder zu, um mir die Gurkenscheiben zurück auf die Lider zu legen. Das katastrophale Abendessen war inzwischen schon ein paar Tage her, doch erst jetzt hatte ich endlich eine Erklärung abliefern können.

Ich hatte eine halbe Ewigkeit warten müssen, bis Audrey wieder gegangen war. In der Zwischenzeit war unser Essen gekommen, deswegen waren alle verunsichert gewesen, was sie tun sollten. Skylar hatte unter das Tischtuch gelinst, um herauszufinden, was mit mir los war, genau wie alle anderen auch, doch leider konnte ich ihnen schlecht erzählen, aus welchem Grund ich hier unten saß. (Ich meine, hallo? Natürlich dachte ich dabei in erster Linie an Ethan »das Kinn« Duke).

Mir war schon klar, dass ich einen total bescheuerten Eindruck machte, wie ich mich so unter dem Tisch versteckte, aber es war allemal besser, als dass Skylar Chases glamouröse Freunde mich für ein Riesenbaby hielten, das von Audrey erwischt und auf sein Zimmer geschickt wurde.

Als ich sah, wie Audreys Füße sich aus dem Restaurant entfernten, beschloss ich, dass es zu riskant war, mich weiter hier aufzuhalten. Sie würde auf jeden Fall zurückkommen, so viel stand fest. Es war von vornherein eine Schnapsidee gewesen, mich zu dem Abendessen mit Skylar breitschlagen zu lassen. Wenn Audrey mich gesehen hatte und es Mum erzählte, würde sie den Hausarrest gleich noch einmal verlängern. Das wäre dann nämlich bereits mein drittes schweres Vergehen in Folge. Kaum sah ich die auf Hochglanz polierten Schuhe der Marke Louboutin in die andere Richtung verschwinden, kroch ich unter dem Tisch hervor, erzählte allen, ich müsste wegen einer »wichtigen Angelegenheit« weg und rannte dann wie ein geölter Blitz zu der Tür, die ins Klavierzimmer führte. Ich stürmte hindurch und störte ein Gesangsensemble, das gerade eine private Theatervorstellung gab.

»Und, was hast du gemacht?«

»Ich habe mir vom Requisitentisch einen Fächer genommen und so getan, als wäre ich Teil der Vorführung.«

»Ist nicht dein Ernst!« Skylar quiekte.

»Doch. Warum müssen da jedes Mal Leute drin sein, wenn ich durch diese Tür gehe.«

»Ich kann echt nicht glauben, dass du dich unter dem Tisch versteckt hast. Du hättest uns die Situation doch bloß erklären und dann verschwinden müssen.«

»Ach, damit ich wie die komplette Versagerin dastehe? Ich wette, von deinen Freunden bekommt nie einer Hausarrest.«

»Von uns hat ja auch nie einer einen Prinzen attackiert.«

»Ich habe ihn nicht attackiert, ich habe ihm bloß einen ordentlichen Schrecken eingejagt. Das macht einen riesengroßen Unterschied.«

Skylar kicherte und stieß dann ein zufriedenes Seufzen aus. »Ist das hier nicht ein Traum?«

Ich musste zugeben, der Abend daheim lief nicht schlecht. Sky war mit der Bitte an Audrey herangetreten, ich möge ihr doch bei einem Wellnessabend Gesellschaft leisten, nachdem sie die ganze Woche lang zwischen ihren Auftritten zusätzlich noch in hohen Schuhen auf irgendwelchen Modenschauen herumgelaufen war. Wie es aussah, war die *London Fashion Week* kein Spaß. Skys Assistentin hatte auf ihrem Zimmer so etwas wie ein privates Spa für uns vorbereitet, komplett mit Kosmetikerinnen, die bereit waren, uns mit Maniküren, Pediküren, Gesichtsmasken und Kopfmassagen zu verwöhnen. Man hatte mir einen Bademantel gereicht und einen total eklig aussehenden grünen Smoothie, kaum war ich zur Tür herein. Den Smoothie hatte ich sofort weggestellt, setzte mich aber bereitwillig in dem flauschigen weißen Mantel auf den riesigen Relaxsessel.

Ich wusste nicht, ob Skylar oder die Kosmetikerinnen davon ausgingen, dass ich Fritz mitbringen würde, jedenfalls war er an diesem Nachmittag besonders anhänglich, deshalb brachte ich es nicht übers Herz, ihn allein in seinem Körbchen zurückzulassen. Ich sah zu, dass er für das Verwöhnprogramm bestens gerüstet war, und steckte ihn in seinen eigenen kleinen Morgenrock, den er von dem Besitzer eines Spas in Covent Garden geschenkt bekommen hatte. Auf dem Mäntelchen stand sogar sein Name, eine goldene Stickerei auf dem Rücken, perfekt für frostige Winterabende.

Skylar und ihr Team waren ganz aus dem Häuschen gewesen, als ich mit Fritz unter dem Arm das Zimmer betrat, und sie veranstalteten einen derartigen Wirbel um ihn, dass es ihm zu Kopf stieg. Sofort rannte er in Skylars Schlafzimmer und versuchte, aufs Bett zu springen, weil er zweifelsohne dachte, er hätte ein Upgrade bekommen und das hier wäre von nun an sein Zimmer. Leider gelang es ihm nicht, das Bett zu erklimmen, weshalb er nur am Laken kratzte, bis Skylar ihn auf ihren Schoß hochhob, wo er es sich gemütlich machen durfte und prompt einschlief. Aber erst schossen wir noch ein total geniales Foto für seinen Instagram-Account, auf dem seine Vorderpfoten im Fußmassagegerät steckten.

»Machst du so etwas öfter?«, erkundigte ich mich und nahm einen rotbraunen Nagellack aus dem Sortiment von Kosmetikerin Danielle.

»Leider nein«, gab Skylar zurück und streichelte Fritz geistesabwesend über den Kopf. »Dafür habe ich nicht die nötige Zeit. Aber glaub mir, während der Fashion Week kann ich nicht darauf verzichten. Unendlich viele Kameras und unendlich viele neue Schuhe. Meine Füße sind voller Blasen und tun so weh, dass sie mir fast abfallen.«

»Ich bin echt neidisch.«

»Was, auf die Blasen?«

»Ja, ich bin ein totaler Fan von Blasen«, antwortete ich zum Spaß, während sie an ihrem Smoothie nippte. »Nein, natürlich auf dich, weil du auf die Fashion Week gehen darfst. Es muss doch total aufregend sein, das alles zu sehen.«

»Du warst noch nie dort? Das wundert mich aber.«

»Warum?«, wollte ich wissen und sah zu, wie man mir die Nägel in einer perfekten Rundung zurechtfeilte.

»Weil du Flick Royal bist, deswegen«, sagte sie, als wäre ich ein bisschen beschränkt. »Ich bin mir sicher, die Designer fänden es großartig, wenn du dir ihre Shows ansehen würdest. Du solltest unbedingt mal hingehen.«

»Du hast doch meine Mum kennengelernt, oder?« Ich seufzte verbittert. »Sie ist so was von streng. Einmal hat eine Schauspielerin, die bei uns wohnte, mich und Fritz zu der Premiere ihres neuesten Films eingeladen. Mum hat mich nicht gehen lassen.«

»Warum denn nicht?«

»Weil die Premiere am gleichen Abend war wie ihre Geburtstagsparty.«

»Ach so, na ja, das finde ich aber schon einen angemessenen Grund.« Skylar lachte.

»Klar, abgesehen davon, dass sie eine superlangweilige Dinnerparty mit alten Leuten veranstaltet hat, und ich saß ausgerechnet zwischen zwei Männern, die sich über den Zustand der Wirtschaft unterhalten haben.« Ich verdrehte die Augen vor Horror. »Deshalb will ich auch möglichst bald einen Videoblog starten. Im Moment darf ich gar nichts Cooles machen.«

Sky sah mich fragend an. »Wie wäre es mit morgen Abend?«

»Was soll morgen Abend sein?«, hakte ich nach und lehnte mich zurück, damit Danielle mir mit einem Schwämmchen die Gesichtsmaske abnehmen konnte.

»Da bin ich gleich auf mehreren Modenschauen. Komm doch einfach mit. Ich bin mir sicher, die setzen dich liebend gern auf ihre Gästeliste.«

»Hör bloß auf, mich mit so verlockenden Angeboten zu reizen!«, stöhnte ich, auch wenn mein Herz Luftsprünge machte bei dem Gedanken. »Ich darf das Hotel doch nicht verlassen.«

»Du hast dich noch nie heimlich aus dem Hotel geschlichen?«

Ich ließ Danielle mein Gesicht zu Ende säubern, ehe ich mich Skylar zuwandte. »Du hast echt einen schlechten Einfluss auf mich, weißt du das?«

»Daran bist du schuld.« Sie grinste verwegen. »Es ist fast so, als hätte ich plötzlich eine kleine Schwester, die ich ein bisschen vom rechten Weg abbringen muss.«

»Es geht nicht.«

»Na schön.« Sie seufzte. »Es ist so schade, dass das ausgerechnet diese Woche stattfindet und nicht nächste Woche, wo du wieder frei bist. Aber egal, du kannst ja im kommenden Jahr hingehen.«

Ich stieß ein Ächzen aus. Bis nächstes Jahr war es doch noch so unglaublich lang hin! Und wie oft wurde man schon von einem der größten Popstars der Welt zur Fashion Week eingeladen? NIE! Das war alles so unfair, aber es bestand nicht der Hauch einer Chance, dass ich damit davonkäme. Sobald ich irgendwo mit Skylar aufkreuzte, wären überall Fotos von uns im Internet.

Allerdings war das eine einmalige Gelegenheit, so eine Chance bekam ich nie wieder, wert wäre es das Risiko sicher. Was war denn das Schlimmste, was Mum mit mir machen konnte?

»Okay.«

Skylar sah mich verständnislos an. »Okay *was?*«

»Okay, ich komme morgen mit dir zur Fashion Week.«

Ein Lächeln breitete sich auf ihrem Gesicht aus. »Dein Ernst?«

»Ja. Aber es geht erst nach der Schule, am späten Nachmittag oder Abend. Und ich muss Mum vorgaukeln, ich wäre oben, um Hausaufgaben zu machen, damit sie nicht nach mir sieht.«

»Ja! Morgen Abend findet die Show von Lewis Blume statt, von dem habe ich die direkte Durchwahl. Ich rufe ihn gleich an und lasse dich auf die Gästeliste setzen. Das ist ja so was von aufregend!«, jubelte sie und wackelte mit den frisch pedikürten Zehen, womit sie den ohnehin schon missgelaunten Fritz aufschreckte. Er hatte auch bei Promis kein Nachsehen. »Aber wie willst du dich aus dem Hotel schleichen, ohne dass dich jemand sieht?«

Ich kuschelte mich gemütlich in meinen Sessel und bewunderte meine frisch lackierten Nägel, die so schön glänzten.

»Das lass mal meine Sorge sein.«

Seit ich Skylar kennengelernt hatte, kam mir die Schule noch langweiliger vor als sonst.

Im Unterricht wurde ich wieder und wieder ermahnt, weil ich nicht aufpasste. Die meiste Zeit war ich tief in irgendwelche Tagträume versunken, in denen ich auf Ethans Blog auftrat und Ella und Grace total eifersüchtig wurden, als sie es herausfanden. Ich hatte den beiden letzten Endes doch erzählt, dass Skylar und ich uns ein- oder zweimal unterhalten hatten, was meine Popularität in der Schule noch einmal erheblich steigerte. Ständig scharten sich Leute um mich, auf dem Weg von einer Stunde in die nächste und in den Pausen. Bereitwillig erzählte ich ihnen, wie nett Skylar sei. Ansonsten hatte ich aber keine weiteren Details preisgegeben, auch wenn Grace mich am laufenden Band mit Fragen löcherte. Ich war mir nicht sicher, warum ich mich so sperrte, vielleicht, weil ich insgeheim Angst hatte, das könnte sich alles als peinlicher Witz entpuppen, und irgendwann würde Skylar ihr wahres Gesicht zeigen und höhnisch verkünden: »Und du dachtest echt, wir wären Freundinnen? Urgh!«

Möglich war es.

Deshalb erzählte ich meinen Mitschülern bloß, dass ich ihr ein paarmal an der Rezeption begegnet wäre und dass sie einen netten Eindruck gemacht hätte, was Grace und einigen anderen Mädchen zu reichen schien, um mir bei jeder Gelegenheit hinterherzudackeln und mich damit zu nerven, ob ich Skylar mal wieder begegnet sei, wie lange sie bleiben würde, ob sie zum Weihnachtsball komme, ob ich zu einem ihrer Konzerte gehen dürfe und ein paar Freundinnen mitbringen könne und wenn ja, wen ich dann mitnehmen wolle.

»Denkst du, es würde ihr etwas ausmachen, wenn du sie um Autogramme bittest?«, fragte Grace am Ende der Mathestunde ganz aufgeregt, während ich meine Bücher aufsammelte.

»Sie hat ziemlich viele Termine wegen der Fashion Week, ich denke nicht, dass sie dafür Zeit hat.«

»Ach so, klar.« Grace nickte, doch sie wirkte enttäuscht. »Vielleicht nach der Fashion Week?«

»Ja, vielleicht. Sie hat einen ziemlich vollen Terminplan. Aber egal, hol doch Ella ab, dann gehen wir essen, ja?«

»Okay!«, sagte sie und stürmte davon, um vor Ellas Klassenzimmer auf sie zu warten.

Ich ging zu meinem Schließfach, erleichtert, weil ich endlich ein bisschen Ruhe bekam, als ich sah, dass Oliver dort auf mich wartete.

»Hi.« Er lächelte, als ich mich näherte. »Ich dachte, meine Schwester wäre vielleicht bei dir. Ich habe heute Morgen aus Versehen eins ihrer Bücher mitgenommen, sie muss meins erwischt haben.«

Er hielt ein schlichtes schwarzes Notizbuch hoch und öffnete es, um mir eine Seite zu zeigen, die vollgeklebt war mit Fotos von Ethan Dukes Gesicht. Die hatte sie aus irgendwelchen Zeitschriften ausgeschnitten und lauter rote Herzen außen herum gemalt.

»Die Seite hier hat sie verraten.«

»Stimmt.« Ich lachte. »Möchtest du, dass ich es ihr gebe?«

»Es wundert mich ja, dass sie ausnahmsweise einmal nicht an deinem Rockzipfel hängt. Sie redet von niemand anderem mehr. Na ja«, er zögerte und reichte mir das Büchlein, »von dir, Ethan Duke und Skylar Chase.«

Ich sah, wie er einen Blick über meine Schulter warf, und drehte mich um. Ella kam auf uns zu, gefolgt von Grace, die einen Schritt hinter ihr lief.

»Hallo, Oliver«, sagte Ella und klimperte mit ihren dicht mit Wimperntusche beschmierten Wimpern.

»Hallo. Na, schon aufgeregt wegen heute Abend?«

Sie nickte enthusiastisch. »Ja, und wie. Ich kann es kaum erwarten.«

»Was ist denn heute Abend?«, fragte ich, ganz ohne nachzudenken.

»Na, Ellas Party«, rief Grace mir in Erinnerung.

»Ach so, ja. Ich hatte ganz vergessen, dass das heute Abend ist.«

»Ich wünschte, du könntest kommen«, sagte Grace bedauernd und sah mich mitleidig an. »Besteht denn gar keine Chance, dass du dich heimlich davonstehlen kannst?«

»Das ist eine super Idee ... auch wenn sie von meiner Schwester stammt«, verkündete Oliver mit einem verschmitzten Grinsen. Grace quittierte seine Bemerkung lediglich mit einem finsteren Blick.

»Das geht nicht«, beeilte ich mich zu antworten. »Sorry.«

»Okay, schade.« Ella schenkte Oliver ein zuckersüßes Lächeln. »Also, um welche Zeit hast du denn vor, zu kommen?«

Ich habe mir was überlegt.

Wovon redest du? Solltest du nicht eigentlich längst bei Ella sein?

Ich bin spät dran, wie es sich gehört. Ella hat mir selbst erklärt, dass man das so macht.

Grace, sie findet das bestimmt nicht so prickelnd, wenn du ausgerechnet zu ihrer Party zu spät kommst.

Willst du meinen Plan jetzt hören oder nicht?

Welchen Plan denn?

Ich sorge im Hotel für eine Ablenkung, und dann schleichst du dich raus. Später mache ich es noch einmal genauso, damit du dich wieder reinschleichen kannst. Ja, ich weiß. GENIAL, oder?

Das geht nicht. Trotzdem danke.

Du hast ja noch nicht gehört, was für eine Ablenkung ich mir ausgedacht habe.

Na schön. Wie willst du alle ablenken?

Mein Dad hat in seinem Kleiderschrank ein komplettes Storm-Trooper-Kostüm, inklusive Spielzeug-Blaster. Darin renne ich in die Lobby und fuchtle mit der Waffe herum. Bestimmt sind dann alle hinter mir her, da merkt keiner, wenn du dich rausschleichst. Dann komme ich ein paar Stunden später zurück, wieder in dem Kostüm, und brülle: „IHR DACHTET WOHL, IHR WÄRT MICH LOS, WAS?“ Und dann jagen sie mich wieder, sodass du dich reinschleichen kannst.

WAS?? Du meinst diese Bösewichte aus den Star-Wars-Filmen?! Warum um alles in der Welt besitzt dein Dad ein Storm-Trooper-Kostüm?

Das hat er auf einer Motto-Geburtstagsparty getragen, ist schon einige Jahre her. Seitdem trägt er es immer am ersten Weihnachtstag. Ist inzwischen eine Art Familientradition.

Das ist das Schrägste, was ich je gehört habe.

Und, was meinst du? Willst du, dass ich den Blaster besorge?

NEIN, GRACE, ICH MÖCHTE NICHT, DASS DU MIT DEM BLASTER ANTANZT. Trotzdem danke. Ein echt nettes, wenn auch schräges Angebot.

Wir hätten aber viel mehr Spaß auf dieser Party, wenn du dabei wärst. Gib mir Bescheid, falls du deine Meinung doch noch änderst, ja?!

KAPITEL 9

»*Herr der Fliegen!*«, las meine Mum laut vor und nahm das Buch zur Hand, das auf meinem Schreibtisch lag. Sie strich mit der Hand über das Cover. »Ich wusste gar nicht, dass ihr das durchnehmt.«

»Jepp, und ich habe einen RIESENBERG Hausaufgaben zu erledigen.« Für den passenden Streberlook hatte ich mir bereits meine Hornbrille aufgesetzt.

Sie nickte und ließ den Blick über meine Notizen und die herumliegenden Bücher schweifen.

»Sieht echt aus, als wärst du schwer beschäftigt.«

»Dieses Jahr überhäufen sie uns nur noch mit Hausaufgaben«, klagte ich und deutete auf meine beachtliche To-do-Liste. Die hatte ich vorhin schnell hingekritzelt. »Ich weiß gar nicht, wie ich diesen Aufsatz fertig bekommen soll, den müssen wir morgen schon abgeben. Wahrscheinlich werde ich den ganzen Abend damit beschäftigt sein.«

»Im Ernst? Ich liebe *Herr der Fliegen,* vielleicht kann ich dir ja behilflich sein. Wie lautet denn die Fragestellung des Aufsatzes?«

»Du hast *Herr der Fliegen* gelesen? Bist du nicht ein bisschen zu alt für so was?«

Sie setzte sich auf eine Ecke des Schreibtischs. »Das Buch wurde im Jahr 1950 veröffentlicht, Flick. Ich habe es selbst als Teenager gelesen.«

»Ach so, klar. Tja, die Fragestellung ist im Grunde irre langweilig und kompliziert, damit willst du bestimmt nicht deine wertvolle Zeit verplempern«, murmelte ich hastig. Ich warf einen nervösen Blick auf die Uhr. Mir blieb nicht mehr viel Zeit, bis Skylar mich abholen würde.

»Lass mal hören«, meinte Mum schulterzuckend.

»›Welche sind die wichtigsten Symbole in *Herr der Fliegen?*‹«, las ich laut vor. »Siehst du? Total knifflig.«

»Das ist doch eine superspannende Frage, lass mal sehen, da wäre –«

»Okay, danke, Mum, ich weiß, du hast irre viel zu tun, lass dich von mir nicht aufhalten.«

Sie wirkte ein kleines bisschen verdutzt, weil ich sie so rüde unterbrochen hatte, doch dann verdrehte sie nur die Augen und erhob sich von meinem Schreibtisch.

»Na schön, na schön, ich habe den Wink verstanden. Ich muss ohnehin ans andere Ende der Stadt wegen einer Buchpräsentation. Aber ich komme nicht allzu spät nach Hause.«

Sie drückte mir einen Kuss auf die Stirn und strubbelte mir durch die Haare. Sofort strich ich sie mir wieder glatt, als sie sich zur Tür aufmachte.

»Flick«, sagte sie und wandte sich noch einmal zu mir um. »Ich weiß das mit heute Abend.«

»Was?«, kiekste ich.

WOHER KONNTE SIE DAS WISSEN? Auf keinen Fall hätte Skylar ihr etwas davon erzählt! *Haben eigentlich alle Mütter heimliche Antennen und spüren es, wenn man hinter ihrem Rücken etwas ausheckt, das gegen die Regeln verstößt?*, dachte ich im Stillen. Wie kam ich aus der Nummer jetzt wieder heraus? Ich musste sie irgendwie ablenken, am besten mit etwas noch Schlimmerem! DENK NACH, GEHIRN, DENK NACH!

»BLASTER!«

»Was?«

OH MANN, DAS WAR ECHT EINE MEISTERLEISTUNG, GEHIRN!

»Die Waffe, die die Bösewichte in *Star Wars* benutzen. Blaster. Die sind voll schlimm. Findest du nicht?«

»Äh, okay?« Jetzt wirkte sie restlos verwirrt.

MISSION ABBRECHEN!

»Ich meinte eigentlich Ellas Party?«, sagte sie und sah mich ganz seltsam an. »Die ist doch heute Abend, oder nicht?«

»Ach so, die«, gab ich zurück und atmete erleichtert auf.

»Es tut mir leid, weißt du? Dass du die versäumst.«

»Ist schon gut, mach dir darüber keine Gedanken.«

»Wirklich, ich meine das ernst«, sagte sie in bedauerndem Tonfall. »Mir ist bewusst, dass alle deine Freundinnen hingehen, du hast bestimmt das Gefühl, als würdest du unheimlich viel verpassen. Aber ich hoffe, du verstehst, dass ich dich nicht gehen lassen kann.«

»Klar, absolut. Ich verstehe das. Dann viel Spaß heute Abend.« Ich nickte und wünschte mir, sie würde endlich verschwinden.

»Du verhältst dich richtig erwachsen, Flick, ich bin sehr stolz auf dich.« Sie lächelte mich ein letztes Mal an, dann zog sie die Tür hinter sich zu.

Wow. Hätte sie noch langsamer sein können? Alte Leute trödeln wirklich gern rum.

Fritz, der sich in seinem Körbchen zusammengerollt hatte, hob den Kopf und spitzte neugierig die Ohren, als ich durchs Zimmer trampelte. Kurz darauf erhob er sich, sprang aus seinem Bettchen und streckte sich genüsslich, um dann schwanzwedelnd zu warten, bereit für einen Spaziergang.

»Heute nicht, Fritz«, sagte ich und fand einen Stiefel nach langem Suchen unter dem Bett. »Du musst hierbleiben.«

Er ließ die Ohren hängen und saß ganz bedröppelt da.

»Jetzt übertreib mal nicht so«, grummelte ich und ging auf die Knie, um auf dem Boden meines Kleiderschranks nach dem zweiten Stiefel zu suchen. »Ich habe nachgefragt, Skylar meinte, Hunde wären bei dieser Modenschau nicht erlaubt. Oh Mann, wo ist bloß mein zweiter Stiefel?«

Ich setzte mich zurück auf die Fersen und ließ den Blick durchs Zimmer wandern. Als ich bei Fritz' Körbchen angekommen war, hielt ich inne.

»Fritz«, sagte ich mit einem warnenden Unterton in der Stimme. »Ist das da mein Schuh in deinem Körbchen?«

Unschuldig blinzelte er mich an. Ich streckte die Hand aus, um mir den Stiefel zu schnappen, doch Fritz stürzte sich im selben Moment darauf, und schon hatte er ihn mit der Schnauze gepackt.

»Fritz, jetzt ist nicht der richtige Zeitpunkt für solche Spielchen!«

Ich stand auf und wollte ihm den Schuh abnehmen, doch leider hatte er sich fest darin verbissen und weigerte sich, loszulassen, sodass ich ihn mit hochhob und er in der Luft baumelte. Schnell ließ ich wieder los, damit er sich nicht wehtat, woraufhin er triumphierend zu seinem Körbchen zurücktapste, den Stiefel hineinfallen ließ und sich draufsetzte.

Mein Handy brummte auf dem Schreibtisch. Es war eine Nachricht von Skylar.

Hey, ich warte im Auto.
Bist du schon unterwegs?
Will nicht zu spät kommen
zu der Show. Küsschen Sky

»Na schön«, schnaubte ich verärgert. Ich marschierte in die Küche und holte Fritz' Futternapf und eine Tüte voll Hundefutter. Neugierig kam er mir hinterhergetapst. »Okay, du hast gewonnen. Wenn ich dir ein zweites Abendessen gebe, lässt du mich dann gehen?«

Mit leicht geneigtem Kopf erklärte er sich einverstanden.

»Hier, bitte schön.«

Ich stellte den Napf auf den Boden, und er stürzte sich auf das Futter. Ohne Zögern nutzte ich die Gelegenheit, zurück in mein Zimmer zu hasten, in meinen Stiefel zu schlüpfen und das Handy, die Schlüssel und die Sonnenbrille einzustecken. »Ich bin nicht allzu lang weg«, rief ich ihm noch zu, bevor ich die Tür schloss. Er sah nicht einmal von seiner Schüssel auf.

Fragt man die Gäste, gibt es nur einen Weg, um das Hotel Royal zu betreten und es wieder zu verlassen – durch die große vergoldete Drehtür. Vor dieser Tür standen eine ganze Reihe von Männern und Frauen in bescheuerten Uniformen und Zylindern herum, die die Gäste begrüßten oder verabschiedeten. Wenn es nach dem Personal geht, gibt es gleich drei Möglichkeiten: den Haupteingang, eine Tür, die von der Küche aus zu einer Straße hinter dem Gebäude führt, sie ist für den Lieferverkehr reserviert, und eine Tür von der Wäscherei hinaus auf eine andere Seitenstraße.

Zufällig gibt es aber noch eine vierte Tür. Eine *Geheimtür*.

Das war die beste Entdeckung, die Cal und ich je gemacht hatten, als wir vor einigen Jahren zufällig unser Lieblingsspiel spielten: »Wir klauen dem Chefkoch seine Mütze und verstecken sie irgendwo, wo er sie nie wieder findet!«, so hieß das Spiel. Wir waren vor Kian davongelaufen und hatten uns kaputtgelacht, während er schimpfend hinter uns herjagte, einen Schneebesen in der Hand. Wir waren überzeugt, dass er uns niemals erwischen würde. Cal und ich konnten sehr flink sein, wenn wir wollten. Unsere übliche Route führte uns durch die Küche hinaus auf die Straße hinter dem Gebäude, dann vor zur Hauptstraße, wo wir die Mütze in der Regel einem erstaunten Touristen in die Hand drückten, der zufällig vorbeikam. Einmal aber war uns der Weg durch einen Lieferwagen abgeschnitten, aus dem ein paar Männer riesige Kisten voller Lebensmittel ausluden.

Kian hatte siegessicher gelacht, die Arme vor der Brust verschränkt und gesagt: »Diesmal gibt es kein Entkommen, ihr Knirpse!«

Cal wollte ihm die Mütze schon zurückgeben und unsere Niederlage eingestehen, aber ich war nicht bereit, das zuzulassen. Deshalb brüllte ich ihm zu, mir zu folgen, und sauste dann wie der Blitz um die Ecke in die Küche und in das Gewirr der Gänge im Untergeschoss des Hotels. Wir liefen immer weiter, wichen geschickt dem Personal aus, das in Erfüllung seiner Pflichten umhereilte, bis wir in einer Sackgasse direkt neben einem Lagerraum landeten. Der war voller Kisten und kaputter Möbel. Von seiner Existenz hatten wir bislang nichts gewusst, doch nun kämpften wir uns hustend durch den Staub zum hinteren Teil des Lagers. »Und was jetzt, du Genie?«, hatte Cal mich lachend gefragt, während wir völlig außer Puste gegen die Wand gelehnt nach Luft schnappten.

»Moment mal«, sagte er plötzlich und linste an mir vorbei. »Was ist das denn?«

Er deutete auf einen schmalen Streifen in der hinteren Ecke, wo Licht von außen durch die Wand zu sickern schien. Er ging näher heran, und auf einmal wurden seine Augen vor Aufregung ganz groß.

»Da ist eine Tür! Eine Geheimtür!« Vorsichtig tastete er die Wand ab. »Die sieht man kaum.«

»Na, dann schieb sie auf, Doofi.«

»Ich mach die garantiert nicht auf. Wir wissen doch gar nicht, wohin sie führt«, entgegnete er nervös.

»Du bist echt so ein Angsthase«, rief ich aufgebracht und schob ihn mit dem Ellbogen beiseite.

Ich stemmte mich mit ganzer Kraft dagegen, bis die Tür sich knarzend öffnete und Sonnenlicht in den Raum flutete. Sie führte hinaus auf einen kleinen Hinterhof, ein von einer Mauer umgebenes Areal mit einer hölzernen Gartentür auf der gegenüberliegenden Seite. Cal trat ins Freie und hob den Riegel der anderen Tür, dann streckte er den Kopf nach draußen und blickte sich freudestrahlend zu mir um. »Es ist die Straße hinter dem Hotel.« Er grinste. »Die Tür führt zur Straße!«

Wir waren so unheimlich stolz und machten das Beste aus unserer Entdeckung. Das Ganze sollte unser Geheimnis bleiben. Wir verbrachten eine Ewigkeit damit, den hinteren Bereich des Lagers aufzuräumen und den Staub wegzufegen. Cal hat schreckliche Angst vor Spinnen, dreimal dürft ihr also raten, wer die ganzen ekligen Spinnweben wegmachen durfte. Wir rissen sogar das Unkraut zwischen den Pflastersteinen in dem kleinen Hof aus (wozu wir keine fünf Minuten brauchten, weil der echt miniklein war). Cal hatte natürlich gleich ein paar Nachforschungen angestellt, der Streber, und sich mit der Architektur des Hotels befasst. Dabei hatte er herausgefunden, dass der Ausgang während des Krieges vom Personal als Fluchtweg benutzt wurde, danach allerdings in Vergessenheit geraten war. Wir erzählten nie jemandem von unserer Entdeckung und nutzten die Tür stattdessen, um uns heimlich davonzustehlen oder den Leuten Streiche zu spielen. Ich war jahrelang nicht mehr dort gewesen.

Bis zu diesem Augenblick.

In voller Alarmbereitschaft huschte ich durchs Hotel, stets darauf achtend, dass ich mich nicht von Audrey oder Matthew erwischen ließ. Der schwerste Teil war es, es ungesehen durch die Personalflure zu schaffen, doch ich hatte großes Glück mit meinem Timing: Die Köche hetzten gerade alle in der Küche hin und her, um das Abendessen vorzubereiten, und die Zimmermädchen machten bestimmt in diesem Moment die Betten für den Abend zurecht. Ich schaffte es unbemerkt zu unserem Lagerraum. Hastig sah ich mich noch einmal in dem menschenleeren Korridor um und schlüpfte dann durch die Tür hinein.

Alles sah aus wie immer, nur dass es sauber war. Und zwar picobello sauber. Da waren immer noch stapelweise Holzstühle, und überall lagen kaputte Regalbretter herum, aber ansonsten war kein Körnchen Staub zu sehen, was echt eigenartig war. Vielleicht hatte Matthew oder irgendjemand angefangen, den Raum wieder als Lager zu nutzen, und deswegen sauber gemacht. Es war außerdem viel heller als in meiner Erinnerung, durch ein Fenster in der rückwärtigen Wand strömte Tageslicht. Wie früher führte ein Pfad zwischen dem ganzen Gerümpel hindurch, sehr praktisch. Als ich mich durchgekämpft hatte, stieß ich aus Versehen mit dem Ellbogen gegen einen Stuhl, sodass er lautstark über den Boden schabte.

Von weiter hinten war eine Stimme zu hören. »Wer ist da?«

Panisch schrie ich los, drehte um und schlug mit dem Kopf gegen eine Garderobe.

»Vorsicht! Alles okay?«

Unvermittelt stand Cal mit besorgter Miene neben mir.

»Was tust du denn hier?«, fauchte ich und rieb mir die Beule, die sich an meinem Kopf bildete.

»Das Gleiche könnte ich dich fragen«, gab er zurück und verschränkte die Arme. Ich spähte an ihm vorbei dorthin, wo er gerade noch gewesen war, und sah seinen Laptop auf einem ausladenden Polstersessel stehen.

»Was … Was machst du hier?«

Ich bemerkte die vielen Kissen auf dem Sessel und die zahlreichen Bücherstapel am Boden. Da waren viel zu viele Bücher, als dass er sie alle auf einmal in seinem Rucksack mit hier herunter hätte bringen können. Er war offenbar nicht das erste Mal hier.

»Warte mal, arbeitest du etwa hier unten?«

Er seufzte und strich sich mit der Hand durch die Haare. »Ja, tue ich.«

Verwirrt sah ich ihn an. »Seit wann denn?«

»Schon fast das ganze letzte Jahr und als ich während der Sommerferien geschrieben habe.«

»Warum?«

»Zuhause ist es mir zu laut«, erklärte er. »Mum hängt dauernd am Telefon und spricht mit ihren Kunden, und unser Nachbar lernt gerade das Schlagzeugspielen. Da kann ich überhaupt nicht klar denken.«

»Und deswegen hast du dich einfach … *hier* häuslich eingerichtet?«

Er zuckte die Achseln. »Hier stört mich niemand.«

»Du hast es dir richtig gemütlich gemacht, das muss ich schon sagen.«

»Danke.« Er lächelte.

Plötzlich fing mein Handy in der Tasche an zu brummen.

»Tja, sorry, ich muss los.«

»Hast du denn nicht Hausarrest?«, fragte er verwundert und musterte mich von Kopf bis Fuß. »Du siehst aus, als hättest du dich extra schick gemacht.«

»Viel Glück mit deiner Arbeit!«, rief ich ihm zu und schob mit dem Fuß ein paar seiner Bücher beiseite, um zur Tür zu gelangen. »Ich muss hier später auch wieder reinkommen, wenn du also dafür sorgen könntest, dass der Durchgang frei bleibt, wäre das ganz toll.«

»Moment mal, schleichst du dich etwa heimlich davon?«

»Gut kombiniert, Sherlock. Bis später.«

»Flick, warte.« Er streckte die Hand aus und packte mich am Arm. »Du kannst dich nicht einfach so davonstehlen. Das ist überhaupt keine gute Idee. Ellas Party ist den ganzen Ärger doch nicht wert.«

»Ich gehe ja auch gar nicht zu Ellas Party«, entgegnete ich und schüttelte seine Hand ab.

»Ach, und wo gehst du dann hin?«

Ich stieß die geheime Tür zum Hof auf und stellte fest, dass sie längst nicht mehr so schwerfällig ging wie früher. Cal musste die Angeln geschmiert haben. »Nirgends. Und zu keinem ein Wort, ja?«

»Flick, würdest du mir bitte kurz zuhö–«

»Äh, warte mal, was ist das denn?«

Ich unterbrach ihn barsch, als ich sah, was hinter der Tür lag. Das, was früher ein kleiner gepflasterter Hinterhof gewesen war, glich jetzt einem Miniaturgarten. An den Mauern entlang rankte Efeu, und auf dem Pflaster standen überall Pflanztröge.

»Ich habe im vergangenen Jahr ein bisschen gegärtnert«, gab Cal zu, der sich jetzt neben mich stellte und sich gegen den Türrahmen lehnte. Wieder vibrierte mein Handy, da waren ein weiterer verpasster Anruf von Sky und ein blinkendes Nachrichten-Symbol auf dem Display.

WO STECKST DU? Hast du es geschafft? Wir kommen zu spät, wenn du deinen Hintern nicht bald herschwingst!

Ich wollte das Telefon schon wieder in der Tasche verschwinden lassen, als eine neue SMS eintraf.

PS Ich hoffe bloß, deine Mom hat dich nicht erwischt???

»Sekunde.« Cal linste mir über die Schulter. »›Mom‹?«

»Hat dir eigentlich schon mal jemand gesagt, dass es unhöflich ist, anderer Leute private Nachrichten zu lesen?«, schnaubte ich aufgebracht und machte einen Schritt nach draußen.

»›Mom‹! Das ist doch die amerikanische Schreibweise. Und die einzige Amerikanerin, die du kennst, ist Skylar Chase.« Cal folgte mir ins Freie. »Flick, das ist echt eine Schnapsidee. Die kommen dir doch hundertprozentig auf die Schliche, wenn du dich irgendwo mit ihr blicken lässt. Sie ist ja wohl alles andere als unauffällig. Das steht doch sofort in der *Daily Post,* kaum bist du draußen.«

»Na und?«

»Und? Deine Mum bringt dich um! Was für Dummheiten du auch immer geplant hast, lass es. Geh lieber nächste Woche aus.«

»Du bist so ein schrecklicher Musterknabe.«

»Na schön«, meinte er, und sein besorgter Ausdruck wich einer empörten Miene. Wütend stapfte er zurück nach drinnen. »Dann lass dich nicht aufhalten, wenn du so blöd bist. Ich werde nicht mehr versuchen, dich zurückzuhalten.«

»Als ob du das könntest«, erwiderte ich höhnisch.

Ich öffnete den Riegel der zweiten Tür und spähte hinaus auf die Straße. Ein schwarzer Wagen mit getönten Scheiben wartete am Bordstein. Die Hupe ertönte. Ich winkte und wandte mich ein letztes Mal zu Cal um.

»Lass die Tür doch bitte einen Spalt offen, okay? Klemm einfach einen von deinen dicken Wälzern dazwischen«, sagte ich, bevor ich, ohne eine Antwort abzuwarten, losstürmte und hinten in den Wagen sprang.

Skylar saß auf der Rückbank mit Sonnenbrille und knallrotem Lippenstift. Sie lehnte sich zu mir herüber, um mich zu umarmen.

»Du hast es echt geschafft! Lief alles gut? Keine Probleme?«

»Überhaupt kein Problem«, erwiderte ich selbstgefällig, zog meine Sonnenbrille heraus und setzte sie auf. »Wir können los.«

KAPITEL 10

Wir wurden von einem Blitzlichtgewitter empfangen, kaum war der Wagen am Ziel zum Stehen gekommen. Skylar atmete tief durch.

»Behalte deine Sonnenbrille auf, bis wir drinnen sind«, riet sie mir. »Es werden ganz offiziell Fotos gemacht, sobald wir es hineingeschafft haben, dann können wir die Brillen abnehmen. Aber für den Weg bis zur Tür brauchst du sie, glaub mir, sonst siehst du nämlich vor lauter Blitzen nicht, wo du hinläufst.«

Ich nickte, und der Fahrer öffnete uns die Tür. Er hielt Skylar die Hand hin, als sie mit ihrem so wahnsinnig einnehmenden Lächeln im Gesicht ausstieg. Ich rutschte über die Sitzbank und folgte dicht hinter ihr. Bereitwillig ließ ich mir vom Fahrer helfen und versuchte, dabei eine möglichst elegante Figur zu machen. Sky hakte sich bei mir unter, winkte kurz den Fotografen zu und führte mich dann in Richtung Eingang. Sie hatte recht gehabt mit den Blitzlichtern, doch was den Lärm betraf, hatte sie mich nicht vorgewarnt. Die vielen Reporter und Journalisten riefen uns Sachen zu und versuchten verzweifelt, unsere Aufmerksamkeit zu bekommen und uns zu interviewen. »Skylar, hier drüben!« – »Skylar, wer ist Ihre Freundin?« – »Skylar, stimmt es, dass Sie eine Rolle in einer britischen Reality-Show bekommen sollen? In welcher?« – »Ladys, gucken Sie bitte hierher in die Kamera!« –

»Skylar, wie finden Sie es, dass Ihr Ex eine Neue hat?« – »Skylar, haben Sie vor, ein Haus in London zu kaufen?« – »Meine Damen, auf welche After-Show-Party werden Sie gehen?« – »Wen tragen Sie heute, Skylar? Ist das Kleid von Lewis Blume?« – »Skylar, ist Lewis Blume Ihr Lieblingsdesigner?«

Die Presseleute schossen unzählige Fotos und feuerten Fragen über Fragen auf uns ab, bis wir endlich drinnen und in Sicherheit waren.

»Wow«, stieß ich verwundert hervor, kaum hatte sich die Tür hinter uns geschlossen. »Was für ein Ansturm! Ich konnte überhaupt nichts sehen wegen der vielen Blitze!«

»Ja, oder? Deswegen ist die Sonnenbrille unverzichtbar. Ah, da ist er ja.«

Sie nahm ihre Sonnenbrille ab und breitete die Arme aus, als Ethan Duke auf uns zugeschlendert kam. Er trug eine schwarze Lederjacke über einem weißen T-Shirt und dazu die engste schwarze Jeans, die ich je gesehen hatte.

»Da bist du ja endlich! Ach, und sieh an, wen du da mitgebracht hast. Diesmal gibt es aber keine Tische, unter denen du dich verstecken könntest, Flick.« Er grinste breit und beugte sich zu mir, um mich auf beide Wangen zu küssen. Er war ja so was von weltgewandt, man hätte echt denken können, er wäre älter als sechzehn. Außerdem roch sein Aftershave so unverschämt gut, dass mir ganz schwummrig wurde.

»Tja, sorry wegen dieser Aktion. Normalerweise mache ich so was nicht.«

»Was, unter den Tisch abtauchen und dich noch vor der Vorspeise aus dem Staub machen?«

»Jep. Genau das.«

»Verständlich, dass du nicht erwischt werden wolltest, wie du gegen den Hausarrest verstößt.« Er zwinkerte Skylar verschwörerisch zu.

Empört drehte ich mich zu ihr.

»Du hast es ihm erzählt?«, fauchte ich, und mir stieg die Röte in die Wangen.

»Warum? Ist doch besser, als wenn jeder denkt, du würdest irgendwelchen unangenehmen Fragen ausweichen, indem du unter den Tisch kriechst!«

Amüsiert beobachtete Ethan uns.

Eine Frau, die einen Ausweis um den Hals hängen hatte und ein Tablet in der Hand hielt, unterbrach unser Gespräch und scheuchte uns zu einer Stellwand, die über und über mit dem Logo von Lewis Blume bedeckt war. Dort sollten wir für Fotos posieren. Weil Ethan bereits fotografiert worden war, ließ er sich entschuldigen und gesellte sich zu einer Gruppe von unglaublich gut aussehenden Menschen, die ganz in der Nähe herumstand. Ich nahm an, dass die Fotografen Skylar allein ablichten wollten, deshalb trat ich einen Schritt zur Seite, während sie die Hand in die Hüfte stemmte und über die Schulter in die Kameralinse lächelte. Sie machte einen unheimlich gekonnten und professionellen Eindruck.

»Und Miss Royal, wenn Sie bitte auch vortreten würden?«, wies die Dame mit dem Tablet mich an.

»Was, ich?«

»Ja, selbstverständlich«, sagte sie lächelnd. »Wir machen noch eine Reihe von Aufnahmen im Sitzen, aber erst hätten wir gern ein paar Ganzkörperporträts von Ihnen und Miss Chase, das wäre ganz großartig.«

»Los, komm, Flick«, forderte Skylar mich auf und streckte mir die Hand entgegen.

Für den Bruchteil einer Sekunde dachte ich darüber nach, dass es vielleicht besser war, mich im Hintergrund zu halten … doch dann blitzte die Kamera auf, und alle meine Sorgen stoben davon. Wie. Cool. War. Das. Denn? Ich ergriff Skylars Hand und stellte mich begeistert neben sie. Sofort nahm ich die gleiche Pose ein wie sie, mit der Hand an der Hüfte.

»Du bist echt ein Naturtalent!« Skylar lachte, während die Fotografen uns dankten und wir beiseitetraten, damit sie die nachkommenden Gäste ablichten konnten.

»Das macht ja echt irre Spaß!«, rief ich aufgeregt und sah mich neugierig um. »Ich erkenne jeden hier drinnen. Sieh mal, Ethan unterhält sich mit Marianne Montaine.«

»Los, gehen wir zu unseren Plätzen«, schlug Skylar gut gelaunt vor und schoss schnell ein Foto von den versammelten Leuten, um es auf ihrem Profil zu posten.

Ich folgte ihr zu den Sitzbänken entlang des Laufstegs und bemühte mich, so zu tun, als würde ich so etwas jeden Tag machen. Was ECHT IRRE SCHWER war, zumal ich jetzt einen Star aus einer Reality-Show entdeckte, die mit jemandem Händchen hielt, der NICHT ihr Freund war.

»Oh Mann!«, keuchte ich entgeistert und schnappte nach Luft. Hastig zupfte ich Skylar am Ärmel und deutete mit einem Kopfnicken in ihre Richtung. »In der letzten Folge war sie noch mit diesem Aaron zusammen, dem mit der Französischen Bulldogge!«

»Wer? Von wem sprichst du?« Skylar folgte meiner Blickrichtung, machte aber immer noch einen verwirrten Eindruck.

»Das ist die beste Fernsehsendung überhaupt! Vielleicht läuft die bei euch in Amerika nicht? Folgendes ist passiert. Sie hatte was mit diesem Typen, Matt, bei dem jeder sofort wusste, dass er nichts für sie war, weil er von nichts anderem geredet hat als von seinen Erdbeer-Protein-Shakes. Und dann kam der bodenständige Aaron ins Spiel und … äh …« Ich zögerte, weil Skylar mich verständnislos anstarrte.

So viel also zum Thema Coolbleiben.

»Ach, vergiss es«, beeilte ich mich zu sagen, schleuderte

meine Haare zurück und wechselte das Thema. »Modenschauen sind ja so tierisch anstrengend.«

Die Dame mit dem Tablet kam wieder auf uns zu, um uns zu unseren Plätzen zu führen. Sie deutete auf eine Bank, auf der unsere Namen standen.

»Viel Spaß bei der Show«, sagte sie fröhlich und eilte dann weiter, um die nächsten Gäste zu ihren Sitzplätzen zu führen.

»Das einzige Problem ist«, fing Skylar an, während sie Platz nahm und die Beine übereinanderschlug, »wenn man in der ersten Reihe sitzt, ist man die ganze Zeit zu sehen.«

»Das sagst du so, als wäre es was Schlimmes«, entgegnete ich und setzte mich neben sie. Ich war ganz hibbelig vor Aufregung, weil sich nun reihenweise Leute nach uns umdrehten.

»Da kann man sich nicht eine Sekunde entspannen. Glaub mir.« Sie warf mir einen wissenden Blick zu. »Ich wurde mal fotografiert, als ich gerade gähnen musste, und am nächsten Tag bekam ich einen Anruf von der Designerin, die wissen wollte, warum mir ihre Kollektion nicht gefallen habe. Dabei fand ich die supertoll! Ich litt nur ganz schlimm an Jetlag. Die Reporter allerdings ließen es so aussehen, als wäre ich extrem gelangweilt gewesen.«

»Also immer schön lächeln!«, bemerkte ich grinsend. Eine Gruppe, die uns gegenübersaß, starrte uns unverhohlen an und tuschelte, und dann hielten diese Leute sogar ihre Handys hoch und fotografierten uns. »Das wird mir heute nicht schwerfallen.«

»Foto?«, fragte ein Fotograf, der vor uns in die Hocke ging und seine Kamera auf uns richtete. »Wenn Sie sich nur ein wenig zueinanderbeugen könnten – so ist es perfekt.« Er drückte den Auslöser, während ich den Kopf zu Sky neigte und in die Kamera grinste. »Oh, ganz wunderbar, und jetzt zu dritt?«

»Wie, zu dritt?«

»Aber gerne doch«, ertönte eine vertraute Stimme. Ethan nahm neben mir Platz und beugte sich für das Foto zu mir herüber. Er roch so unheimlich gut. Und sein Knie berührte meins. Ich spürte die Wärme seines Arms an meinem. Und wie gut er roch! Äh, hab ich das schon erwähnt?

»Das wird ein Hammerfoto!«, stellte Ethan selbstbewusst fest, als der Fotograf weitergezogen war. »Vielleicht lasse ich es mir rahmen.«

Statt einer Antwort stieß ich ein nervöses Lachen aus, ehe die Scheinwerfer, die aufs Publikum gerichtet waren, heruntergedimmt wurden und eine fröhliche Melodie aus den Lautsprechern ertönte. Im nächsten Moment kamen die Models auf den Laufsteg stolziert, und alle holten ihre Handys hervor, vermutlich, um sekündlich neue Bilder auf den einschlägigen Social-Media-Seiten zu posten. Hastig zog ich meins aus der Tasche und fing eifrig an zu knipsen, weil ich keine Sekunde der Show verpassen wollte.

Plötzlich drückte Ethan ganz ohne Vorwarnung meine Hand, was mich völlig unerwartet traf. Sofort bekam ich ganz schwitzige Hände, voll eklig. OH MANN, WARUM MUSSTE ES SO WAS WIE SCHWEISS ÜBERHAUPT GEBEN?

Ich sollte in Zukunft immer einen Fächer parat haben, wenn ich Ethan Duke begegnete. Mit dem konnte ich meinen Händen dann Luft zufächeln.

Während er meine Hand hielt, sagte er ganz aufgeregt: »Da ist er«, und dann deutete er auf eins der Model, die in diesem Moment den Laufsteg betraten. Erst als er näher gekommen war, sah ich, dass es Jacob war – fast hätte ich ihn nicht erkannt, weil seine Augen ganz schwarz geschminkt und seine Haare wasserstoffblond gefärbt waren. Verträumt senkte ich den Blick auf Ethans Finger, die sich zwischen die meinen geschoben hatten, und fragte mich, ob es sehr peinlich wäre, wenn ich ein Foto davon machte. Gerade als ich überlegte, wie ich unsere Hände am besten fotografieren konnte, ohne dass er etwas davon mitbekäme, ließ Ethan meine Hand wieder los und applaudierte begeistert, als sein Freund an uns vorbeiging.

Echt eine lächerliche Tradition, dieses dämliche Geklatsche.

Als der Designer, Lewis Blume, am Ende mit auf den Laufsteg kam, sprang Skylar auf die Füße, um ebenfalls zu applaudieren und zu jubeln, weshalb ich es ihr gleichtat. Er verbeugte sich mehrmals vor dem klatschenden Publikum, bis er Skylar in der Menge ausmachte und auf sie zukam. Er ergriff ihre Hand und hauchte ihr einen Kuss auf die Wange. Anschließend verschwand er wieder hinter der Bühne, und als die Lichter angingen, standen alle auf, um zu gehen, und unterhielten sich über die Kollektion oder schossen noch das eine oder andere Foto.

»Bist du bereit, backstage zu gehen?«, fragte Skylar mich, ehe sie der Dame mit dem Tablet zunickte und diese uns signalisierte, ihr zu folgen.

»Skylar, woher kennst du Lewis Blume eigentlich so gut?«, wollte ich wissen, und ich hatte Mühe, mit ihr mitzuhalten, während sie mit großen Schritten hinter der Tablet-Dame herlief und dabei etwas in ihr Handy tippte.

»Er hat sehr viele von meinen Tourkostümen und Ballroben entworfen«, gab sie zurück, ohne den Blick zu heben.

»Er hat praktisch bei mir gewohnt, als er in Amerika war, und einen Großteil meiner Kleidung entworfen. Für mich ist er der König der britischen Modewelt. Und du kannst mich ruhig Sky nennen, Skylar klingt immer so förmlich.«

JUHU! DANN WAREN WIR JETZT WOHL OFFIZIELL FREUNDINNEN!

»Sicher, klar doch, Sky«, entgegnete ich ganz lässig, als wäre nichts dabei.

Wir wurden in den Backstage-Bereich geführt, wo Lewis Blume Sky mit offenen Armen empfing und sich begeistert darüber ausließ, wie göttlich sie doch aussähe. Er konnte es kaum erwarten, ihre Meinung zu seiner neusten Kollektion zu hören. Ganz Feuer und Flamme versicherte sie ihm, das sei die beste Kollektion, die er je entworfen hatte, und nachdem Lewis auch Ethan freundlich in Empfang genommen hatte, richtete er seine Aufmerksamkeit auf mich.

»Kennst du Flick Royal?«, stellte Sky mich vor. »Ich wohne in ihrem superschicken Hotel, solange ich in London bin.«

Lewis eröffnete eine lange Lobeshymne auf unser Haus und ergriff dann meine Hand, um einen Kuss darauf zu drücken, während ich versuchte, zu Wort zu kommen und ihm zu sagen, wie sehr mir seine Show gefallen hatte.

»Weißt du«, sagte er gerade und sah mich dabei eindringlich an. »Deine Mutter ist eine bemerkenswerte Frau. Wirklich bemerkenswert. Das Hotel Royal ist unvergleichlich. Es ist einzigartig auf der ganzen Welt.«

»Vielen Dank«, antwortete ich und fragte mich, ob ihm wohl bewusst war, dass er immer noch meine Hand hielt.

»Wann immer du ein Kleid brauchst, ruf einfach an.«

»Okay.« Ich strahlte übers ganze Gesicht. »Das werde ich.«

»Ah!«, rief er und ließ mich los, um in die Hände zu klatschen und mich von oben bis unten zu mustern. »Ich fände es ganz wunderbar, dich einzukleiden. Es ist mir eine Freude, dass du mich mit deiner Anwesenheit beehrt hast. Richte deiner Mutter liebe Grüße aus und sag ihr bitte, dass ich den Weihnachtsball im Hotel Royal kaum erwarten kann, das ist die Party des Jahres. Und sag ihr auch, sollte sie ein Kleid benötigen, weiß sie, wo sie mich findet.«

Ich lachte. »Ich werde es ihr ausrichten.«

Er warf uns allen Küsschen zu und ging dann weiter, um Victoria Beckham zu begrüßen, die soeben gekommen war, um ihm zu gratulieren. Im nächsten Moment traf eine Nachricht auf meinem Handy ein, und ich verzog das Gesicht, als ich sah, dass sie von Audrey kam.

Das Internet ist voller Fotos von dir bei der Show von Lewis Blume. Komm sofort nach Hause. Deine Mum ist schon auf dem Heimweg. Und dieser Rock ist viel zu kurz. Ich werde eins der Zimmermädchen bitten, den Saum etwas auszulassen. LG Audrey xx

Ist Mum richtig sauer?

Ja. LG Audrey xx

Bin schon auf dem Heimweg.

Prima. LG Audrey xx

Übrigens, du musst nicht am Ende jeder Nachricht ›LG Audrey‹ schreiben. Ich weiß, dass sie von dir kommen, weil ich deine Nummer gespeichert habe.

Sei nicht so frech. LG Audrey xx

»Es gibt noch eine After-Show-Party, hast du Lust darauf?«, fragte Sky mich, ehe sie Jacob die Arme um den Hals warf, der schnurstracks auf uns zugeeilt kam. Ich umarmte ihn ebenfalls und versicherte ihm, dass er eine tausendmal bessere Figur auf dem Laufsteg gemacht hätte, als ein Hamster das jemals könnte. Dann zog ich Sky beiseite, um ungestört mit ihr zu reden, während Ethan vortrat und Jacob ebenfalls gratulierte.

»Ich muss leider gehen.« Statt eine Erklärung zu liefern, hielt ich Sky mein Handydisplay unter die Nase. »Ich bin aufgeflogen.«

Sky biss sich auf die Unterlippe. »Ist sie sauer?«

»Sagen wir es mal so, ich denke nicht, dass ich mich in nächster Zeit auf irgendwelchen After-Show-Partys herumtreiben werde.«

»Dafür versteckst du dich wieder des Öfteren unter irgendwelchen Tischen, oder?«

»Genau.« Ich grinste und rollte mit den Augen. »Tja, dann rufe ich mir mal ein Taxi.«

Mit einem Nicken wandte sich Sky zu Ethan um, der jetzt allein dastand und zusah, wie sich Jacob zusammen mit einem anderen Model aus der Show für Fotos in Pose schmiss.

»Flick muss leider nach Hause«, erklärte Sky.

»Ich kann dich mitnehmen, wenn du möchtest«, bot Ethan sofort an. Seine Miene wirkte ernst. »Ich habe einen Fahrer, der wartet draußen vor der Tür.«

»Nein, du brauchst doch n–«

»Das ist überhaupt kein Problem, ich wollte ohnehin gehen.«

»Du kommst nicht mit zur After-Show-Party?«, fragte Sky mit verdutzter Miene.

»Nein«, erklärte Ethan ernst. »Viel Spaß euch. Komm, Flick, verschwinden wir, bevor deine Mum noch einen Suchtrupp losschickt.«

Sky wünschte mir viel Glück, und Ethan legte mir die Hand in den Rücken und schleuste mich durchs Gedränge. Die Paparazzi lauerten immer noch vor der Tür und wurden sofort aktiv, kaum traten wir ins Freie. Überall leuchteten Blitze auf. Da es mittlerweile dunkel geworden war, hatte ich nicht daran gedacht, meine Sonnenbrille aufzusetzen, deswegen war ich sofort geblendet von den hektischen Lichtern. Zum Glück war Ethan durch und durch Profi in solchen Dingen und ging vor mir, um mich abzuschirmen. Ich hatte den Blick auf den Boden geheftet und folgte ihm dicht auf den Fersen, während er sich selbstbewusst seinen Weg durch das Gewusel von Fotografen bahnte. Unvermittelt hielt er an, und eine Fahrzeugtür schwang auf. Ethan hielt sie mir auf, während ich hineinkletterte, dann ließ er sich neben mir auf die Sitzbank gleiten und schlug die Tür wieder zu.

»Als Erstes zum Hotel Royal, bitte«, sagte er zu dem Mann am Steuer, der den Wagen bedächtig hinaus auf die Straße lenkte.

Ich sah, wie die Reporter ihre Kameras herunternahmen und die Schnappschüsse auf den Displays begutachteten, ehe sie erneut loslegten, als die Tür des Gebäudes sich wieder öffnete und jemand anderer ins Freie kam.

»Du bist das alles wahrscheinlich gewohnt, oder?«

»Nicht wirklich.«

»Ist das nicht Teil deines Jobs? Vor der Kamera stehen und so?«

»Klar«, entgegnete er nachdenklich. »Es ist aber etwas anderes, wenn man selbst keine Kontrolle hat. Auf meinem Videoblog bin ich verantwortlich für das, was vor der Kamera passiert, da übernehme ich die Regie. Ich allein stelle die Fragen und entscheide, in welche Richtung es gehen soll. Aber wenn man einfach so fotografiert wird, weiß man nie, was diese Presseleute zu den Bildern schreiben.«

»Besser, als wenn gar keiner etwas über einen schreibt«, stellte ich fest. »Gibt es da nicht sogar ein Sprichwort? Besser schlechte Presse ...«

»... als gar keine Presse«, beendete er den Satz für mich. Mit gerunzelter Stirn schaute er hinunter auf seine Hände. »Ich bin mir da nicht so sicher. Du solltest manche von den Kommentaren sehen, die die Leute auf meinem Kanal hinterlassen. Ich habe ständig Angst vor dem, was sie vielleicht schreiben.«

»Sagen die Leute denn auch gemeine Sachen?«

»Ja klar, dauernd.«

Fassungslos starrte ich ihn an. »Was sollte man über dich wohl Böses sagen?«

»Ach, da gibt es einiges, glaub mir.« Er rang sich ein schwaches Lächeln ab. Ethan war bis jetzt immer cool und selbstbewusst gewesen, es war sonderbar, ihn nun so anders zu erleben. Wie ein normaler Teenager, der sich wegen der Hausaufgaben sorgte oder anderem Kram.

»Wen kümmert es, was die Leute sagen?«, entgegnete ich entschlossen, in der Absicht, ihn aufzumuntern. »Deine Fans bestimmt nicht. Wenn du irgendwelche Beweise dafür benötigst, brauchst du bloß bei uns in der Schule vorbeizukommen. Da hat keiner etwas Negatives über dich zu sagen, das kann ich dir versichern.«

Er lachte. »Stimmt das echt?«

»Willst du mich verschaukeln? Die würden dir da reihenweise zu Füßen liegen. Du solltest dir wegen negativer Kommentare keine Gedanken machen. Du fährst doch gut, indem du einfach du selbst bist. Ich finde, du solltest unbedingt so weitermachen.«

Oh Mann, ging es eigentlich noch klischeehafter? Das klang ja ganz wie etwas, das Cal Weston von sich geben würde. Dieser Spinner.

Ich wollte den Mund öffnen, um mich zu entschuldigen, weil ich so lahmes Zeug redete, als der Fahrer plötzlich verkündete, dass wir unser Ziel erreicht hätten. Wir waren zu Hause. Mir wurde ganz schwer ums Herz.

»Alles in Ordnung?«, erkundigte sich Ethan. »Du bist plötzlich ganz blass.«

»Ich habe bloß keine Lust, da reinzugehen.« Ich seufzte. »Der Abend hat so viel Spaß gemacht, ich möchte am liebsten noch nicht heim.«

»Und so kehrte Cinderella von ihrem Ball zurück«, sprach Ethan in theatralischem Tonfall, was mich zum Lachen brachte. Er schenkte mir ein warmherziges Lächeln. »Das wird schon, keine Sorge.«

Ich nickte und wollte mich gerade abschnallen, da legte er mir sanft die Hand auf den Arm. »Wo wir gerade beim Thema Ball wären, du hast doch bestimmt noch keine Begleitung zum Weihnachtsball, oder?«

OH MANN, MUSSTE ER MIR DAS SO UNTER DIE NASE REIBEN? Na toll. Er hielt mich offenbar für die total durchgeknallte kleine Versagerin, mit der eh niemand ausgehen wollte, weil sie sich unter Tischen verkroch und so lahme Dinge von sich gab wie »sei einfach du selbst«. Wie megapeinlich!

»Nö. Habe ich nicht.«

»Willst du hingehen?«

»Ich muss hingehen, klar«, gab ich zurück und sah ihn verwirrt an. »Ist ja schließlich meine Party. Na ja, Mums natürlich.«

»Ich meine, zusammen mit mir«, erklärte er ganz langsam, als hätte er es mit einem geistig minderbemittelten Äffchen zu tun. »Alle scheinen dieses Jahr mit jemandem hinzugehen, und ich habe niemanden. Ich habe mich bloß gefragt, ob du vielleicht mit mir zusammen hingehen willst?«

»W-w-was?«, stieß ich stammelnd hervor. Mein Mund war auf einmal staubtrocken.

»Willst du mich zwingen, es dir ein drittes Mal zu erklären?«, fragte er mit hochgezogenen Augenbrauen.

»Nein, nein, natürlich nicht«, beeilte ich mich zu sagen und schüttelte den Kopf. »Das ... äh ... das wäre toll.«

»Cool. Schau doch nicht so verängstigt, wir sind doch Freunde, oder?«

»Stimmt. Ja. So ist es. Freunde. Toll, Freunde. Ich meine, toll, dass wir Freunde sind, nicht tolle Freunde, du weißt schon, weil wir uns ja noch nicht so lange kennen, klar, deshalb geht das ja gar nicht, dass wir so *tolle* Freunde sind, eher bloß ... Freunde.«

OH MANN, HÖR BITTE SOFORT AUF ZU LABERN.

»Jedenfalls«, fuhr ich fort, »was ich sagen wollte, ist ... ja. Freunde.«

»Gut. Das wäre irrsinnig cool, mit einer Royal zum Ball im Hotel Royal zu gehen.« Er grinste und sorgte dafür, dass mir wieder einmal die Knie weich wurden. Ich wollte gerade aussteigen, merkte dann aber, dass ich vergessen hatte, mich abzuschnallen. Unsanft wurde ich zurückgerissen, und Ethan lachte laut.

War ja klar. Ausgerechnet in DER Situation, wo ein Junge mit EINEM SO KRASSEN KINN mich fragt, ob ich mit ihm zum Ball gehe, vergesse ICH HIRNI so grundlegende Dinge wie den Gurt abzuschnallen, bevor ich aussteige. Ich konnte froh sein, dass vor dem Hotel nicht auch noch Reporter lauerten.

Zum Glück würde nie jemand von dieser megapeinlichen Sache erfahren.

Schnell schnallte ich den Gurt ab und kämpfte mich aus dem Fahrzeug.

»Hey«, sagte Ethan, der sich auf der Rückbank herübergelehnt und auf den Ellbogen gestützt hatte, um zu mir aufzusehen. »Ich fand es total nett, mich mit dir zu unterhalten. Es gibt nicht viele Leute, bei denen ich das Gefühl habe, ganz offen sein zu können. Und ich habe noch nie einen Menschen getroffen, der so geschickt mit Sicherheitsgurten umgehen kann.«

»Wenn du nicht aufpasst, bin ich bald diejenige, die fiese Kommentare unter deinen Videos hinterlässt.«

Er grinste breit. »Wir sehen uns, Flick, bis bald.«

Ich schlug die Tür zu, und schon brauste das Fahrzeug davon und ließ mich allein vor der Eingangstür stehen. Mir stand gleich mächtiger Ärger bevor, und trotzdem konnte ich nicht aufhören zu grinsen.

»Guten Abend, Miss Royal«, sagte der Portier, als ich die Stufen zum Hotel erklomm. »Hatten Sie einen schönen Abend?«

»Ja, den besten«, antwortete ich, ehe ich durch die Drehtür in die Empfangshalle ging, wo Mum mich bereits erwartete.

KAPITEL 11

OH MANN OH MANN OH MANN
OH MANN OH MANN OH MANN
OH MANN OH MANN OH MANN
OH MANN OH MANN OH MANN
OH MANN OH MANN OH MANN
OH MANN OH MANN OH MANN
!!!!!!!!!!!!!!!!!!!!!!!

Hi, Grace

WARUM HAST DU MIR NICHTS DAVON ERZÄHLT?

Was erzählt?

SKYLAR CHASE UND ETHAN DUKE!!!!
WAS GEHT DA AAAAAAB????

Du solltest dich besser hinlegen.

OKAY. ICH LIEGE JETZT.

Bist du denn schon zurück von Ellas Party? Wie war es?

ICH BIN IMMER NOCH AUF DER PARTY!

Und du liegst?

JA!

Wo?

AUF DEM BODEN!

Auf der Party? Du liegst mitten auf der Party am Boden?

JA!

Das muss komisch aussehen für die anderen Partygäste.

ES GAB SCHON DIE EINE ODER ANDERE DUMME BEMERKUNG.

Diese ständige Großschreibung tut meinen Augen weh.

MIR EGAL. SAG SCHON. SCHNELL. GERADE HAT JEMAND BIER ÜBER MIR VERSCHÜTTET.

Ich erzähle dir in der Schule alles. Wenn ich mein Zimmer je wieder verlassen darf.

IST DEINE MUM SAUER, WEIL DU ABGEHAUEN BIST?

Ja. Und wie.

WEN KÜMMERT DAS? SKYLAR CHASE IST DEINE BESTE FREUNDIN. UND DEIN FREUND IST ETHAN DUKE. GERADE HAT JEMAND EIN WÜRSTCHEN AUF MICH DRAUFFALLEN LASSEN.

Grace. Steh jetzt auf. In der Schule erzähle ich dir alles, versprochen, ja? Jedes Detail. Und jetzt genieße die Party.

Mum und ich saßen lange Zeit schweigend da. Kaum hatte ich das Hotel betreten, hatte sie wortlos auf den Fahrstuhl gedeutet und war dann mit mir eingestiegen, immer noch ohne ein Wort zu sagen. Wir fuhren hoch in unser Stockwerk, und ich folgte ihr mit hängenden Schultern in die Wohnung, wo sie wieder nur stillschweigend auf etwas deutete, diesmal auf das Sofa. Nervös nahm ich darauf Platz.

Anschließend herrschte eine halbe Ewigkeit frostiges Schweigen.

Obwohl, das stimmte nicht ganz. Es dauerte nur ungefähr vier Sekunden, bis ich hörte, wie Fritz auf trippelnden Pfoten aus meinem Zimmer gerannt kam. Als er sah, dass wir zurück waren, sprang er aufgeregt zu mir und wollte an meinem Bein hochklettern.

»Nicht jetzt, Fritz.«

Mums leise, strenge Stimme hallte durch den Raum. Fritz hörte auf der Stelle auf mit dem Gehopse und raste mit dem Schwanz zwischen den Beinen blitzschnell zurück in mein Zimmer.

Und *dann* erst herrschte eine halbe Ewigkeit frostiges Schweigen.

Mir war bislang nicht klar gewesen, wie unerträglich Stille sein kann, erst recht, wenn es sich nicht einfach bloß um gelangweiltes Schweigen handelte, sondern um Furcht einflößende, endlose, quälende Stille. Ich sah zu, wie Mum den

Kopf in den Händen vergrub und sich dann angestrengt die Nasenwurzel hielt und sich konzentrierte. Erst dachte ich, sie erwartete von mir, dass ich den ersten Schritt machte.

»Ich kann das erklä–«

Tja, leider falsch gedacht. Ruckartig riss Mum ihre Hand hoch, um mich zu stoppen. Ich verstummte. Sie holte tief Luft und schlug dann wie in Zeitlupe die Augen auf, um meinem Blick zu begegnen.

»Was ich nicht verstehe, Flick«, sagte sie ganz langsam, »warum du nicht mit mir gesprochen hast?«

»Was, über die Modenschau?«

»Ja. Über die Modenschau.«

»Weil«, setzte ich an und ließ mich zurückfallen gegen die Kissen, »du mich nicht hättest gehen lassen.«

Ihre Züge entspannten sich kaum merklich. »Flick, weißt du überhaupt, weshalb ich so aufgebracht bin?«

»Weil ich gegen die Regeln verstoßen habe.«

»Da täuschst du dich.«

Ich schwieg.

»Ich bin so aufgebracht, weil keiner wusste, wo du steckst. Audrey, Matthew und ich, wir dachten alle, du wärst auf deinem Zimmer, um zu lernen, dabei treibst du dich irgendwo in London herum.«

»Und?«

»Und!« Mir entging nicht, dass die Zornesröte ihr ins Gesicht stieg. »Was, wenn etwas passiert wäre? Irgendetwas im Hotel? Dann hätte kein Mensch gewusst, wo du bist! Kannst du dir überhaupt vorstellen, was für große Sorgen wir uns alle um dich gemacht haben?«

»Mum, ich hatte doch mein Handy dabei. Ist doch alles halb so wild.« Ich schnappte mir ein Kissen und drückte es an meine Brust.

»Flick«, sagte sie so leise, dass ich sie kaum verstand. »Du benimmst dich extrem egoistisch.«

»Okay, ich verstehe dich.« Ich seufzte. »Aber es ist ja nichts Schlimmes passiert, und die halbe Welt wusste, wo ich war, weil es überall im Internet zu lesen war. Es ist also nicht so, als wäre ich ganz sang- und klanglos verschwunden.«

»Mach. So. Was. Nie. Wieder.« Langsam atmete sie aus.

»Das werde ich nicht. Versprochen. Und es tut mir schrecklich leid, dass ich abgehauen bin, obwohl ich Hausarrest habe. Aber ausgerechnet jetzt ist Fashion Week, das war meine einzige Chance. Außerdem war es nicht irgendwer, der mich gefragt hat, ob ich mitkomme. Es war Skylar Chase. Da blieb mir ja wohl gar keine andere Wahl!«

»Du hättest es mir sagen sollen. Wir hätten einen Kompromiss finden können.«

»Ist ja jetzt auch egal.«

»Flick«, fuhr sie mich an. »Ich hätte mir angehört, was du zu sagen hattest. Ich bin mir nämlich durchaus darüber im Klaren, dass das nicht irgendeine Einladung war. Aber deswegen brauchst du mich nicht zu belügen und dich heimlich davonzustehlen. Das nächste Mal, wenn du wieder in einem solchen Dilemma steckst, kommst du zu mir, dann sprechen wir darüber und finden eine Lösung, die allen zusagt.«

»Ja klar«, antwortete ich schmollend. »Als ob du mich hättest gehen lassen.«

»Ich hätte zumindest darüber nachgedacht. Ich hätte dir gewisse Grenzen und Regeln vorgegeben, aber ich hätte mir zumindest überlegt, ob ich dich gehen lasse oder nicht.«

»Obwohl ich unter Hausarrest stehe?«

»Ja.«

»Klar.« Ich warf das Kissen zurück in die Sofaecke und setzte mich gerade auf. »Kann ich jetzt in mein Zimmer gehen? Ich nehme an, du schickst mich sowieso gleich dorthin. Ich bin ohnehin hundemüde.«

Sie strich sich mit der Hand durch die Haare, dann stand sie auf und kostete es aus, dass sie auf mich herunterschauen konnte, während sie ihr abschließendes Urteil verkündete. Ich wusste genau, was jetzt kam.

»Diesmal hast du es wirklich zu weit getrieben«, sagte sie kopfschüttelnd.

»Echt jetzt? War das noch schlimmer als die Sache mit Prinz Gustav?«

»Ich bin nicht zum Scherzen aufgelegt, Flick. Versuch es gar nicht erst.«

Trotzig verschränkte ich die Arme vor der Brust.

»Du hast von jetzt an einen Monat lang Hausarrest.«

Okay, nichts großartig Neues also.

»Und du darfst nicht zum Weihnachtsball.«

Moment. Ganz langsam!

Mir klappte die Kinnlade hinunter. »WAS???«

»Du gehst nicht mit zum Weihnachtsball.«

»Mum, du kannst doch nicht –«

»Flick, ich befürchte, du verstehst nicht ganz«, blaffte sie.

Es war kein richtiges Schreien, aber sie hatte definitiv die Stimme erhoben, etwas, das sie sonst nicht tat. Echt NIE! Wie versteinert saß ich da, und mein Magen verkrampfte sich, während mir Tränen in die Augen traten. So hatte sie noch nie mit mir geredet.

»Das hier ist nicht zu vergleichen mit den Dummheiten, die du sonst so anstellst«, fuhr sie fort, die Zähne fest aufeinandergepresst. »Nein, dieses Mal hast du mich zu Tode geängstigt, weil du keinen von den Leuten, mit denen du dort warst, richtig kanntest. Da hätte weiß Gott was passieren können.«

»Aber ich kenne Sky«, flüsterte ich, und eine einzelne Träne rollte mir über die Wange.

»Aber doch noch nicht einmal zwei Wochen!«, schrie sie. »Du bist meine Tochter, sie hätte dich allein stehen lassen können. Ohne dich verschwinden. Dich allein nach Hause gehen lassen, und das von wer weiß wo. Es hätte alles Mögliche passieren können.«

»So etwas würde sie niemals tun.«

»Woher. Willst. Du. Das. Wissen.«

Ich schniefte und schielte runter auf meine Füße.

»Noch einen Monat Hausarrest, keine Partys, keine Essen im Restaurant mit irgendwelchen Promigästen – ja, ich weiß von der Sache, ich bin ja nicht blöd –, keine Wochenenden mit deinen Freundinnen, keine Besuche von Skylars Konzerten und ganz bestimmt kein Videobloggen und kein Weihnachtsball.«

»Aber ich habe ein Date!«

»Keine Dates.«

»Für den Ball! Und zwar nicht mit irgendjemandem, sondern mit –«

»Das wirst du absagen müssen. Und jetzt« – sie verschränkte die Arme vor der Brust – »bin ich fertig. Du kannst in dein Zimmer gehen.«

Nur dass ich nicht in mein Zimmer ging. Ich war so aufgewühlt wegen allem, dass ich zum Aufzug lief und hinunterfuhr in Audreys Büro. Sie saß hinter dem Schreibtisch und blätterte in ihren Unterlagen. Als sie mich in der Tür stehen sah, stand sie auf.

»Flick?«

Ich stürzte mich in ihre Arme und brach in Tränen aus. Sie streichelte mir die Haare, während ich in ihr Kostüm schluchzte.

»Schon gut«, sagte sie wiederholt mit sanfter Stimme. »Komm her, setz dich. Sag mir, was passiert ist.«

Sie reichte mir ein Taschentuch, während ich mich auf dem großen Sessel niederließ, dann setzte sie sich auf den Schreibtisch, um sich anzuhören, was ich zu sagen hatte. Ich erzählte ihr alles, was geschehen war und was Mum gesagt hatte, und brach dann erneut in Tränen aus, als ich zu dem Teil mit dem Weihnachtsball kam. Ich betonte besonders, wie schlimm das für mich war, weil Ethan Duke mich gebeten hatte, mit ihm zusammen hinzugehen, und ich hatte noch nie jemanden toll gefunden, weil die ganzen Jungen an unserer Schule solche Widerlinge waren, deshalb war das echt ein Riesending für mich, und jetzt ruinierte Mum mir mein Leben.

»Verstehe.« Sie nickte und hörte mir geduldig zu. »Aber deine Mum hat dir doch bereits erklärt, was du zu tun hast.«

»Ja, in meinem Zimmer bleiben, verschrumpeln und sterben.«

»Nein, Flick«, gab sie zurück und musste sich ein Grinsen verkneifen. »Einen Kompromiss finden.«

Ich putzte mir die Nase. »Was meinst du damit?«

»Deine Mum ist ein vernünftiger Mensch, mit ihr kann man reden. Im Moment ist sie bloß sehr verärgert, weil sie sich um dich sorgt.«

»Diese alte Leier wieder«, entgegnete ich und verdrehte die Augen.

»Ja, ganz richtig, die alte Leier.« Sie hielt mir ein weiteres Taschentuch hin, während ich das benutzte zusammenknüllte und in den Papierkorb werfen wollte, den ich aber verfehlte. »Du kennst deine Mum besser als irgendwer sonst. Du brauchst nicht zu erwarten, dass du einen Tobsuchtsanfall kriegen und verlangen kannst, dass sie dich auf den Weihnachtsball gehen lässt. So läuft das bei ihr nicht.«

»Hm«, brummte ich nachdenklich. »Aber normalerweise mache ich es genau so.«

»Das ist mir sehr wohl bewusst«, versicherte mir Audrey lachend. »Und was hat dir das in letzter Zeit gebracht? Hat es funktioniert?«

Ich dachte über ihre Frage nach. »Nein, nicht wirklich.«

»Das dachte ich mir. Du musst ihr beweisen, dass du es *verdient* hast, zum Ball gehen zu dürfen.«

»Wie soll ich das denn bitte anstellen?«, jammerte ich. »Soll ich ihr Blumen kaufen und solche Sachen?«

»Nein, zeig ihr, dass es dir aufrichtig leidtut, dass du deine Lektion gelernt hast und dass du durchaus dazu in der Lage bist, Verantwortung zu übernehmen.«

»Das klingt aber nach Schwerstarbeit.«

Audrey lächelte. »Kommt ganz darauf an, wie du es anstellst.«

»Und, irgendwelche Vorschläge?«

»Oh, ich hätte in der Tat einen Vorschlag. Einen sehr guten. Wenn du das hinkriegst, wickelst du deine Mum um den Finger, keine Frage.«

»Und wie sieht der Vorschlag aus?«

»Tja, gefallen wird er dir nicht.«

»Ich mache alles«, bettelte ich. »Ich muss zu diesem Weihnachtsball. Ich meine, hallo? Mit Ethan Duke? Hier geht es um Leben oder Tod! Was muss ich tun, um Mum zu beweisen, dass ich gehen darf?«

Sie holte tief Luft, und dann sagte sie es mir.

Das war wohl ein SCHERZ!

KAPITEL 12

Ich war so beschäftigt mit dem, was Audrey mir empfohlen hatte, dass ich mir gar keine Gedanken darüber gemacht hatte, wie die Leute in der Schule auf die Sache mit Skylar Chase reagieren würden.

Kaum hatte ich das Schulgelände betreten, wurde ich von allen belagert, aber ECHT von ALLEN! Schüler aus sämtlichen Jahrgängen kamen auf mich zugerannt und umringten mich, sie löcherten mich mit Fragen und machten Fotos. Ich brauchte ungefähr eine halbe Stunde, bis ich es zum Haupteingang der Schule geschafft hatte, so gefragt war ich plötzlich.

Ich hätte wissen müssen, dass das Ganze für Furore sorgen würde. Das Foto von Sky, mir und Ethan Duke, wie wir bei der Show in der ersten Reihe saßen, hatte sich wie ein Lauffeuer quer durch die sozialen Medien verbreitet. Die *Daily Post* verkündete, ich sei »ein neues Gesicht in der Society-Szene«, und eine Mode-Bloggerin bezeichnete mich als »Hotelerbin mit exqui-*suite*-em Modegeschmack«.

Als ich das Hotel auf dem Weg zur Schule verließ, wurden die ganzen Fotografen, die dort draußen normalerweise auf Leute wie Sky warteten, sofort aktiv und knipsten Fotos von *mir*. Dazu kamen Tausende Fragen, von wegen, wie lange Skylar Chase und ich schon befreundet seien und ob ich sie auf irgendwelche weiteren Veranstaltungen begleiten wolle, solange sie in London war. Ich antwortete auf keine von ihnen, dafür tat mir der Kiefer unheimlich weh vom vielen Lächeln, als sie mich endlich in Frieden ließen. Ich würde die Fotos später im Internet suchen müssen. Hoffentlich sah meine Schuluniform nicht total schrecklich aus.

Ich hatte den Großteil des Wochenendes damit verbracht, auf irgendwelchen Webseiten herumzustöbern und jedes einzelne Bild, das ich finden konnte, genauestens zu analysieren. Am Ende kam ich zu dem Ergebnis, dass sie alle ganz akzeptabel waren, nur auf mein Augen-Make-up hätte ich ein bisschen mehr Zeit verwenden sollen. Es sah ziemlich verschmiert aus auf den Fotos. Aber wenn man nach den Mode-Bloggern ging, trug ich den total trendigen Smokey-Eye-Look, und nicht meinen eigentlichen »Hastig hingeschmierte Wimperntusche«-Look. Also war ich wohl noch mal davongekommen.

Sky trat am Wochenende in der O_2-Arena auf, deshalb sah ich sie kein einziges Mal. Dafür hinterließ sie für mich an der Rezeption einen Blumenstrauß mit einer Karte, auf der stand, wie leid es ihr tue, dass sie mir diesen ganzen Ärger eingebrockt habe. Sogar für Mum hatte sie einen Blumenstrauß besorgen lassen und ihr in der dazugehörigen Karte erklärt, dass sie mich ermuntert habe, mit ihr zur Modenschau zu kommen. Daher beabsichtige sie, sich persönlich bei Mum zu entschuldigen, wenn sie sich das nächste Mal begegneten. Ich sah zu, wie Mum das Schreiben las. Sie war sichtlich beeindruckt, und für einen flüchtigen Moment dachte ich schon, es würde genügen, damit sie mir verzieh. Aber so viel Glück hatte ich dann doch nicht.

Wie es aussah, würde ich mich wohl oder übel an Audreys Vorschlag halten müssen.

»Da bist du ja!«

Grace hopste aufgeregt auf und ab, als ich bei meinem Schließfach ankam, wo sie schon mit Ella gewartet hatte. Ich konnte nicht anders, ich musste grinsen, als Grace mich anstrahlte.

»Okay«, meinte Ella, die zur Seite trat, damit ich meinen Spind öffnen konnte, »wir haben VIEL zu bereden.«

»Ja, ich weiß.«

»Olly – ach, wo soll ich bloß anfangen?«, schwärmte Ella. »Er ist einfach der Hammer.«

»Olly?«

Jetzt war ich aber verwirrt. Meinte sie nicht Ethan?

»So wird er am liebsten genannt«, erklärte Ella, die sich verträumt eine Haarsträhne um den Finger zwirbelte. »Wir haben uns den ganzen Abend unterhalten.«

»Und *geknutscht*«, murmelte Grace kaum hörbar, als mir dämmerte, dass es hier um ihren Bruder ging.

»Wusstest du, dass er die ganzen Songs für die Band schreibt und auch noch Gitarre spielt?«, fuhr Ella unbeirrt fort. »Er ist ja so was von talentiert. Und dabei ist das bloß ein Hobby, er will eigentlich gar nicht Musiker werden, wenn er mal älter ist. Er will in die Politik gehen oder Jura studieren.«

Ich gab mir alle Mühe, mich beeindruckt zu geben, aber – HALLO? Wo hatte sie sich denn das ganze Wochenende herumgetrieben? Hatte sie denn die Fotos nicht gesehen? Wen interessierte denn *Olly*?

»Cool«, gab ich ihr zuliebe zurück. Na ja, immerhin hatte ich ihr bei ihrer eigenen Party ein bisschen die Schau gestohlen, deshalb war es nur fair, dass zur Abwechslung einmal sie im Mittelpunkt stehen durfte und nicht ich.

»Ist ja auch egal ... Flick«, fing Grace an, die offenbar genug hatte von dem schmalzigen Liebesgesülze über ihren Bruder. »Du musst uns unbedingt alles erzählen! Ich fasse es nicht, dass du bei der Show von Lewis Blume warst, er ist ungefähr der größte Designer aller Zeiten!«

»Noch nie von ihm gehört!«, bemerkte Ella, die gelangweilt ihre Fingernägel betrachtete.

Völlig verdutzt sah ich sie an. Äh, hallo? Letzte Woche hat sie mich buchstäblich noch gelangweilt damit, wie toll sie seine Sachen doch fände. Sie hatte sogar geprahlt, ihre Mum wolle ihr einen Mantel von ihm zum Geburtstag schenken.

»Stimmt es, dass du mit Ethan Duke zusammen bist?«, wollte Grace wissen und packte mich am Arm, um mich von Ellas Bemerkung abzulenken.

»Tja, ich –«

»Natürlich nicht, Grace!«, fiel Ella mir ins Wort. »Sie haben sich doch gestern erst kennengelernt.«

»Äh, nein, wir haben uns vorher schon getroffen«, korrigierte ich sie. »Wir haben im Hotel zusammen zu Abend gegessen. Nicht zu zweit, sondern mit Sky und ihren Freunden. Ich wollte euch gerade alles erzählen.«

»Du nennst sie Sky!«, kreischte Grace begeistert. »Das ist ja wohl so was von cool! Ihr seid also richtige Freundinnen!«

»Jedenfalls«, sagte Ella, als würde sie das alles herzlich wenig interessieren, »muss ich jetzt los.« Sie schleuderte ihre Haare über die Schulter zurück. »Ich habe Olly versprochen, ihn vor der ersten Stunde zu treffen.«

Grace sah zu, wie sie davonstolzierte, und wandte sich dann mit einem aufmunternden Lächeln mir zu.

»Tja, *ich* finde es jedenfalls megacool.«

»Danke, Grace.«

»Das ganze Wochenende hat sie von nichts anderem geredet als von Zungenküssen.« Grace verzog angewidert das Gesicht. »Ich musste sie wieder und wieder daran erinnern, dass sie da von meinem eigenen Bruder sprach. Das ist SO WAS VON eklig.«

Plötzlich sah ich Cal hereinkommen und direkt auf die Bibliothek zugehen. Hastig zerrte ich das letzte Buch aus dem Spind und rammte blitzschnell die Tür zu, bevor alles wieder herauspurzelte.

»Sorry, Grace, ich muss los«, beeilte ich mich zu sagen. Im selben Moment sah ich Cal in der Bibliothek verschwinden. »Wir reden später weiter, okay?«

»Freu mich schon!«, rief mir Grace aufgekratzt hinterher, als ich schon losrannte, um Cal zu folgen. Am Ende des Flurs stieß ich die knarzenden Türen auf und trat hinein in die Todesstille der Bibliothek.

Dieser Raum hatte mich immer schon nervös gemacht. Ich fand ihn total unheimlich, weil er so riesig und still war, außerdem hasste der Bibliothekar, Mr Grindle, mich, weil er mich einmal dabei erwischt hatte, wie ich seinen Gang nachgemacht und ihn veräppelt hatte. Aber mal ehrlich, war doch nicht meine Schuld, dass er sich bewegte wie ein Vogel Strauß.

Mr Grindle las gerade in einem Buch, als ich eintrat, und er war so überrascht, mich zu sehen, dass er zweimal hinschauen musste.

»Felicity!«, rief er, steckte das Lesezeichen zwischen die Seiten und lehnte sich an seinem Schreibtisch nach vorn. »Kann ich dir behilflich sein?«

Ich schüttelte den Kopf. »Nö. Ich will mich nur etwas umgucken.«

»Umgucken«, wiederholte er neugierig, als hätte ich ihn mit einer kniffligen Rätselfrage konfrontiert.

»Jep. Mich kurz umsehen.« Man müsste doch erwarten können, dass ein Bibliothekar seiner Muttersprache mächtig ist, aber er war echt schwer von Begriff.

»Möchtest du, dass ich dir etwas empfehle?«

»Nein, danke. Ich komme klar.«

»Darf ich dich daran erinnern, dass die Bibliothek ein Ort des Lernens und der *Ruhe* ist? Zwei Dinge, die dir vielleicht nicht unbedingt etwas sagen«, bemerkte er herablassend.

Deswegen hasste ich die Bibliothek. Weil hier Leute wie er herumsaßen.

»Wenn du vorhast, mir irgendeinen Streich zu spielen oder Unruhe zu stiften«, fuhr er fort, »dann schlage ich vor, du denkst noch einmal darüber nach.«

»Ich habe nichts Dergleichen vor, sondern bin auf der Suche nach … einem Buch.«

»Verstehe. Nun denn, dann lass dich nicht abhalten von deiner Suche.«

»Vielen Dank.«

Schnell rannte ich den Mittelgang entlang und sah mich dabei nach links und rechts um. Ich spürte genau, dass Mr Grindle mich die ganze Zeit misstrauisch im Auge behielt. Als ich Cal im Bereich mit den Geschichtsbüchern entdeckte, blieb ich wie angewurzelt stehen. Er hatte Kopfhörer auf den Ohren und las. Vorsichtig pirschte ich mich an ihn heran und hustete kurz. Als er nicht reagierte, zog ich eine Seite des Kopfhörers von seinem Ohr und ließ sie dann wieder zurückschnalzen.

»Autsch!«

Erschrocken nahm er den Kopfhörer ab, hängte ihn sich um den Nacken und funkelte mich wütend an.

»Was tust du denn hier?«

»Ich brauche deine Hilfe.«

»Psst!« Unvermittelt tauchte Mr Grindle am Regalende auf und presste den Zeigefinger auf die Lippen.

Wie kam der denn so schnell hierher? Seine Straußenbeine waren flinker, als ich dachte.

Wortlos formte ich mit den Lippen ein »Entschuldigung«, dann verschwand er zurück an seinen Platz am Schreibtisch.

»Was hast du hier zu suchen?«, flüsterte Cal. »Du hasst die Bibliothek.«

»Nein, tue ich nicht«, protestierte ich. »Ich finde die Bibliothek ganz toll.«

»Seit wann das denn?«

»Seit heute. Wer würde es nicht total super finden hier drinnen mit den ganzen ... staubigen Büchern?«

»Was willst du, Flick? Ich bin beschäftigt.«

»Beschäftigt? Womit denn?«

Er tippte auf das Buch, das aufgeschlagen auf seiner Hand lag. »Mit Lesen. Was normale Leute in einer Bibliothek eben tun.«

»Ich brauche deine Hilfe.«

»Wie kommst du auf die Idee, ich könnte ausgerechnet dir helfen wo–«

»PSSSST!«

Wieder stand Mr Grindle vor uns, diesmal mit einem wütenden Gesichtsausdruck. Ich deutete anklagend auf Cal, der mich aus zusammengekniffenen Augen ansah. Ich wartete ab, bis Mr Grindle wieder an seinen Schreibtisch zurückgekehrt war.

»Können wir vielleicht woandershin gehen, wo wir uns in aller Ruhe unterhalten können? Bitte, bitte, bitte? Es ist echt wichtig.«

Cal stieß ein tiefes Seufzen aus und schlug sein Buch widerstrebend zu. »Na schön.«

»*Geschichte Londons und seiner Bauten*«, las ich den Buchtitel laut vom Cover ab, während wir auf den Ausgang zuhielten. »Tja, das klingt mir sehr nach dem langweiligsten Buch aller Zeiten. Ist das auch von diesem Nicholas Huntley, dem Autor, von dem du so besessen bist?«

»Nein. In seinem Buch geht es um Panzer.«

»Ach so, stimmt. Auch so ein irrsinnig spannendes Thema. Was bringt dich dazu, ein Buch über die Gebäude hier in London zu lesen? Lauf doch einfach durch die Straßen und sieh sie dir an!«

»Weil es interessanter ist, etwas über ihre Geschichte und die architektonischen Details zu erfahren«, erklärte Cal, während er ein Formular für Mr Grindle ausfüllte, der mich immer noch anstarrte, als könnte ich ihn jederzeit anspringen. »Das Royal wird in dem Buch übrigens auch erwähnt.«

»Warum?«

»Weil das Hotel ein wichtiges historisches Gebäude mit einer unglaublich komplexen Architektur ist«, erklärte Cal und sah mich dabei an, als wäre ich ein klein wenig beschränkt.

»Tja, äh, dazu brauchst du dich doch bloß in die Lobby zu stellen, dann siehst du die ganzen goldenen Bogengänge und die Gemälde und all das. Verschwende doch deine wertvolle Zeit nicht damit, dieses alte Ding zu lesen.«

Als wir die Bibliothek verließen, sah ich aus dem Augenwinkel, wie eine total überdrehte Ella sich ganz in der Nähe mit Olly unterhielt. Bevor sie uns entdeckten, packte ich Cal blitzschnell am Arm und zerrte ihn zur nächsten Tür, die zufällig in eine Putzkammer führte.

»Was machen wir hier drinnen?«, fragte er entgeistert und stieß versehentlich einen Wischmopp um, als ich mich zu ihm in den engen Raum quetschte.

»Hier sind wir ungestört.« Ich zuckte mit der Schulter und versuchte, so zu tun, als hätte ich das alles genau so geplant.

»Sicher.« Er seufzte. »Und es hat nichts damit zu tun, dass du nicht mit mir gesehen werden willst?«

»Jetzt sei nicht albern.«

»Warum sagst du mir nicht einfach, wozu du meine Hilfe brauchst, dann haben wir das endlich hinter uns?«

»Ich bin hier, um dir einen Vorschlag zu machen. Du brauchst doch ein Thema für diesen bescheuerten Journalisten-Wettbewerb, oder? Was, wenn ich dir sage, dass ich das optimale Thema für dich habe und dass du damit garantiert den ersten Platz belegst? Ein Thema, das noch besser ist als Prinz Gustav?«

Er schnaubte verächtlich. »Das würde mich wundern.«

»Glaub mir, das solltest du dir unbedingt anhören«, beharrte ich.

»Okay, dann leg los.«

Ich holte tief Luft. »Ich besorge dir ein Exklusivinterview mit dem größten Popstar der Welt, Skylar Chase.«

Er wirkte sichtlich beeindruckt. »Ist das dein Ernst?«

»Mein voller Ernst.« Ich nickte. »Bestimmt kommt kein anderer Teilnehmer dieses doofen Wettbewerbs an eine Person heran, die so im Licht der Öffentlichkeit steht wie sie. Was meinst du?«

»Und Skylar Chase hat dir versprochen, sie würde sich von mir interviewen lassen?«, hakte er mit zweifelnder Miene nach.

»Ich habe sie noch nicht offiziell gefragt, aber wir sind befreundet«, fügte ich hastig hinzu, als er schon die Augenbrauen hochziehen wollte. »Sie sagt garantiert Ja, da bin ich mir sicher.«

»Okay, und wo ist der Haken?«

Wieder holte ich tief Luft. »Vielleicht erinnerst du dich, dass ich am Freitag zu einer Modenschau gegangen bin ...«

»Ja, an die erinnere ich mich, weil ich versucht habe, dich davon abzuhalten. Aber du wolltest ja nicht auf mich hören und hast dir Riesenärger eingehandelt. Wie ich es dir prophezeit habe.« Er verschränkte die Arme vor der Brust.

»Genau die meine ich.« Ich nickte eifrig. »Tja, Mum sagt jetzt, ich darf nicht zum Weihnachtsball gehen.«

»Oh weh, du Ärmste!«

»Ja, oder? Mum hält mich nicht für verantwortungsvoll genug. Ich muss ihr das Gegenteil beweisen. Dann lässt sie mich bestimmt hingehen.«

»Und du denkst, ich kann dir dabei helfen?«

»Ja.«

»Tut mir echt leid, wenn ich dich enttäuschen muss, aber ich bin nicht der Richtige, um sie vom Gegenteil zu überzeugen. Denn rein zufällig bin ich ganz ihrer Meinung.«

»Ich will ja gar nicht, dass du mit ihr redest. Du sollst mir erklären, wie das Hotel funktioniert.«

Verständnislos blinzelte er mich an. »Wie?«

»Das Hotel. Du sollst mir zeigen, wie alles läuft. Wer was tut und wann. Wer die einzelnen Abläufe organisiert, bla, bla, bla. Du weißt schon, die ganzen langweiligen Sachen eben.«

»Tut mir leid, ich verstehe gar nichts mehr«, meinte er kopfschüttelnd.

»Okay, so schwer ist das doch auch nicht. Mum denkt, dass ich kein Interesse am Hotel habe und daran, Verantwortung zu übernehmen, und –«

»Aber das ist doch auch so«, unterbrach er mich.

»Klar, weil ich ein *normaler* Teenager bin.« Allmählich ging mir die Geduld aus. Blieb bloß zu hoffen, dass das die ganze Mühe wert war. »Aber ich will es lernen. Audrey hat zu viel um die Ohren, um das für mich zu organisieren, deshalb meinte sie, ich solle mich am besten an dich wenden. Du weißt, wie das Hotel funktioniert, und kennst alle, die dort arbeiten. Sie meinte, du würdest schon dafür sorgen, dass wir keinem im Weg sind. Außerdem hast du ohnehin nichts Besseres zu tun.«

»Wie kommst du denn auf die Idee?«, fragte er abwehrend.

»Na, du hast doch keine Freunde und sitzt den lieben langen Tag bloß bei deinem Dad herum.«

»Okay, das reicht.« Er wollte die Tür des Kämmerchens aufstoßen.

»Warte, warte, tut mir leid!«, entschuldigte ich mich hastig und hielt ihn zurück. »Das war echt gemein. Was ich sagen wollte, ist Folgendes: Dir … äh … dir liegt etwas an diesem Hotel. Sieh dich nur an, du liest sogar Bücher über seine Architektur und so Zeug.«

»Ich weiß nicht, warum ich dir überhaupt zuhöre.«

»Cal, ich würde dich nicht um Hilfe bitten, wenn ich nicht total verzweifelt wäre«, jammerte ich. »Du brauchst doch bloß ein paar Abende und Wochenenden zu opfern und mir beizubringen, wie alles funktioniert.«

»Keine einfache Aufgabe, bei deiner Aufmerksamkeitsspanne.«

»Ich weiß genau, wie sehr du Herausforderungen liebst«, sagte ich und gab die Hoffnung nicht auf. »Dafür bekommst du ein Interview mit Skylar Chase. Eine solche Chance bekommen die wenigsten professionellen Journalisten. Ich muss Mum beweisen, dass ich Verantwortung übernehmen kann, und dazu möchte ich die Abläufe im Hotel lernen.«

»Warum willst du eigentlich so dringend zu diesem Weihnachtsball gehen?«

»Weil er für mich der absolute Jahreshöhepunkt ist! Du weißt, wie sehr ich Weihnachten liebe.«

»Klar, aber du willst mir auch gerade weismachen, dass du ernsthaft bereit bist, im Hotel mitzuarbeiten und deine freie Zeit mit Lernen zu verbringen. Das sieht dir überhaupt nicht ähnlich. Warum also willst du *so unbedingt* zum Ball?«

Verlegen trat ich von einem Fuß auf den anderen und stieß dabei einen Behälter voller Bleichmittel um.

»Ethan Duke hat mich gefragt, ob ich mit ihm zusammen zum Ball gehe. Du weißt schon, so was wie ein Date. Und ich kann ja wohl schlecht jemandem wie *Ethan Duke* einen Korb geben, oder?« Ich biss mir auf die Unterlippe. »Und? Hilfst du mir jetzt?«

Ich berührte ihn so sanft wie möglich am Arm, als er nicht antwortete. »Cal? Biiiiiiitteeeee?«

Und dann wandte ich meinen treuherzigsten Bambi-Blick an.

»Na gut.« Er seufzte widerstrebend. »Aber jetzt hör auf, mich so anzuschauen. Sonst fallen dir noch die Augen raus.«

»Ja!«, jubelte ich. »Ich danke dir. Du wirst es nicht bereuen.«

»Sollen wir wetten?«

»Wann fangen wir an?«, fragte ich, plötzlich voller Tatendrang.

»Wir müssen erst die einzelnen Teamleiter fragen, wann es ihnen passt, dass wir ihnen bei der Arbeit über die Schulter schauen«, teilte er mir mit. »Ich lasse es dich wissen, sobald ich einen konkreten Plan habe.«

»Cool. Super Idee. Ich freue mich riesig, mich ... na ja, du weißt schon ... mich an die Arbeit zu machen.«

»Ja klar, ganz bestimmt«, meinte er kopfschüttelnd. »Aber jetzt sehen wir zu, dass wir hier rauskommen.«

Ich folgte ihm hinaus auf den Flur, gerade als Mr Grindle aus der Bibliothek kam und an uns vorbeigehen wollte. Wie angewurzelt blieb er stehen. Entgeistert starrte er uns an, während wir mit verdutzten Mienen aus der Putzkammer traten.

»Glauben Sie mir, Mr Grindle.« Cal seufzte und ging an ihm vorbei. »Das wollen Sie gar nicht wissen.«

KAPITEL 13

»Nein, nicht das da.«

Cal und Amy, eins der Zimmermädchen, wechselten einen Blick.

»Was willst du damit sagen?«, fragte Cal.

»Können wir uns nicht ein anderes Zimmer vornehmen?«, erwiderte ich.

»Nein«, antwortete Cal. »Amy hat den Auftrag, dieses Zimmer aufzuräumen, also helfen wir ihr auch bei dem hier. Was stört dich denn an diesem Zimmer?«

»Ooooh«, stieß Amy aus, und ihre Augen weiteten sich, weil ihr offenbar plötzlich einfiel, welcher Grund dahintersteckte. »Das hier war Prinz Gustavs Zimmer.«

Cal prustete los vor Lachen und streckte die Hand aus, damit sie ihm den Schlüssel reichte.

»Komm schon, Flick, es ist ja nicht so, als würde es hier drinnen spuken.«

Er kicherte immer noch in sich hinein, als wir die weitläufige Suite betraten. Ich schauderte bei dem Gedanken an meinen letzten Besuch in dieser Suite, als die muskelbepackten Bodyguards des Prinzen mich mit Gewalt hinausgezerrt hatten.

»Soll ich deinen Selfiestick holen, damit du den Millionen Followern deines Videoblogs von dieser echt bewegenden Erfahrung erzählen kannst?«, fragte Cal, der den Schlüssel achtlos auf die Frisierkommode warf.

»Mir egal«, gab ich schulterzuckend zurück, funkelte ihn aber böse an. »Ich kann eh nicht vloggen, weil ich Hausarrest habe. Videoblogger müssen ein total spannendes und glamouröses Leben führen. Ich aber sitze hier fest und verbringe meine Zeit mit dir.«

»So dankbar …«, murmelte er und wechselte wieder einen Blick mit Amy.

Ich machte es mir auf dem Sofa gemütlich und streifte die Schuhe ab, während Amy sich daranmachte, ganze Stapel Bettwäsche von einem Rollwagen zu nehmen und auf das Bett zu verfrachten.

»Was glaubst du eigentlich, wozu du hier bist?«, fragte Cal, und sah mich stirnrunzelnd an. »Du darfst Amy beim Bettenbeziehen helfen.«

Er fing heute erst an mit seinem Nachhilfeunterricht, und schon hatte ich die Nase voll von allem, aber SO WAS von. Außerdem war es offensichtlich, wie sehr Cal es genoss, mich herumkommandieren zu dürfen. Er war begeistert gewesen von der Idee, meine »Royal-Ausbildung«, wie er es großspurig nannte, am Samstagmorgen als Begleitung der Zimmermädchen zu beginnen. Damit ich lernte, warum alles immer so picobello sauber und ordentlich aussah. Er machte mich mit Amy bekannt, die mir erzählte, sie würde schon ganze drei Jahre im Hotel arbeiten. Sehr erstaunlich, weil sie mir noch nie aufgefallen war. Anschließend standen wir eine halbe Ewigkeit im Wäscheraum rum, wo Amy mir auf Cals Bitte hin lang und breit von ihren täglichen Pflichten erzählte. Ich ließ ihr endloses Gerede über mich ergehen, obwohl die Wäsche penetrant nach Lavendel stank, und es gelang mir, nur ein einziges Mal zu gähnen, während sie ohne Punkt und Komma redete. Also, ich fand das bei dem Thema schon SEHR bewundernswert.

Ich hielt es nicht für nötig, sie auch noch den ganzen Nachmittag zu begleiten, wo ich mir ohnehin schon viel zu detailliert hatte anhören müssen, worin ihre Aufgaben bestanden. Doch Cal beharrte darauf, dass ich ihren Job erst dann richtig verstehen würde, wenn ich ihn selbst erledigen müsste. Ich verdrehte nur genervt die Augen, was ihn dazu veranlasste, eine Schimpftirade vom Stapel zu lassen, von wegen, das alles sei ja wohl meine Idee gewesen und nicht seine und mit der Einstellung würde ich meine Mum bestimmt nicht beeindrucken können. Worauf ich nur sagte: »Beruhig dich, Opa.« Natürlich ärgerte ihn das gleich noch mehr, weshalb er mich den blöden Wäschewagen den ganzen Weg bis zum Zimmer schieben ließ, was echt nicht so leicht war, weil eins der Räder eierte.

Andererseits war das eine gute Ausrede, als ich ihm damit volle Kanne von hinten aus-Versehen-mit-Absicht in die Hacken fuhr.

»Amy, ich glaube, dir ist da ein Fehler unterlaufen«, wies ich sie zurecht, als ich eines der zusammengelegten Laken vom Stapel nahm, während sie bereits das Bett abzog. »Hier drinnen steht nur ein Bett, aber du hast Bettwäsche dabei, die für das gesamte Hotel reichen würde.«

Sie grinste, während sie die alten Bezüge von den Kissen zerrte. »Nein, das braucht man tatsächlich alles für ein einziges Bett. Da sind wahnsinnig viele Schichten. Okay, dann schüttle mal das unterste Laken aus.«

»Welches ist denn das unterste?«, fragte ich. »Die sehen doch alle gleich aus.«

»Nein, überhaupt nicht, manche von ihnen haben ein Muster«, sagte sie und kam zu mir, um es mir zu zeigen. »Siehst du diese Stickerei hier in der Ecke?«

»Oh ja.« Ich nahm es näher in Augenschein. »Das ist aber hübsch.«

»Das ist eine Spezialanfertigung für das Hotel«, erklärte sie mir stolz. »Diese Laken kann man nirgends kaufen. Das hier ist das unterste.« Sie warf mir eines zu. »Schüttle es aus und dann breite es über das Bett aus und schnapp dir die Ecken. Ich helfe dir dann auf der anderen Seite.«

Ich tat, wie mir geheißen, schüttelte das gefaltete Tuch auseinander und griff mir zwei Ecken, um es hoch über meinen Kopf zu werfen, damit es sich ganz entfaltete und sich über das Bett legte. Vielleicht war ich die Sache ein bisschen zu übereifrig angegangen. Jedenfalls ließ ich versehentlich eine der Ecken los, die ich genommen hatte, als ich das Laken hochwarf, sodass es sich über meinen Kopf legte. Das Tuch war so groß, dass ich, als ich mich daraus befreien wollte, mich nur weiter darin verfing und am Ende feststeckte.

»Was soll das sein? Ein Geist?«, hörte ich Cal fragen, während ich das Laken vorne von meinem Kopf und meinem Gesicht herunterziehen wollte, in der Hoffnung, so würde es gehen.

»Nein«, gab ich zurück und atmete eine Ladung Stoff ein.

»Hast du denn noch nie ein Bett bezogen? Ernsthaft, was tust du da eigentlich?«

»Was ist denn los mit dem blöden Ding?«, schimpfte ich und fuchtelte wild mit den Armen. Amys Gekicher schenkte ich keine Beachtung.

»Warum nimmt dieses Laken denn kein Ende?«

»Du stehst drauf, du Dödel.« Cal lachte. »Steig runter, dann kannst du es einfach wegziehen.«

»Wer benutzt denn heute noch das Wort ›Dödel‹?«, spottete ich. »Du bist ja so ein –«

Leider konnte ich meinen Satz nicht zu Ende bringen, denn als ich das Laken unter meinen Füßen hervorzerren wollte, rutschte ich aus und verlor das Gleichgewicht, weshalb ich nach hinten taumelte und rücklings auf dem Bett landete, eingewickelt in das Laken wie eine ägyptische Mumie.

Damit würde Cal mich mein Leben lang aufziehen.

Sie brachen beide in hysterisches Gelächter aus, und als Amy mir zu Hilfe eilte und das Laken von mir herunterriss, sah ich, wie Cal sich vor Lachen nicht mehr einkriegte und sich den Bauch hielt.

»Tut mir leid«, japste er und bekam kaum Luft. Ich warf ihm einen finsteren Blick zu. »Aber du hättest dich sehen sollen, wie du um dich geschlagen hast!«

»Ja, das war bestimmt total lustig«, schnaubte ich beleidigt und verschwand ins Badezimmer, um mir die Haare zu ordnen.

Als ich wieder zurück ins Zimmer kam, breitete Amy gerade mit einer lockeren Bewegung aus dem Handgelenk das Laken perfekt über dem Bett aus und ließ die Ecken unter der Matratze verschwinden. Das Ganze dauerte weniger als eine Minute.

»Wie hast du das gemacht?«, wollte ich wissen und stemmte die Hände in die Hüften. »Es gibt doch bestimmt einen Trick, und den willst du mir nicht verraten, gib es zu.«

»Nein, das ist alles Übungssache«, antwortete sie lachend und nahm ein weiteres Laken für die oberen Schichten zur Hand.

»Wie hast du das so glatt bekommen?«, fragte ich und strich mit der Hand über die Matratze.

»Wir bügeln sie.«

Mir klappte die Kinnlade hinunter. »Ihr bügelt die Bettlaken?«

»Aber klar doch.«

»Alle?«

»Ja.«

Fassungslos starrte ich sie an, und Cal stellte sich neben mich, während Amy das gold gemusterte Bettlaken nahm, das den krönenden Abschluss bilden sollte.

»Erstaunlich, nicht wahr?«, meinte er und half ihr, indem er das Laken auf unserer Seite straffte. »Bei Amy sieht das aus wie ein Kinderspiel.« Sie lächelte ihn dankbar an.

Ich pflichtete Cal Weston ja nur ungern bei, aber in dem Fall nickte ich. Es gab Hunderte von Zimmern im Hotel, darunter auch Doppelzimmer und Familiensuiten. Wenn für jedes Bett dermaßen viele Laken nötig waren ... tja, dann bedeutete das mehr Bügelarbeit, als ich mir vorstellen konnte. Ich sah zu, wie Amy die Kopfkissen und die kleinen goldenen Kissen geschickt in einem perfekten Bogen über dem Bett verteilte.

Ich hätte nie gedacht, dass es mich derart beeindrucken könnte, wie jemand ein Bett machte. Mit Cal rumzuhängen machte mich langsam, aber sicher zum Loser.

»Höchste Zeit, das Badezimmer zu säubern«, verkündete Amy, die sich den Eimer voll Putzmittel schnappte und die Tür zur Nasszelle öffnete.

»Auf keinen Fall«, protestierte ich und schüttelte den Kopf. Cal warf mir einen wissenden Blick zu. »Ne, echt, keine Chance.«

»Was denkst du denn, warum die Badezimmer immer so blitzblank sauber sind?«, fragte er und schob mich hinein. »Irgendjemand muss das ja machen.«

»Warum leerst du nicht schon mal die Mülleimer?«, schlug Amy vor, während sie das Ende des Toilettenpapiers zu einem Dreieck faltete und die Rolle in die Halterung steckte. »Das wäre mir eine große Hilfe.«

»Gute Idee«, bestätigte Cal gut gelaunt und nahm zwei Paar Latexhandschuhe vom Rollwagen. »Zieh die an«, gab er mir Anweisung.

»Was meinst du damit, die Mülleimer leeren? Wo soll der Müll denn hin?«, fragte ich und nahm die Handschuhe entgegen, um sie näher zu inspizieren.

Cal schnaubte verächtlich. »Du hast noch nie den Müll rausgebracht? Hat deine Mum dich nie darum gebeten?«

»Nein.« Ratlos zuckte ich die Achseln. »Ich weiß noch nicht einmal, ob sie selbst das je getan hat. Ich dachte, die werden einfach geleert.«

»Du bist echt unglaublich«, sagte er und hob die Tüte aus dem Eimer unter der Frisierkommode. Dann zog er das Zugband zu, verknotete es und hielt mir den Sack hin.

Entsetzt starrte ich ihn an.

»Komm schon, zieh die Handschuhe über«, forderte er mich auf. »Wenn du hier eines Tages das Zepter übernehmen willst, musst du den Betrieb in- und auswendig kennen.«

Angewidert zog ich die Handschuhe über und nahm die Mülltüte entgegen, aber nicht, ohne mir die Nase zuzuhalten. »Igitt!«

»So schlimm ist das auch wieder nicht«, entgegnete Cal schmunzelnd, als ich ihm zum Zimmer hinaus folgte.

Er sammelte ein paar weitere Mülltüten auf, die ein anderer Mitarbeiter hinaus auf den Flur gestellt hatte. Der Mann säuberte gerade ein Zimmer ein Stück weiter den Flur hinunter. Er rief Cal ein Dankeschön zu, und der reichte die Tüten an mich weiter, bevor wir in den Aufzug stiegen.

»Wie kommt es, dass du jeden hier kennst?«, fragte ich und hielt die Mülltüten auf Armeslänge von mir weg.

»Weil ich mich gelegentlich mit den Leuten unterhalte«, gab er spitz zurück.

Wir verließen das Gebäude durch einen Ausgang gleich neben der Wäscherei, wo Cal auf die riesigen industriellen Müllcontainer deutete. Ich stellte die Säcke auf dem Boden ab und warf sie einen nach dem anderen in einen der riesigen Behälter.

»Bäh«, jaulte ich auf, als ich danebenwarf und nur die Kante des Containers traf, sodass die Tüte platzte. Ich betrachtete das Durcheinander auf dem Boden. »Und wer soll das jetzt aufsammeln?«

Er zog die Augenbrauen hoch. »Na, rate mal.«

»Neeeein!«, schrie ich angeekelt auf.

»Du hast doch Handschuhe an«, tröstete er mich und ließ seinen Gummihandschuh schnalzen, der Dramatik wegen. »Los, komm, ich helfe dir.«

Er bückte sich und fing an, den Müll aufzusammeln, und richtete sich zwischendurch immer wieder auf, um das Zeug in den Müllcontainer zu befördern. Er sah mir misstrauisch dabei zu, wie ich anmutig die Knie beugte, um ihm zu helfen, und dabei ununterbrochen wimmerte.

»Wir sind im Nu fertig«, versicherte er mir. »Pass bloß auf mit den Mäusen. Schau mal, da sitzt eine neben deinem Fuß.«

»WAS?«

Ich kreischte los und sprang wie von der Tarantel gestochen auf. Sofort rannte ich weg von den Müllcontainern, presste mich gegen die Wand und suchte mit irrem Blick den Boden ab. »WO IST SIE HIN? WO STECKT SIE?«

»War doch nur ein Witz! Das war ein Witz!« Lachend stand er auf. »Ich schwöre dir, das war nur ein dummer Witz. Hier gibt es keine Mäuse.«

»Das war NICHT lustig!«, brüllte ich. »Deinetwegen hätte ich fast einen Herzinfarkt gekriegt!«

»Tut mir leid.« Er kicherte. »Du hättest dein Gesicht sehen sollen.«

Ich wagte mich wieder zu ihm und konnte mir ein erleichtertes Lächeln nicht verkneifen. Na ja, vielleicht hatte ich ein kleines bisschen überreagiert. Als ich mich bückte, um die letzten Müllreste aufzuklauben, musste ich selbst kichern.

»Wow«, sagte Cal mit blitzenden Augen. »Hast du etwa gerade *gelacht*?«

»Na und?«

»Ich glaube, ich habe dich seit Jahren nicht lachen sehen.«

»Das liegt vielleicht daran, dass du nicht besonders witzig bist.«

»Volltreffer.« Er grinste. »Ich hatte vergessen, dass du einen Sinn für Humor hast. Das übersieht man schnell bei all den Allüren.«

Mit einer Bananenschale in der Hand richtete ich mich auf. »Mein Sinn für Humor sagt mir, dass ich dir diese Bananenschale in dein arrogantes Gesicht klatschen sollte«, sagte ich, woraufhin er einen winzigen Schritt zurückwich.

»Schmeiß das in den Müll, Flick.« Er schluckte zum Spaß, als hätte er Angst. »Du weißt, dass ich Bananen hasse.«

»Wieso? Du hast mir doch auch eine Plastikschlange in den Spind gelegt. Und dabei weißt du ganz genau, dass ich Schlangen hasse.«

»Das war etwas anderes.« Er schüttelte sich, als ich die Bananenschale vor seiner Nase baumeln ließ. »Das ist schon Jahre her, und außerdem war das nicht so eklig.« Er löste den Blick von der Bananenschale, um meinem zu begegnen. Er konnte sich das Grinsen nicht verkneifen. »Und es war echt komisch. Du hast dermaßen laut geschrien.«

Großer Fehler. Und das wusste er.

Mit Freude jagte ich ihn um die Mülltonnen, während er mich unter nervösem Gelächter anbettelte, die Bananenschale wegzuschmeißen. Ich wartete ab, bis ich nahe genug an ihm dran war, dann zielte ich und klatschte sie direkt an seinen Hinterkopf. Volltreffer.

»FLICK!«

»Du solltest mir dankbar sein, dass ich nicht auf dein Gesicht gezielt habe.« Ich lachte, während Cal sich panisch die Bananenreste vom Hinterkopf kratzte.

Ein höfliches Hüsteln war von der Tür her zu hören, und als wir aufsahen, lächelte Amy uns zu.

»Wenn ihr beide dann so weit seid? Wir haben noch ein paar Zimmer vor uns«, sagte sie und tippte ungeduldig auf ihre Uhr, ehe sie im Gebäude verschwand.

Wir streiften die Handschuhe ab, um sie in den Müll zu befördern, dann folgten wir Amy ins Hotel, wo sie sofort anfing, mir alles Mögliche über die verschiedenen Arten von Bakterien zu erzählen, die in Badezimmern üblicherweise lauerten.

Der Weihnachtsball sollte dieses Jahr besser außergewöhnlich gut werden.

Hey, Flick, Ethan hier. Ich habe deine Nummer von Sky, das ist hoffentlich okay? Wann hast du denn mal Zeit für meinen Videoblog?

Hey! Das klingt ja klasse! Ähm, ich habe bloß dummerweise Hausarrest, geht also erst in ein paar Wochen. Es sei denn, du kommst ins Hotel, und wir nehmen das hier auf? X

Cool. Ich gebe dir Bescheid.

Hey, Grace, hast du gerade Zeit?

Hey! Klar, was gibt's? Ich sehe mir mit Olly einen Film an. Sterbenslangweilig. Immer darf er aussuchen.

Kann ich dich was fragen? Wenn ein Junge dir eine Nachricht schreibt, aber am Ende kein Küsschen mitschickt … hat das was zu bedeuten? Nur interessehalber …

HAT ETHAN DUKE DIR GESCHRIEBEN? KRASS KRASS KRASS KRASS KRASS

Grace. Konzentrier dich bitte.

Okay. Klar. Äh, nein, ich denke nicht, dass das etwas zu bedeuten hat. Olly beendet seine Nachrichten nie mit Küsschen.

Klar, er ist ja auch dein Bruder.

Guter Punkt. Willst du, dass ich ihn frage, ob er anderen Leuten Küsschen schickt?

NEIN.

Oh. Okay. Dann frage ich nicht.

Du hast ihn schon gefragt, stimmt's?

Nein.

Wer ist das, der dir Nachrichten ohne Küsschen schickt?

Wer ist da?

Olly. Hi.

Keinen Schimmer, was du meinst.

Ich denke, das sollte man nicht überbewerten.

Okay.

Ist dir das peinlich?

Nö.

Braucht dir nicht peinlich zu sein.

Ist es auch nicht.

Schön, mit dir zu reden.

Grace ist so gut wie tot.

KAPITEL 14

Ella trieb mich noch in den Wahnsinn.

Seit ihrer Party sprach sie PERMANENT von nichts anderem als von Olly und seinen »wunderschönen braunen Augen und den zarten langen Wimpern«. Zarte Wimpern? Echt jetzt? Wenn eine andere von uns dieses Wort benutzen würde, um die Wimpern des eigenen Freundes zu beschreiben, würde Ella sie prompt von ihrer Gästeliste für die nächste Pyjama-Party streichen.

Er war, wie sie uns bei jeder Gelegenheit in Erinnerung rief, der am besten aussehende Junge an der ganzen Schule. Na ja, nicht dass ich behaupten würde, Olly wäre hässlich, denn seien wir ehrlich, er würde auch neben den Jungs von One Direction nicht unangenehm auffallen. Außerdem (Gott sei Dank!) trug er bei den Auftritten seiner Band neuerdings nicht mehr diese ärmellosen Hoodies, sondern T-Shirts, die mehr Geschmack bewiesen, seine muskulösen Oberarme aber trotzdem recht schön betonten. Trotz allem kommt er an einen Ethan Duke natürlich nicht heran. Ich freute mich schon, in der kommenden Woche wegen der Herbstferien eine kleine Pause von Ella und ihren gefühlsduseligen Geschichten zu bekommen.

»Die denkt doch nur an sich selbst«, beschwerte ich mich bei Grace über sie, als wir in der Mittagspause zusammen in die Cafeteria gingen. »Sie hat mir nicht ein Mal eine Frage zu

Sky oder Ethan gestellt, und nichts für ungut, aber die sind garantiert interessanter als dein Bruder.«

»Warum sagst du ihr nicht einfach, dass du gern was von ihnen erzählen würdest?«, schlug Grace vor. Sie sah den Stapel Essenstabletts durch und reichte mir ein einigermaßen trockenes.

»Das kann ich nicht. Sie sollte es wissen *wollen*.«

»Ich glaube, ihr Gehirn ist im Moment ein bisschen vernebelt wegen Olly.« Sie schnitt eine Grimasse. »Sie redet bloß noch von ihm.«

»Da sind sie ja.« Ich stieß ein tiefes Seufzen aus und deutete auf einen Tisch in der Mitte des Raums, wo Olly sich angeregt mit einem Freund unterhielt, der ihm gegenübersaß, während Ella danebenhockte und geduldig zuhörte. »Gibt es die beiden eigentlich nur noch im Doppelpack?«

»Wenn ich ehrlich sein soll«, setzte Grace an, die sich jetzt neben mich stellte und zu den beiden hinübersah, »hat er mir gestanden, dass er sie ein bisschen ... anstrengend findet.«

»Im Ernst?«

»Ja, er meinte, er würde sich wünschen, er hätte sie ein bisschen besser gekannt vor ... du weißt schon«, sie verzog angewidert das Gesicht, »dem Herumgeknutsche.«

»Bitte sag nicht dieses Wort, Grace. Sonst hört das noch jemand.«

»Sorry. Sag Ella nichts davon«, flehte sie mich an.

»Werde ich nicht. Sie würde dich doch nie wieder bei sich am Tisch sitzen lassen, wenn sie wüsste, dass du das Wort ›knutschen‹ benutzt. Du hast Glück, dass ich so ein guter Mensch bin.«

»Ich meine doch wegen dem, was Olly gesagt hat. Ich möchte nicht, dass sie mich dafür hasst.«

»Sie würde dich doch nicht hassen, Grace«, erklärte ich unwirsch. »Du warst es ja nicht, die das gesagt hat, sondern Olly.«

»Klar, aber ich vermute, dass er der einzige Grund ist, wieso sie überhaupt mit mir befreundet ist.«

Ich eiste meinen Blick von Ella los, die Olly über den Arm streichelte, und sah Grace fragend an. Sie hatte recht, kein Zweifel. Mir war bloß nicht klar gewesen, dass *ihr* das auch bewusst war.

»Schon gut«, sagte sie mit leiser Stimme. »Eigentlich macht es mir gar nichts aus.«

Mit einem Mal wirkte sie ganz klein und geknickt, und mich überrollte eine Welle des Mitgefühls. Ella hatte ein Talent dafür, Leuten das Gefühl zu geben, sie wären vollkommen unbedeutend. Und Grace war so ein Mensch, der sie auf sich herumtrampeln ließ.

»Das sollte es aber«, hörte ich mich selbst sagen. »Du solltest viel mehr Selbstvertrauen haben. Tritt ruhig mehr für dich selbst ein.«

»Ich weiß.« Sie nickte, sagte es aber in einem Ton, der klarmachte, dass sie selbst nicht so ganz davon überzeugt war.

»Hör zu«, sagte ich mit strenger Stimme, »sie würde nicht mir dir rumhängen, wenn sie dich überhaupt nicht leiden könnte.«

Das war natürlich gelogen, aber wenigstens würde sie kein so trauriges Gesicht mehr machen.

»Denkst du?« Dankbar blinzelte sie mich an.

»Klar. Und jetzt lass uns setzen, ich bin am Verhungern.«

Sie folgte mir durch die Cafeteria, und wir stellten unsere Tabletts auf Ellas und Ollys Tisch ab. Alle blickten auf, um uns zu begrüßen, als Grace und ich Platz nahmen. Olly und sein Freund Liam fingen sofort wieder an, angeregt über ein Buch zu diskutieren, das ich nicht gelesen hatte, während Ella sich darauf konzentrierte, jedes einzelne Wort aufzusaugen, das über Ollys Lippen kam. Ich ließ meine Gedanken schweifen und verfiel in einen Tagtraum von Ethan und meinem Auftritt auf seinem Videoblog, was blöderweise dafür sorgte, dass ich ganz unruhig wurde und nachgrübelte über etwas, das Doofi Cal gesagt hatte.

Eigentlich hatte ich nicht vorgehabt, ihm von Ethans Videoblog zu erzählen. Er hatte nur zufällig ein Gespräch zwischen mir und Matthew mitbekommen. Und Fritz. Und anscheinend fand er die Vorstellung zum Brüllen komisch.

»Was ist denn daran so witzig?«, hakte ich murrisch nach, als er hinter die Rezeption kam, wo ich mit Fritz auf dem Schoß saß. Der silberne Anhänger von seinem Lieblingshalsband war abgefallen, deshalb war ich zu Matthew gekommen, um ihn zu fragen, ob er das vielleicht reparieren könne oder ob ich bei Tiffany's würde anrufen müssen, um mir ein neues schicken zu lassen.

»Du willst in Ethan Dukes Videoblog auftreten?«, sagte Cal höhnisch und wühlte in seiner Tasche, die er bei seinem Dad hinter dem Tresen hatte stehen lassen. Er zog eine Tüte Chips heraus.

»Ich finde, das klingt überaus interessant«, erklärte Matthew, der mit dem winzigen Verschluss der Hundemarke kämpfte.

»Vielen Dank, Matthew«, gab ich zurück und kraulte Fritz am Bauch, bis er das Rascheln der Chipstüte hörte und wie der Blitz von meinem Schoß hinuntersprang, um ganz unschuldig mit der Pfote an Cals Bein zu kratzen.

»Worüber willst du denn reden? Dass du noch nicht einmal dazu fähig bist, ein Bett frisch zu beziehen, ohne dass du dich in den Laken verhedderst?«, fragte Cal. Er schob sich eine Handvoll Chips in den Mund und achtete nicht auf die Pfütze, die sich um Fritz' Füße herum bildete, weil er so heftig sabberte.

»Ich werde aus meinem Leben erzählen, ganz einfach.«

»Willst du dir dieses spannende Thema nicht für deinen eigenen Videoblog aufsparen? Der ja auch bald an den Start gehen soll?« Cal schnaubte abfällig.

Mit zusammengekniffenen Augen sah ich ihn an, und Matthew schmunzelte in sich hinein.

»Ich werde meinen Auftritt auf Ethans Videoblog dazu nutzen, um meinen eigenen bekannt zu machen. Das wird so was wie ... Lockwerbung.«

Cal stieß ein lautes »Ha!« aus, wobei ihm kleine Chipsbrösel aus dem Mund stoben und sich überall verteilten.

»Igitt! Matthew, schau mal! Jetzt müssen wir den Rezeptionstresen desinfizieren!«

Matthew seufzte. »Verschwinde bitte und iss die woanders, Callum.«

»Genau, *Callum*«, feixte ich.

»Das ist okay für mich.« Er grinste und bot Fritz einen Chip an, hätte dabei aber fast einen Finger verloren.

»Wann willst du dieser Promenadenmischung eigentlich endlich einmal Manieren beibringen?«

»Er ist perfekt erzogen«, protestierte ich, gerade als Fritz Cals Schuhbänder zwischen die Pfoten nahm und anfing, daran zu zerren. »Und nenn ihn nicht Promenadenmischung.«

»Er ist der ungezogenste Hund, den ich kenne.«

»Ach, darin bist du wohl Experte, oder wie?« Beleidigt verschränkte ich die Arme. Cal knüllte die leere Chipstüte zusammen, warf sie in den Mülleimer und nahm dann Fritz hoch und kraulte ihn unter dem Kinn.

»Ich mag vielleicht kein Experte sein, aber ich weiß, dass Hunde nicht hinter die Rezeption pinkeln sollten.«

Matthew riss den Kopf hoch.

»WAS?«

»Cal!«, zischte ich.

»Bis später dann«, rief Cal lachend, schnappte sich seine Tasche und ließ Fritz auf meinen Schoß plumpsen. Dann rauschte er durch die Empfangshalle und war im nächsten Moment zur Tür hinaus.

Nachdem ich Matthew fünf Minuten lang erklärt hatte, dass das echt nur ein einziges Mal passiert war, und zwar als Fritz noch ein kleiner Welpe war, ließ er endlich locker, und ich entkam in mein Zimmer. Dort verbrachte ich die nächsten Stunden damit, nach Ethan Duke zu googeln und mir alle seine Videos anzusehen.

Cals blöde Bemerkung, von wegen, worüber ich auf dem Blog eigentlich reden wollte, hatte mich ein bisschen nervös gemacht, deshalb wollte ich mir ansehen, was andere Gäste zu sagen hatten. Die meisten von ihnen sprachen über ihre neusten Filme oder Musikveröffentlichungen. Aber was hatte ich zu erzählen?

Ob die Ankündigung meines Videoblog-Kanals interessant genug wäre? Würde Ethan mich als Lachnummer sehen wie Cal? Und mal im Ernst, worüber wollte ich auf meinem eigenen Videoblog eigentlich reden? Inzwischen war ich mir nicht mehr so sicher, ob das Ganze eine so grandiose Idee war. Und weil meine Gedanken ständig kreisten, bekam ich allmählich Kopfschmerzen.

Wer hätte gedacht, dass so ein Videoblog derart harte Arbeit ist?

»Die ist doch komplett in ihrer eigenen Welt. Flick? Haaaaaalloooo!«

Ich riss mich aus meinen Gedanken und stellte fest, dass alle am Tisch mich abwartend ansahen.

»Willkommen zurück in der Realität«, meinte Olly lachend. »Wo bist du denn mit deinen Gedanken?«

»Ich habe gerade allen erzählt, dass meine Eltern mich kommenden Samstag total schick zum Essen ausführen wollen«, gab Ella an, noch bevor ich antworten konnte. »Und anschließend verbringe ich den Abend bei Olly zu Hause.«

»Ihr seid auch alle herzlich eingeladen«, fügte der hinzu.

»Unsere Eltern haben im Keller einen Beamer aufgestellt«, erklärte Grace begeistert. »Wir haben es uns da unten richtig gemütlich gemacht, deshalb wollen wir einen Filmeabend veranstalten.«

»Ich rufe einen Popcorn-Wettbewerb aus«, verkündete Liam lautstark. »Mal sehen, wie viel Popcorn ich mir auf einmal in den Mund stopfen kann. Es gilt, Toms Rekord zu schlagen.«

»Klingt … interessant.«

»Kommst du auch?«, wollte Olly wissen.

»Ich kann nicht, ich habe immer noch Hausarrest.«

»Das ist ja blöd.« Alle pflichteten ihm kopfnickend bei.

»Schon okay.« Ich zuckte die Achsel und nutzte die Gelegenheit. »Wahrscheinlich muss ich mich auf meinen Auftritt auf Ethans Videoblog vorbereiten.«

Mit einem lauten Klirren ließ Grace ihre Gabel fallen. »Was?«

»Ach«, sagte ich ganz unschuldig, »hab ich das gar nicht erzählt? Ethan hat mich gefragt, ob ich als Gast in seinem Videoblog auftreten will.«

Aufgeregtes Getuschel ging um den Tisch, worüber ich mich insgeheim diebisch freute. Natürlich musste Ella wieder ihre Klappe aufreißen und alles ruinieren.

»Du?« Ella lachte. »Was willst du denn auf Ethan Dukes Videoblog?«

»Hast du was dagegen?«, hakte Olly nach und fing meinen Blick ein.

»Ich meine ja nur, worüber sollte sie denn reden?«, fragte sie verwirrt und zog die Hand von seinem Arm, die sie die ganze Zeit dort liegen hatte. »Es ist ja nicht so, als wäre sie berühmt oder so.«

»Seit der Show von Lewis Blume war sie doch auf sämtlichen Modeseiten zu sehen«, beeilte Grace sich zu erwidern. Ellas Worte ließen meinen Magen verkrampfen. Das tat weh. Dachten etwa alle so über mich? Aber wenn Ethan mich für gut genug hielt, spielte es doch keine Rolle, oder? Er kannte sich ja schließlich aus, wen kümmerte es da, was Ella dachte?

Wobei, ich hatte schon seit einigen Tagen nichts mehr von Ethan gehört. Vielleicht hatte er es sich ja anders überlegt, und er wollte mich doch nicht mehr als Gast haben? Dann würde die ganze Schule mitbekommen, dass er mich hatte fallen lassen ...

»Das wird keine große Sache, ich mache es nur zum Spaß«, wiegelte ich ab und stand schnell auf, bevor noch jemand etwas sagen konnte. »Na ja, mir tut es jedenfalls leid, dass ich den Popcorn-Wettbewerb verpasse.«

»Und das zu recht.« Liam nickte und hielt die Hand hoch, damit ich sie abklatschen konnte. »Das wird der Knaller!«

»Wo willst du denn hin?«, fragte Grace.

»Ich muss noch telefonieren«, schwindelte ich und stellte mein Tablett in den Abräumwagen. »Wir sehen uns später.«

Draußen zog ich meinen Mantel enger und setzte mich auf eine Bank. Ich ließ den Blick über den Schulhof schweifen. Zum Glück hatte ich ihn wegen des schlechten Wetters ganz für mich allein. Ich ließ mein Handy einmal neu starten, nur für den Fall, dass etwas nicht stimmte und eventuell keine Nachrichten reinkamen. Nicht dass Ethan mir die ganze Zeit schon eine verzweifelte Nachricht nach der anderen schickte, von wegen, ich solle ihm doch bitte endlich mitteilen, wann wir das mit dem Video machen könnten. Ich starrte auf das neu gestartete Display. Keine neuen Nachrichten.

Nachdem ich ein Weile krampfhaft so getan hatte, als wäre mir nicht kalt, musste ich mir dann doch eingestehen, dass mir die Hände fast abfielen. Ich sollte wirklich wieder reingehen. Da hörte ich plötzlich Schritte hinter mir. Ich nahm an, dass Ella vielleicht kam, um sich für ihre harschen Worte zu entschuldigen. Ich wappnete mich mit einer total überheblichen Miene, so von wegen, vielleicht verzeihe ich dir, vielleicht auch nicht. Aber es war nicht Ella.

»Alles okay?«

Ich wirbelte herum, und vor mir stand Olly, der die Hände in den Taschen stecken hatte und sich krümmte vor Kälte. Er setzte sich neben mich auf die Bank.

»Ja, alles bestens.« Ich hielt mein Handy hoch. »Ich bin gerade fertig mit Telefonieren, eigentlich wollte ich wieder reingehen.«

»Mit wem hast du denn telefoniert?«

»Ach, äh ... mit Ethan Duke. Ja, genau. Wir hatten nur ein kleines Ideen-Brainstorming.«

»Und ich wollte bloß nach dir sehen, weil ...« Er hielt inne und suchte meinen Blick. »Ich wollte bloß sichergehen, dass dich Ellas Bemerkung nicht zu sehr mitgenommen hat. Du weißt schon, das mit dem Berühmtsein.«

Ich lachte, vielleicht ein bisschen schriller als gewollt. »Pah! Wieso sollte mir das was ausmachen?«

Er zog die Augenbrauen hoch. »Du bist ein bisschen blass um die Nase geworden, als sie das gesagt hat.«

»Quatsch, ganz bestimmt nicht. Was kümmert mich das? Die ist doch bloß eifersüchtig, wie immer halt.«

»Tja, dann bin ich ja froh, dass alles in Ordnung ist«, meinte er. Er bildete mit den Händen einen Hohlraum und atmete hinein, um sie sich zu wärmen.

Schweigend saßen wir da, bis es mir unangenehm wurde. Irgendwie wurde ich das Gefühl nicht los, dass er noch mehr sagen wollte, und da es wirklich irre kalt war und ich schon eine halbe Ewigkeit hier draußen rumsaß wegen meines angeblichen Telefonats, dachte ich, ich komme ihm entgegen und kürze die Sache ab.

»Bist du gekommen, weil ich Ethan fragen soll, ob du mit deiner Band in seinem Videoblog auftreten könntest oder so etwas? Weil ich nämlich nicht glaube, dass er –«

»Was?« Olly machte ein total bestürztes Gesicht. »Nein. Ich wollte nur nach dir sehen, sonst nichts.«

»Oh. Na gut, es kam mir nur so vor, als –«

»Egal, ich lass dich besser wieder in Ruhe.« Abrupt stand er auf und stürmte zurück Richtung Schulgebäude. Bei jedem anderen hätte ich es gut sein lassen, wenn er so empfindlich reagiert und wegen eines so harmlosen Kommentars abgezogen wäre. Aber Olly hatte sich beim Mittagessen so nett für mich eingesetzt, nachdem seine Freundin mit einer bissigen Bemerkung auf mich losgegangen war. Deshalb hielt ich es für das Richtige, ihm nachzulaufen und das wieder in Ordnung zu bringen. Jungs konnten echt kompliziert sein.

»Entschuldige bitte.« Ich suchte seinen Blick, als ich ihn eingeholt hatte und neben ihm herlief, doch er starrte bloß stur geradeaus.

»Schon gut«, entgegnete er knapp.

»Ich dachte –«

»Ich weiß, was du dachtest«, unterbrach er mich barsch. An der Tür blieb er stehen und drehte sich zu mir um. Er sah mir direkt in die Augen. »Findest du das nicht ein bisschen traurig? Da will jemand nur nett zu dir sein, und du denkst direkt, er will irgendwas von dir?!«

Ich öffnete den Mund, um etwas zu erwidern, doch in dem Moment ging die Tür auf, und eine Horde Mädchen aus der Sechsten kam aus dem Gebäude gestürzt und drängelte sich zwischen uns durch. Als sie mich erkannten, bestürmten sie mich sofort mit Fragen zur Modenschau von Lewis Blume. Sie verstellten mir die Sicht auf Olly. Als ich es endlich geschafft hatte, mich durch das Gewühl hinein ins Warme zu kämpfen, war auch Olly schon wieder reingegangen. Jetzt stand er mit Ella, Grace und Liam zusammen. Verlegen starrte er auf seine Füße, während die anderen höflich über etwas lachten, das Ella brabbelte.

Als ich mich ihnen näherte, spürte ich, wie mir jemand auf die Schulter tippte. Ich drehte mich um, und Cal stand vor mir, Kopfhörer um den Hals und einen Stapel Bücher unterm Arm. Man hatte buchstäblich den Eindruck, als hätte er alles getan, um wie der typische Büchernerd auszusehen.

»Was denn?«, fragte ich, möglicherweise ein bisschen zu schroff. Ella verstummte sofort, und obwohl ich der Gruppe den Rücken zugekehrt hatte, wusste ich genau, dass sie uns beobachteten.

»Ich wollte nur hören, ob das mit Samstag immer noch steht.«

Ich warf einen bangen Blick über die Schulter. Ella zog ein angewidertes Gesicht. Ja, eindeutig, sie hatten uns gehört.

»Ja klar. Bis dann«, flüsterte ich und versuchte, ihm mit meinem Blick zu bedeuten, er solle sich wieder verziehen.

Seine Augen wanderten zu unserem Publikum, das uns kritisch beäugte, und ein schelmisches Grinsen machte sich auf seinem Gesicht breit. Diesen Blick kannte ich nur zu gut. So guckte er immer, wenn er eine gemeine Idee hatte.

Oh nein, bitte nicht.

»Ich freue mich ja SO IRRSINNIG auf unser Date, Baby«, sagte er so laut, dass jeder es hören konnte. Alle hielten inne und starrten uns entgeistert an. Ich war vor Schreck wie versteinert. Er aber setzte seelenruhig den Kopfhörer auf die Ohren, zwinkerte mir kurz zu und schlenderte dann durch den Flur davon.

Ella klappte die Kinnlade hinunter. »Was hat Cal Weston da gerade zu dir gesagt?«

Bitte erinnere mich daran, dass ich dich am Samstag umbringen muss.

Dir auch einen schönen Abend.

WARUM HAST DU DAS GESAGT?

Was denn?

Alle werden glauben, dass wir zusammen sind! Wir sind NICHT zusammen!

Liebling, du brichst mir das Herz!

Du bringst das besser wieder in Ordnung.

In Ordnung bringen? Was? Deinen Sinn für Humor?

DAS IST NICHT KOMISCH!

Typisch Rothaarige. Mach doch nicht so ein Drama draus. Ich muss los. Bis später.

Was?! NEIN, du KANNST jetzt nicht los! Ich bin noch nicht fertig mit dir!

Wieso jammerst du eigentlich immer? Das muss doch irgendwann langweilig werden. Wie lang soll das hier dauern?

Bis du der kompletten Schule erklärt hast, dass wir KEIN Paar sind und das alles bloß ein blöder Witz war.

Du willst, dass ich zu jedem in der Schule hingehe und frage, ob er denkt, dass wir zusammen sind? Und wenn er Ja sagt, soll ich erklären, dass das nicht stimmt?

Ja, tolle Idee. Das wäre perfekt.

Träum weiter, Royal.

Schick doch einfach eine Rundmail! Hacke dich in die Datenbank der Schule und besorg dir die E-Mail-Adressen von allen. Und dann kannst du eine Sammelmail schreiben.

Was bringt dich auf die Idee, ich könnte die Datenbank der Schule hacken??

Du bist doch voll der Nerd, machen Nerds nicht solche Sachen?

Hm, ich könnte …

Ja! Danke, nett von dir.

Oh nein, warte. Ich kann nicht. Muss los.

NEIN! CAL! KOMM SOFORT ZURÜCK!
SCHICK BITTE DIESE E-MAIL!

Nö.

WARUM NICHT?

Weil du das Zauberwort vergessen hast.

WIE ALT BIST DU EIGENTLICH?

Sag das Zauberwort, dann kriegst du,
was du gern hättest.

OKAY, NA SCHÖN. Cal, kannst du BITTE
eine Rundmail verschicken und allen
sagen, dass wir NICHT zusammen sind?
So, jetzt hab ich es gesagt.

Das war nicht das Zauberwort.

CAL!

Ist es nicht, und das weißt du ganz genau.

DAS werde ich ganz bestimmt nicht sagen.

Du hast es doch selbst erfunden!
Ich finde es echt niedlich.

MUSST DU IMMER SO NERVEN??

Ich glaube, insgeheim findest
du mich total süß.

IGITT! OKAY, OKAY, OKAY. Ich
sage das blöde Zauberwort.

Schön, ich warte …

Schnischnaschnitte.

Den ganzen Satz bitte.

Cal, kannst du eine Rundmail an alle schreiben, Schnischnaschnitte?

Tja, schlechte Nachrichten: Ich kann doch nicht hacken und komme nicht in die Datenbank der Schule. Also keine Rundmail an alle. Das Gute: Ich habe einen Screenshot von deinem Text mit „Schnischnaschnitte“ gemacht. War nett, mit dir zu plaudern!

Ich hasse dich.

KAPITEL 15

Am darauffolgenden Samstag klingelte es schon um sieben Uhr morgens bei uns an der Tür.

Mum machte auf, da sie ohnehin schon seit einigen Stunden auf den Beinen war. Sie war Frühaufsteherin, wie sie gern jedem, der es nicht hören wollte, auf die Nase band. Offenbar brauchte sie nicht so viel Schlaf wie normale Menschen.

»Flick?«, fragte sie leise, während sie an die Tür klopfte und im selben Moment ins Zimmer kam. Das ist so eine Angewohnheit von ihr, die ich HASSE. Wozu klopft man, wenn man dann trotzdem einfach reinkommt, ohne eine Antwort abzuwarten? Ich murmelte etwas, von wegen, sie solle verschwinden, drehte mich auf die andere Seite und kuschelte mich unter meine gemütliche Decke.

Mum und ich redeten immerhin wieder miteinander, nicht, dass es einen großen Unterschied gemacht hätte, denn in der Zeit vor Weihnachten hatte sie immer extrem viel zu tun. Im Moment war sie ständig auf dem Sprung zu irgendwelchen Meetings, und abends kam sie völlig gehetzt heim, nur um von ihren Stöckelschuhen in noch höhere Schuhe zu schlüpfen, weil sie noch zu einer Abendveranstaltung, einem Essen oder einer Party irgendwo in London musste, mit lauter langweiligen, superwichtigen Leuten. Außerdem war sie gedanklich die ganze Zeit mit dem Weihnachtsball beschäftigt. Wieder und wieder erteilte sie Anweisungen und überprüfte die

Gästeliste doppelt und dreifach. Sogar Matthew hatte zu ihr gesagt, sie solle »sich locker machen« – was aus seinem Mund wirklich peinlich klang. Und wieder mal bewies, dass das Fremdschäm-Potenzial in Cals Familie vererbt wird.

Ihre Laune hatte sich trotzdem merklich gebessert. Ich wusste, dass es aufwärtsging, als sie das erste Mal seit Wochen einen Witz machte. Vor einigen Tagen hatte ich über die hotelinterne Gerüchteküche mitbekommen, dass der Chefredakteur der *GQ* sich zum Abendessen angekündigt hatte, deshalb sah ich zu, dass Fritz möglichst geschniegelt aussah, falls wir ihm zufällig über den Weg laufen sollten. Als mein Hund in einer roten Smokingjacke aus Samt aus meinem Zimmer getrippelt kam, trat Mum gerade aus ihrem Arbeitszimmer ins Wohnzimmer und las eine E-Mail auf ihrem Handy. Sie blieb stehen, als er auf dem Weg zum Futternapf an ihr vorbeitrottete.

»Wollt ihr euch etwa wieder heimlich zu einer Modenschau davonschleichen?«, warf sie locker in den Raum, ehe sie sich wieder ihrer E-Mail zuwandte.

Wir mochten zwar nicht länger auf Kriegsfuß miteinander stehen, aber über den Weihnachtsball hatte sie immer noch kein Wort verloren. Sie konnte manchmal extrem stur sein.

»Flick«, fing sie wieder an und kam zu mir ans Bett, um mich an der Schulter zu rütteln.

Unwirsch scheuchte ich sie mit der Hand fort.

»Du musst aufstehen.«

»Wir haben Ferien«, murmelte ich ins Kissen. »Und außerdem haben wir Samstag.«

»Cal ist hier.«

»Was? Warum das denn?«, fragte ich und gähnte ausgiebig.

Ihre Augen funkelten neugierig. »Er meinte, ihr beide hättet ein Date?«

Ächzend richtete ich mich im Bett auf. Sie saß auf der Bettkante und sah mich abwartend an.

»Und?«, verlangte sie nach einer Antwort, als ich die Hand nach dem Wecker ausstreckte. »Was meint er damit, ihr habt ein Date? Seid ihr beide etwa ... ein *Paar* oder etwas in die Richtung?«

»IGITT, MUM!« Ich warf mein Kissen nach ihr. »Das sagt er doch bloß, um mich zu ärgern.«

»Schon gut, schon gut.« Lachend stand sie auf und hielt abwehrend die Hände hoch. »Ich wollte ja nur fragen.«

»Tja, dann spar dir bitte die Fragerei in Zukunft«, schnaubte ich empört. Dann sah ich, wie spät es war. »Was ... Das ist doch wohl ein WITZ, oder? Stimmt die Uhr?«

Ich streckte die Hand nach meiner Decke aus, ließ mich zurückfallen und zog sie mir über den Kopf. Nur dass Mum sie mir sofort wieder wegriss.

»Es ist unhöflich, Gäste warten zu lassen. Los, komm, aufstehen.«

»Das glaube ich jetzt nicht«, schimpfte ich. Missmutig schlüpfte ich in meinen Morgenmantel und stapfte voller Zorn ins Wohnzimmer, wo Cal seelenruhig auf dem Sofa saß und etwas auf seinem Laptop tippte. Mum ließ uns allein und ging in die Küche, um den Wasserkocher aufzusetzen, gefolgt von einem recht munteren Fritz, der aufgeregt hin und her hopste, weil er sich auf sein Frühstück freute.

»Guten Morgen, Sonnenschein.« Cal sah zu mir auf und tippte dann weiter, wobei er vor sich hin lächelte. »Deine Haare sehen hübsch aus.«

Ich hob die Hand an den Hinterkopf und spürte, dass sie in alle Richtungen abstanden. Ich sah ihn wütend an. »Tja, und jetzt?«, fragte ich. Ungeduldig tippelte ich mit dem Fuß.

»Was, und jetzt?«, gab er zurück, ohne den Blick zu heben.

»Was hast du hier zu suchen? Es ist sieben in der Früh!«

»Ich hab dir doch gesagt, heute helfen wir Chefkoch Kian in der Küche!«

Mum kam gerade mit einem Tablett Tassen ins Zimmer. »Ihr tut was?«

»Wir helfen Chefkoch Kian in der Küche!« Cal lächelte und nahm dankbar eine Tasse Kaffee von ihr entgegen. »Flick möchte gern die Tagesabläufe in der Küche kennenlernen. Und ihre Kochkünste verbessern.«

Fassungslos starrte Mum mich an. »*Wirklich*?«

»Es ist sieben Uhr morgens!«, wiederholte ich und ignorierte Mums fragende Blicke.

»Genau, deshalb beeilst du dich besser, sonst verpasst du noch die Vorbereitungen für das Frühstück. Wir sind sowieso schon später dran als geplant, Kian ist schon seit Stunden auf den Beinen.« Er nahm einen genüsslichen Schluck von seinem Kaffee. »Der ist köstlich, Christine. Genau was wir brauchen vor einem Tag in der Küche.«

»Oh, danke schön, Callum.« Sie lächelte verlegen. »Wie schön, dass ihr den Tag in der Küche verbringen wollt.« Sie reichte mir meinen Kaffee. »Ich bin richtig beeindruckt.«

Als Mum in ihr Büro verschwand, machte Cal ein Gesicht, als wäre er ziemlich stolz auf sich selbst.

»Gern geschehen«, flüsterte er.

»Kannst du BITTE aufhören, den Leuten zu erzählen, wir wären ein Paar?«, fauchte ich. »Erst die ganze Schule, und jetzt auch noch meine Mum! Ist das eigentlich Absicht, dass du mir ständig auf den Wecker fallen musst?«

Ein Grinsen machte sich auf seinem Gesicht breit. »Ist das eine Fangfrage?«

Ich streckte ihm die Zunge heraus und sperrte mich ins Badezimmer ein, um zu duschen und mich hübsch zu machen.

Gerade als ich mir im Wohnzimmer meine Turnschuhe anziehen wollte, traf auf meinem Handy eine SMS von Sky ein.

Was hast du heute vor? Ich habe frei und brauche eine Auszeit von den meganervigen Paparazzi. Spa-Tag?

Aha! Das nenne ich perfektes Timing. Obwohl, jetzt mal ernsthaft: Schlief denn gar keiner mehr zu dieser Zeit?

»Sky möchte gerne was mit mir machen, sieht so aus, als müsste ich das mit Kian verschieben«, erklärte ich munter.

»Auf gar keinen Fall.« Cal lachte. »So hast du dir den ganzen Ärger doch erst eingebrockt. Das geht nicht, dass du für Skylar Chase alles stehen und liegen lässt. Sag einfach, dass du zu tun hast, sie wird Verständnis haben. Und ich bin mir sicher, es bricht ihr nicht das Herz, dass sie auf deine Anwesenheit verzichten muss.«

»Aber …«

»Nichts aber«, erklärte Cal streng. »Es war sehr großzügig von Kian, uns einen ganzen Tag lang in die Küche zu lassen. Wir können nicht so kurzfristig absagen. Und wenn du versuchst, die Biege zu machen, ist unser Deal geplatzt. Dann kannst du dich ein für alle Mal von Ethan Duke und dem Weihnachtsball verabschieden. Hast du denn nicht mitbekommen, was deine Mum gesagt hat? Sie ist richtig beeindruckt von dir. Dein Plan scheint also aufzugehen.«

Ich seufzte. Es gab nichts Schlimmeres, als wenn Cal Weston recht hatte.

Hey, wäre voll gern gekommen, aber ich muss heute in der Küche helfen. Tut mir total leid!

Klingt doch toll! Kann ich auch mithelfen?

»Tja, wir könnten Chefkoch Kian fragen«, überlegte Cal, als ich ihm die Nachricht zeigte. Er wirkte ebenso überrascht über ihre Bitte wie ich. Es war schon seltsam, wenn eine berühmte Pop-Prinzessin es vorzog, ihren ersten freien Tag in London in einer Hotelküche zu verbringen – mit zwei Teenagern, die jünger waren als sie. Doch andererseits war Skylar Chase auch kein durchschnittlicher Popstar.

Als wir in die Küche kamen, war ich völlig fassungslos, wie emsig es zuging. Wo auch immer man hinsah, überall wurde gekocht und diverse Sachen für das Frühstück vorbereitet, von Speck und Eiern über Gebäck bis hin zu frischen Obstsalaten. Ich winkte Sasha zu, die an einer der Kochstellen Rührei zubereitete. Sie schenkte mir ein breites Grinsen.

»Na schön, meine Hübschen«, sagte Chefkoch Kian und kam geschäftig auf uns zu, um uns beiseitezuschieben, damit die makellos gekleideten Kellner vorbeigehen und Tabletts voller Essen hinaus in den Speisesaal tragen konnten. »Stellt ihr euch bitte hier drüben hin und seht zu, wie wir wahre Wunder vollbringen.«

»Wie lange sind Sie denn schon hier?«, erkundigte ich mich und beobachtete das hektische Treiben.

»Schon eine Weile«, gab Chefkoch Kian zurück und tätschelte einem seiner Köche, der gerade mit größter Präzision Mandeln auf einem Croissant arrangierte, auf den Rücken.

»Und geht das hier jeden Tag so hektisch zu?«

»Ja, selbstverständlich.« Er stemmte die Hände in die Hüften. »Was glaubst du, wie das Frühstück sonst auf den Tisch kommt? Denkst du, das zaubern die Heinzelmännchen herbei?«

»Ich habe einfach noch nie darüber nachgedacht.«

»Tja, warum überrascht mich das nicht«, entgegnete er kopfschüttelnd und wechselte einen wissenden Blick mit Cal. »Den Speiseplan zusammenzustellen ist harte Arbeit. Ich muss neue Gerichte kreieren, nach den besten Lieferanten suchen, die perfekten Produkte ausfindig machen.« Kian grinste. »Aber ich liebe meinen Job.«

»Warum gibt es denn nicht einfach eine feste Karte?«, fragte ich, während ich zusah, wie einer der Köche ein paar pochierte Eier so behutsam auf einen Teller gleiten ließ, als hätte er es mit den kostbarsten Diamanten zu tun.

»Das Menü wechselt täglich …«

»Täglich?«, wiederholte ich verwundert.

»Natürlich.« Kian zuckte mit der Schulter, als wäre das vollkommen normal. »Wir haben ein saisonales Menü, deshalb lässt sich nie so genau sagen, was uns gerade zur Verfügung steht. Wir haben zwar ein paar feststehende Speisen, aber manchmal ist der Fang nicht ganz so gut wie erwartet, dann –«

»Der Fang?«

»Fisch«, erläuterte Cal und stibitzte sich ein Gebäckstück.

»Das heißt also«, sagte ich langsam, als müsste ich mir das alles erst einmal durch den Kopf gehen lassen, »dass der Fischer nicht die richtigen Fische aus dem Wasser gezogen hat?«

»Ja, in dem Fall muss das Menü geändert werden, und dann füge ich ein anderes Gericht hinzu oder überlege mir ein neues Rezept, je nachdem, was gefangen wurde.« Kian nickte bekräftigend.

»Ist das nicht total kompliziert?«

Kians Augen fingen an zu leuchten. »Absolut! Aber ich denke mir gerne neue Kreationen aus, das ist meine größte Leidenschaft. Ich mag die Herausforderung.«

»Kian findet überall Inspiration«, fügte Cal hinzu. »Er hat sich schon von Menschen, Musik und manchmal sogar der Architektur inspirieren lassen.«

»Da hat er recht«, bestätigte Kian, als ich ungläubig den Kopf schüttelte.

»Architektur kann ... zu neuen Rezepten inspirieren? Wie soll das denn gehen?«

Kian tippte sich an die Schläfe. »Dazu benötigt man vor allem Fantasie. Die Strukturen, die Formen, die Farben, die Atmosphäre, die ein Gebäude erschafft. Eins meiner Lieblingsgerichte war von Westminster Abbey inspiriert.«

»Siehst du?« Cal grinste. »Die Küche ist viel cooler, als du denkst.«

Ich war so kurz davor, schwer beeindruckt von all dem zu sein, und dann so was: »Die Küche ist viel cooler, als du denkst.« Cal hat es mal wieder ruiniert. Wie er auf die Idee kam, es wäre okay, so etwas in der Öffentlichkeit von sich zu geben, war mir schleierhaft.

»Natürlich kommt es nicht auf die Küche an sich an.« Chefkoch Kian klatschte in die Hände. »Sondern auf die Leute, die darin arbeiten.«

Er fing an, auf verschiedene Personen zu deuten, und beschrieb jeweils, was ihre Spezialitäten waren oder wozu sie ausgebildet wurden. Schließlich verkündete er mit einem vergnügten Kichern, dass er mich das später abfragen würde, um zu überprüfen, ob ich auch gut aufgepasst hatte. Was echt unfair wäre, weil ich so einen Test nie im Leben bestehen würde. Ich hatte schon zugehört, aber das waren so UNGLAUBLICH viele Angestellte und so viele verschiedene Aufgaben und Abteilungen, das konnte sich beim besten Willen kein Mensch merken.

Ich meine, hallo? Ein Typ, ein gewisser Freddie, war einzig und allein für die Kräuter zuständig. KRÄUTER! Das war Freddies Jobbeschreibung, er kümmerte sich um die Kräuter.

Ich kannte gar nicht mehr als eine Sorte Kräuter.

»Echt? Welche denn?«, wollte Cal amüsiert wissen, als ich ihm das erzählte. Kian war losgelaufen, um eine Sauce hollandaise abzuschmecken, und hatte ihn noch rasch angewiesen, mich bloß nicht in die Nähe des Schranks mit den Backzutaten zu lassen, solange wir auf ihn warteten.

»Petersilie.«

»Das war's? Petersilie? Du kennst keine anderen Kräuter?«

»Na schön, du Kräuter-Guru, dann nenn du mir doch ein paar.«

»Koriander, Basilikum, Rosmarin, Minze –«

»Und dieser Mann ist allein für die alle verantwortlich?«, unterbrach ich ihn und deutete auf Freddie, der sich gerade um eine sonderbare Pflanze kümmerte. »Das hat doch dann viel mehr mit Gärtnern zu tun als mit Kochen, oder?«

»Nicht im Geringsten«, verbesserte Chefkoch Kian mich, der in diesem Moment zurückkam und das Ende unseres Gesprächs mitbekommen hatte. »Die richtigen Kräuter runden jedes Gericht ab.«

»Flick muss noch viel lernen, wenn es ums Kochen geht«, teilte Cal ihm mit und klaute sich noch ein Croissant von einem Tablett, um sofort einen großen Bissen davon abzubeißen.

»Entschuldige bitte, ich bin eine *exzellente* Köchin!«

Das Ding ist: Ich bin eine schreckliche Köchin. Wenn es ums Kochen geht, versagen bei mir die Synapsen. Ich hatte schon des Öfteren zu kochen versucht, zum Beispiel dieses eine Mal mit der Pizza. Aber irgendwie wurde mir jedes Mal langweilig, oder ich wurde abgelenkt, deshalb hielt ich es für das Beste, andere Leute für mich kochen zu lassen. Dann fackelte ich wenigstens nicht das ganze Hotel ab oder etwas Ähnliches.

Keine Ahnung, warum, aber durch die Art und Weise, wie Cal etwas sagte, hatte ich immer den unbändigen Wunsch, mich mit ihm zu streiten. Vielleicht lag es daran, dass er immer so extrem überzeugt von sich selbst war. Da wollte ich ihm einfach das Gegenteil beweisen, auch wenn ich selbst keinen Plan von irgendwas hatte.

Und so ertappte ich mich nun dabei, wie ich die hirnrissige Ankündigung machte, ich sei eine exzellente Köchin. In einer Küche voller Profiköche.

Cal legte sein Croissant beiseite und klopfte sich die Blätterteigkrümel von den Fingern.

»Du hältst dich für eine exzellente Köchin?«, fragte er mit einem spöttischen Lächeln.

Versteht ihr, was ich meine? Wer würde ihm nicht dieses selbstgefällige Grinsen aus dem Gesicht fegen wollen?

»Ja. Bin ich.«

»Okay, na gut.«

»Was, na gut?«

Er deutete auf die Kochstelle, neben der wir standen. »Na gut. Dann zeig mal, was du kannst. Koch uns was. Wir lassen uns gern von dir dein Spezialgericht auftischen.«

Ich wollte den Mund aufmachen und erklären, dass wir keine Zeit hatten zu kochen, weil wir doch zum Lernen hier waren, als plötzlich alle verstummten und innehielten, um die Person anzustarren, die soeben die Küche betreten hatte.

Sky kam auf extrem hohen Schuhen zu uns herübergestöckelt und lächelte im Vorbeigehen jedem Koch einzeln zu. Ich hatte den Chefkoch vorab gefragt, ob Sky sich zu uns gesellen dürfe, womit er sich sofort einverstanden erklärt hatte. Obendrein hatte er mir noch erzählt, dass er ihre Lieder gern unter der Dusche sang, eine Information, auf die ich gut und gern verzichtet hätte.

»Hey«, rief sie fröhlich, und im nächsten Moment war ich in eine Wolke ihres teuren Parfüms gehüllt, als sie mich herzlich umarmte. »Es kommt mir vor wie eine Ewigkeit, seit wir uns das letzte Mal gesehen haben.«

Als ich mich von ihr löste, merkte ich, dass Cal wie angewurzelt dastand und sie mit leicht offenem Mund anstarrte. Der Chefkoch lüpfte seine Mütze und ergriff ihre Hand, um sie zu küssen.

»Miss Chase, es ist mir eine Ehre, Sie in meiner Küche zu begrüßen.«

»Mir ist es eine Ehre, hier zu sein, danke, dass ich kommen durfte«, rief sie begeistert und blickte sich um. Das Küchenpersonal sah sie bewundernd an.

Einer der Köche hatte innegehalten, während er Sirup über einen Pfannkuchen goss. Inzwischen war der Teller übergelaufen. Dann landete Skys Blick auf Cal, der wie zur Salzsäule erstarrt dastand. Sie klimperte mit ihren Wimpern und sah ihn an.

»Hi, ich bin Sky. Du musst Cal sein. Ich habe schon viel von dir gehört.«

Cal stammelte ein Hallo und wäre fast an seiner eigenen Spucke erstickt. Damit verschaffte mir genügend Munition, sollte er mich jemals wieder wegen irgendetwas ärgern wollen. Wenigstens versagten bei mir in der Gegenwart eines Promis nicht gleich sämtliche Synapsen.

Okay, na schön, abgesehen vielleicht von diesem einen Mal, als ich Ethan Duke getroffen und »KINN!« gebrüllt habe. Aber das war etwas komplett anderes.

Kian bat einen der Köche, einen Hocker für Sky zu bringen. Und dann teilte er ihr mit, dass sie gleich Zeugin eines unvergleichlichen Schauspiels werden würde.

»Flick will uns etwas zu essen zaubern. Ihren eigenen Angaben nach ist sie nämlich eine *exzellente* Köchin.«

Sämtliche Blicke richteten sich auf mich.

»Nein, nein, nein. Sky hätte doch sicher lieber, dass Sie das übernehmen, als Chefkoch des Hotel Royal«, erklärte ich unter Betonung des Letzteren. »Sie werden ihr ein Frühstück kredenzen, das einer königlichen Hoheit würdig wäre.«

»Ach was, ich würde mich riesig freuen, wenn du mir was machst«, versicherte mir Sky, die einen schelmischen Blick mit Kian wechselte. »Was steht denn auf dem Programm?«

Ich zermarterte mir das Gehirn auf der Suche nach etwas, das ich schon einmal gekocht hatte. Tja, die Liste war recht übersichtlich. Ich warf einen Blick zu der Pfütze aus Sirup, die sich über die Arbeitsfläche verteilte.

»Pfannkuchen«, piepste ich. »Ich kann Pfannkuchen machen.«

»Ich liebe Pfannkuchen«, jubelte Sky und lachte.

Auf Anweisung von Kian kam Sasha mit einer Bratpfanne sowie den benötigten Zutaten angerannt. Fein säuberlich reihte sie die Sachen auf der Arbeitsfläche auf.

»Viel Glück«, raunte sie mir zu, als sie die Schüssel mit dem Mehl abstellte.

»Das kann ich gebrauchen!«, gab ich flüsternd zurück.

»Keine geheimen Absprachen mit Sasha«, warnte Cal mich, der offenbar seine Sprache wiedergefunden hatte. »Und dass du mir bloß nicht nach einem Rezept googelst. Gib mir bitte dein Handy, damit du nicht schummeln kannst.«

Mürrisch drückte ich ihm mein Telefon in die Hand und legte die Kochschürze an, die Sasha mir gereicht hatte. Beim nächsten Kleidungsstück allerdings zögerte ich.

»Ist das Ihr Ernst?«, fragte ich den Chefkoch und ließ das Haarnetz angewidert an meinem Finger baumeln.

»Ja, das ist mein voller Ernst.«

Genervt verdrehte ich die Augen und zog es mir über den Kopf. Sasha half mir, vereinzelte Strähnen, die mir noch ins Gesicht hingen, darunter festzustecken, und als Cal schadenfroh loslachte, durchbohrte ich ihn mit Blicken.

»Steht dir gut«, stieß Sky kichernd hervor.

Ich achtete nicht auf die beiden, sondern krempelte die Ärmel hoch und versuchte es mit den Pfannkuchen, während die anderen Küchenangestellten sich wieder an ihre Arbeit machten und der Chefkoch sie herumkommandierte. Cal, der sich wieder beruhigt hatte, erkundigte sich bei Sky nach ihrem neusten Album, sodass ich ungestört weitermachen konnte, ohne von den beiden beobachtet zu werden.

Wie durch ein Wunder wusste ich noch genau, wie man den Teig zubereitete, und war unheimlich stolz, als ich ihn in die heiße Pfanne gab.

»Wow, ich bin schwer beeindruckt!«, jubelte Sky, als ich zur Seite trat, damit sie und Cal mein Werk bewundern konnten. »Und jetzt hochwerfen und umdrehen!«

»Dein Wunsch ist mir Befehl«, schmunzelte ich. Mit beiden Händen nahm ich den Griff und schleuderte den Pfannkuchen schwungvoll in die Höhe.

Aber leider war ich wohl mit etwas zu viel Elan an die Sache herangegangen. Der Pfannkuchen segelte hoch über meinen Kopf und landete mit einem lauten Platsch auf Kians Kopf.

Erschrocken schnappte ich nach Luft, und Sky klatschte sich die Hand vor den Mund. Alle in der Küche warteten wie gebannt die Reaktion des Chefkochs ab.

»Was denn?«, fragte er schließlich und sah sich unter seinen Mitarbeitern um. »Gefällt euch meine neue Kopfbedeckung etwa nicht?«

Sofort prusteten alle los vor Lachen und klatschten Beifall, während der Chefkoch eine elegante Drehung vollführte.

»Tja, ich nehme alles zurück«, sagte Cal immer noch lachend. »Kochen kannst du ... zumindest ein Gericht.«

»Wow.« Triumphierend stellte ich die Pfanne ab. »Hast du echt gerade zugegeben, dass du dich getäuscht hast? Das war aber bestimmt das erste Mal überhaupt, oder?«

»Für alles gibt es ein erstes Mal.«

»Wie es aussieht, werde ich verhungern müssen.« Seufzend sah Sky zu, wie Kian sich den Pfannkuchen vom Kopf schälte und ihn in den Müll warf. »Ich gehe besser nach oben und frühstücke im Speisesaal.«

»Das wird bestimmt das beste Frühstück, das Sie je hatten«, rief der Chefkoch ihr durch die Küche hinterher, als Sky sich auf den Weg machte.

»Daran habe ich gar keinen Zweifel.« Sie lächelte.

»War nett, mit dir zu plaudern«, beeilte Cal sich zu sagen. »Ich hoffe, deine Tour wird ein Erfolg auf ganzer Linie.«

»Danke. He«, fuhr sie fort und schenkte ihm ein strahlendes Lächeln, »komm doch zu meiner Party, wenn du Zeit hast. Die mache ich, bevor ich nach L. A. zurückfliege.«

Cal musste schlucken. »Hä?«

»Flick kommt auch, falls sie nicht immer noch Hausarrest hat. Du solltest echt kommen. Stimmt doch, Flick?«, fragte sie an mich gewandt. »Findest du nicht auch, dass er unbedingt kommen sollte?«

»Ähm …«

»Schon gut«, entgegnete Cal schnell, weil er meinen Gesichtsausdruck richtig gedeutet hatte. »Trotzdem danke für die Einladung.«

»Na ja, komm einfach vorbei, falls du es dir anders überlegst.«

Sie winkte kurz und rauschte durch die Küche in Richtung Ausgang, nicht ohne dem Team zu danken. Dann verschwand sie die Treppe hinauf.

Mir war die Situation voll peinlich, als Cal die Pfannkuchenzutaten aufzuräumen begann. Krampfhaft überlegte ich, was ich sagen konnte, um die Spannung, die in der Luft lag, zu lockern. Vielleicht etwas in die Richtung, dass die Party ja ohnehin total doof werden würde und er garantiert nichts versäumte. Doch irgendetwas ließ mich zögern, während ich mir die Worte im Geiste zurechtlegte. Ich fühlte mich … schuldig. Vielleicht lag das daran, dass er so nett reagiert hatte auf meine spektakulären Kochkünste.

»Hey«, sagte ich leise, während ich nach der Butter griff. »Du solltest echt kommen.«

Er hob den Blick und begegnete meinem, sagte aber keinen Ton.

»Ich meine es ernst«, beharrte ich, weil ich spürte, wie durcheinander er war. »Du solltest zu der Party kommen.«

»Ernsthaft?«

»Ja klar.« Ich zuckte mit der Achsel. »Das wären doch so was wie Recherchen für deinen Artikel.«

»Bist du sicher?«

»Ganz sicher. Das wird … spaßig. ABER«, fügte ich in scharfem Ton hinzu, sodass er zusammenschreckte, »nur unter der Bedingung, dass du aufhörst, diese bescheuerten Witze zu machen, von wegen, wir wären zusammen.«

»Okay, abgemacht.«

Er grinste, und ich grinste zurück.

»Na dann.« Er krempelte die Ärmel hoch. »Hast du Hunger?«

»Ja.«

»Gut.« Er lächelte breit und nahm mir die Butter aus der Hand. »Weil ich nämlich richtig leckere Pfannkuchen machen kann.«

KAPITEL 16

Die Gabeln schienen mich zu verfolgen wie Gespenster. Aber dieses Mal war ich vorbereitet, mein Erlebnis in der Küche war mittlerweile eine Woche her.

Ich war recht zuversichtlich, dass es leichter war, zu lernen, wohin welche Gabel gehörte, als einen Fasan zu rupfen, was übrigens voll EKLIG ist, falls es euch interessiert ... aber gleichzeitig auch irgendwie total befriedigend. Chefkoch Kian meinte sogar, ich wäre ein Naturtalent, und natürlich musste ich das an dem Abend gleich Mum weitererzählen. Als sie heimkam, lag ich ausgestreckt auf dem Sofa und hatte eine kalte Kompresse auf der Stirn. »Aha, du hast den Tag also tatsächlich in der Küche verbracht«, bemerkte sie mit wissender Stimme, als wäre sie 'ne Art weiser Zauberer oder so.

Ich erklärte ihr, dass die ganzen Köche eine Gehaltserhöhung und eine Medaille verdient hätten für den Stress, dem sie ausgesetzt waren, und teilte ihr bei der Gelegenheit gleich noch mit, dass Chefkoch Kian bei mir ein angeborenes Talent zum Geflügelrupfen erkannt hätte. Eigentlich hatte ich erwartet, dass sie wie eine normale Mutter reagieren und etwas sagen würde in die Richtung, wie wunderbar ich doch wäre.

Aber nein, Fehlanzeige.

Stattdessen zog sie nur eine Augenbraue hoch und stellte fest: »Tja, du warst schon immer gut darin, Dinge zu zerstören.« Und dann verschwand sie in ihrem Arbeitszimmer und bat mich, sie nicht zu stören, weil sie eine wichtige Telefonkonferenz hätte. Leider war ich viel zu erledigt, um mit ihr zu schimpfen, weil sie ihrem eigenen Kind gegenüber, das ja offenbar ein Supertalent hatte, so ablehnend war. Ein paar Minuten später schlief ich auf dem Sofa ein, und Fritz nutzte sofort die einzigartige Chance, um die gesamte Klorolle abzuwickeln und das Papier in der Wohnung zu verteilen. Endlich einmal hielt ihn keiner davon ab.

Matthew hatte sich einige Tage freigenommen, damit er in den Ferien ein bisschen Zeit mit Cal verbringen konnte, deshalb sollte der nächste Termin meines »Hotel-Crashkurses«, also der Gabel-Tag, erst am folgenden Samstag stattfinden. Aus diesem Grund wusste ich die ganze Ferienwoche lang nichts mit mir anzufangen, weil ich das Hotel ja nicht verlassen durfte, außer um mit Fritz spazieren zu gehen. Jamie, der Sommelier, der ihn gelegentlich auch Gassi führte, begleitete mich meistens in den nahe gelegenen Park, und ich nutzte diese Gelegenheiten, um mich zu erkundigen, was ein Sommelier eigentlich genau machte. Wie sich herausstellte, war das eine ganze Menge. Keinen Schimmer, wie er da noch die Zeit für die Spaziergänge mit Fritz fand.

Er traf sich täglich mit Chefkoch Kian, um die Speisenfolge durchzusprechen und dafür zu sorgen, dass die Liste der angebotenen Weine mit dieser harmonierte. Er wusste alles über jede einzelne Flasche Wein bei uns im Keller. Kein Wein kam auf die Karte, ohne dass er höchstpersönlich das Weingut besucht hätte, auf dem er produziert wurde, um den Winzer zu treffen und das edle Tröpfchen vorab zu verköstigen. »Das ist der große Vorteil an meinem Job«, schwärmte er mir vor, obwohl mir der Aufwand echt übertrieben vorkam für eine einzige Sorte Wein. »Ich darf um die ganze Welt reisen.« Als ich ihn drängte, doch wenigstens einen Punkt an seinem Job zu kritisieren, es müsse doch irgendetwas geben, das nicht so toll war, fielen ihm nur die Prüfungen ein, die seien ziemlich hart gewesen. Doch selbst daran hatte er seine Freude gehabt, weil er einfach gern Wein probierte, sich überlegte, was für Gerichte dazu passen würden, und herausfand, worin seine »besondere Note« bestand.

Ich fand, er übertrieb total, und sagte ihm das auch auf den Kopf zu, aber er lachte nur.

Wenn ich nicht gerade für Fritz Stöckchen warf oder von Jamie etwas über das »Mundgefühl« lernte, fiel ich während dieser Ferienwoche Audrey auf die Nerven. Deshalb schob sie mich für ein paar Tage ab zu Harry, Matthews Vertretung, und wie sich herausstellte, war das Hotelbuchungssystem im Grunde pipileicht, wenn man sich einmal genauer damit befasste. Harry und ich mussten jedenfalls herzhaft lachen über Matthew, weil er das System immer in den höchsten Tönen pries, dabei handelte es sich nur um einen Link, der zu einer einfachen Tabelle führte. Harry ließ mich sogar ein paar Buchungen eingeben, die er extra gelb markierte, damit er sie Matthew bei seiner Rückkehr zeigen konnte.

»Warum denn gelb?«, fragte ich, als er die Farbe auswählte.

»Gelb passt zu dir. Es ist Gold am nächsten.« Dazu lächelte er total charmant.

Mum könnte sich ruhig eine Scheibe von ihm abschneiden.

Im Laufe der Woche bekam ich zusehends Routine. In der Früh stattete ich als Erstes der Küche einen Besuch ab, um mir Frühstück zu holen und Kian, Sasha und das Team zu begrüßen. Ich half Timothy beim Kaffeekochen, weil die ersten Gäste schon früh aufstanden, dann brachte ich Harry eine Tasse Cappuccino, Audrey einen Caffè Latte und Mum einen doppelten Espresso, vorausgesetzt, ich fand sie. Anschließend ging ich Harry an der Rezeption zur Hand, eifrig unterstützt von Fritz, der seine neue Wintergarderobe stolz zur Schau trug.

Fritz' Instagram-Seite hatte schon immer viele Fans gehabt, aber seit Sky ihn in ihrem Feed erwähnt hatte, war die Zahl der Follower total explodiert. Jetzt hatte er mehr Anhänger als irgendein anderes Haustier auf Instagram, und er bekam so viele kostenlose Sachen zugesandt wie noch nie. Lewis Blume schickte mir und Fritz zwei identische Pullover, die total gut ankamen, und bei seinen Kopfbedeckungen wurde ich auch immer kreativer. Die Hüte behielt er nur für die paar Sekunden auf, die ich brauchte, um ein Foto zu machen. Die Schiebermütze, die man mir von Chanel zugeschickt hatte, wollte er gleich auffressen.

Das beste Geschenk von allen aber bekam Fritz von Prinz Gustav III.: Es war ein brandneuer Selfiestick, mit winzig kleinen eingravierten Knochen und Dackelsilhouetten in Gold.

Gegen Ende der Woche erlaubte Audrey endlich, dass ich sie begleitete, deshalb gab ich Fritz vertrauensvoll in die Hände von Harry, bei dem er gut aufgehoben war, und folgte ihr zu den täglichen Meetings mit den Leitern der einzelnen Abteilungen. Als wir uns mit Ellie trafen, unserer Veranstaltungschefin, war Audrey hin- und hergerissen, welche von zwei Ideen man einem Kunden als Motto für eine Feier vorschlagen sollte. Sie lauschte gebannt, während Ellie beide Möglichkeiten vorstellte, und drehte sich anschließend mit ihrem Stuhl zu mir.

»Was denkst du?«

»Ich?«

»Ja.«

»Ich würde das mit den Blumen nehmen.«

»Warum?«, wollte Audrey wissen.

»Ähm …«

»Sag einfach, was du denkst«, ermunterte sie mich.

»Ich finde, das passt besser zur Gastgeberin der Veranstaltung. Ich habe sie getroffen, als sie neulich wegen des Treffens mit Ellie ins Hotel kam. Wir haben uns ein wenig unterhalten, na ja, ich weiß auch nicht …« Ich zuckte mit der Schulter. »Ich finde einfach, dass das Blumenthema am besten zu ihrer Persönlichkeit passt.«

Audrey und Ellie wechselten einen Blick, ehe sich ein Lächeln auf Audreys Gesicht schlich.

»Ich bin vollkommen deiner Meinung. Es passt zu ihr. Vielen Dank, Flick.«

Ich konnte nicht fassen, dass Audrey sich ernsthaft für MEINE Meinung interessiert hatte. Das einzige andere Mal war vor einigen Jahren gewesen, als sie zum Friseur ging und ich ihr beteuerte, dass ihr ein Pony gut stehen würde. Am nächsten Tag kam sie mit einem Pony ins Hotel.

Ich hatte mich schwer getäuscht.

Am Samstagmorgen traf ich Mum in einem der Konferenzräume, wo sie überprüfte, ob für ihr erstes Meeting alles vorbereitet war. Ich stellte ihren doppelten Espresso auf dem Tisch ab und wollte wieder gehen.

»Flick«, rief sie mich, als ich schon an der Tür war. »Ich habe mich heute Morgen mit Audrey unterhalten. Sie hat dich in den höchsten Tönen gelobt. Deine Unterstützung für Harry und die anderen. Außerdem meinte sie, du hättest ihr bei einem sehr wichtigen Kundenevent geholfen?«

»Na ja, nicht so richtig«, tat ich die Sache mit einem Schulterzucken ab. »Audrey hat mich nur nach meiner Meinung gefragt, das war echt nett von ihr.«

»Sie hat mir erzählt, wie es war, und ich muss sagen, es freut mich außerordentlich. Damit ein solches Ereignis für einen Kunden einzigartig und unverwechselbar wird, gilt es, sich zu überlegen, mit welcher Art von Persönlichkeit man es zu tun hat. Du hattest genau den richtigen Riecher.«

»Danke.«

»Und jetzt ab mit dir«, sagte sie und widmete sich wieder ihren Unterlagen.

Ich huschte aus dem Zimmer und zog die Tür hinter mir zu. Das war echt das erste Mal seit Langem, dass ich das Gefühl hatte, Mum war stolz auf mich.

Ich war mir allerdings nicht sicher, ob das nun gut war oder nicht. Ich meine, es war ein irre schönes Gefühl und alles, aber wenn ich das weiter so durchzog, nur um meiner Mum zu gefallen, dann würde ich mich bald noch in Cal Weston verwandeln.

»Ich fasse es nicht.«

Timothy blinzelte und ließ sich ganz langsam auf einen Stuhl sinken. Einen solchen Schock musste er erst einmal verdauen.

Cal kicherte. »Es ist ein Wunder!«

Ich seufzte. »Ha! Damit habt ihr nicht gerechnet, was? Ich habe die Gabeln bezwungen!«

Timothy strich mit dem Finger entlang der langen Reihe von Gabeln, ordentlich gefalteten Servietten, Messern und Löffeln. Ungläubig schüttelte er den Kopf.

»Einfach perfekt! Du hast es geschafft!«, jubelte Timothy. »Du hast ausnahmsweise mal *zugehört!*«

»Obwohl ich ewig gebraucht habe«, gab ich zu und betrachtete mein Werk. »Bei Ihnen dauert das immer bloß ein paar Sekunden.«

»Ach was«, wiegelte er ab. »Das ist reine Übungssache.«

Wir wurden von einer Bedienung namens Poppy unterbrochen, die sich schüchtern bei Timothy erkundigte, ob er ihr bei einem schwierigen Tisch oben helfen könne. Timothy entschuldigte sich und eilte hinter ihr her.

Nachdem ich den ganzen Vormittag gebraucht hatte, um die Sache mit dem Eindecken der Tische bravourös zu meistern, befanden wir uns jetzt in Chefkoch Kians Büro. Wir hatten vom Restaurant nach hier unten umsiedeln müssen, weil schon die ersten Gäste für das Mittagessen eintrafen. Immer wieder hatte ich die Gabeln falsch platziert oder Weißwein- mit Rotwein- oder Dessertweingläsern verwechselt. Vom Serviettenfalten will ich gar nicht erst anfangen. Wer hatte eigentlich beschlossen, dass Servietten aus einem so feinen Material zu bestehen hatten?

»Vor Gabeln habe ich in Zukunft keine Angst mehr«, verkündete ich und setzte mich hin.

Cal saß an Chefkoch Kians Schreibtisch und begutachtete den Menüplan. »Die Welt hat allen Grund zur Freude«, bemerkte er, ehe ein enttäuschter Ausdruck über sein Gesicht huschte. »Oh, die Erdbeer-Mousse ist von der Karte verschwunden!«

»Ja, Chefkoch Kian war der Meinung, es sei ein zu sommerliches Dessert. Aber keine Sorge, der Pflaumen-Mandel-Kuchen, den er stattdessen ins Menü aufgenommen hat, ist sensationell«, versicherte ich ihm begeistert. »Du wirst ihn lieben.«

Als ich ihm zusah, wie er die Speisekarte überflog, verstand ich auf einmal, was Sky bei unserem Gespräch am Mittwoch gemeint hatte. Ich war bei ihr auf dem Zimmer gewesen, und sie zog sich gerade für eins ihrer Tourkonzerte in einem großen Stadion an. Da hatte sie das Gespräch auf Cal gebracht.

»Dieser Typ in der Küche«, hatte sie begonnen und sich den Hoodie über den Kopf gezogen. Sie würde sich erst vor Ort fertig machen für das Konzert, komplett mit Bühnenkostüm, Haaren und Make-up, deshalb sah es immer so aus, als wollte sie bloß ins Fitnessstudio gehen, wenn sie das Haus für einen Auftritt verließ. »Der war niedlich.«

»Chefkoch Kian?« Ich zog die Nase kraus und blätterte durch eine Zeitschrift, deren Titelseite ein Foto von Sky zierte. »Ist er nicht ein bisschen alt für dich?«

»Nein, doch nicht Kian!« Lachend griff sie nach ihren Turnschuhen. »Ich meine Cal! Du hattest schon von ihm erzählt, aber du hast nie erwähnt, wie groß und gut aussehend er ist.«

Ich senkte die Zeitschrift und sah ihr zu, wie sie sich die Schnürsenkel zuband. »Ist das dein Ernst? Du findest ihn süß?«

»Er ist ganz niedlich, ja. Seine Grübchen sind bezaubernd.«

»Aber er ist VOLL der Streber«, bemerkte ich. »Er liest Bücher über Panzer und hockt im Hotel herum, als hätte er keine Freunde.«

»Er hat auf mich aber einen netten Eindruck gemacht«, wandte sie ein, während sie versuchte, ihre wirren Haare zu bändigen, indem sie sie sich aus dem Gesicht strich und mit einer Klammer am Hinterkopf feststeckte.

»Egal, soll ich dir von meinem Date für den Weihnachtsball erzählen?«

»Dem Tänzer?«

»Nein, der ist raus. Aber es ist mir gelungen, mir einen europäischen Prinzen zu angeln.«

Weil Cal gerade so in die Speisekarte vertieft war, nutzte ich die Gelegenheit, um ihn mir einmal genauer anzusehen. Okay, es war vielleicht wirklich ein bisschen niedlich, wie ihm seine dicken Haare wild vom Kopf abstanden, und er hatte total hübsche grüne Augen. Ein warmer Olivton. Und bei näherem Hinsehen hatte er tatsächlich diese Grübchen, ich konnte mir gut vorstellen, dass das gewisse Leute total attraktiv fanden.

»Okay, was ist los?« Auf einmal stieß er ein Seufzen aus und richtete seine grünen Augen auf mich.

»Was denn?«, beeilte ich mich zu sagen. Schnell sprang ich hoch und warf dabei all meine Gabeln durcheinander.

»Na, du schaust mich so komisch an«, bemerkte er. »Habe ich was im Gesicht?«

»Nein, nein, dein Gesicht ist toll. Äh, ich wollte sagen, alles gut. Da ist nichts.« Ich legte nervös die Gabeln wieder ordentlich hin. »Ich habe gar nicht dich angesehen. Ich habe … was anderes angeschaut. Ist ja auch egal. Wie waren deine Ferien?«

»Schön. Ich hab gehört, du warst recht fleißig?«

»Ja, ich habe viel gelernt. He, wusstest du eigentlich, dass dein Vater schon einmal als Assistent von einem Filmproduzenten eingesprungen ist? Der war ein Gast hier und ist total ausgeflippt, als sein Assistent am ersten Drehtag kündigte. Deshalb hat dein Dad ihm seine Dienste angeboten, und Harry hat ihn an der Rezeption vertreten.«

Cal grinste. »Ja, die Geschichte ist super.«

»Typisch dein Dad, er würde alles tun für unsere Gäste.«

»Typisch Royal, meinst du wohl.«

Fragend sah ich ihn an.

»Alle hier in diesem Haus würden Himmel und Hölle in Bewegung setzen für die Gäste«, erklärte er und legte das Menü auf dem Schreibtisch ab. »Jeder setzt sämtliche Hebel in Bewegung, damit alles perfekt ist. Findest du nicht?«

»Klar, schon. Woher weißt du eigentlich so viel? Über das Personal? Und das Hotel?«, fragte ich und lehnte mich auf meinem Stuhl zurück.

»Wie meinst du das?«

»Du kennst alles und jeden hier, und jeder kennt dich. Woher kommt das?«

Er fuhr sich mit den Fingern durch die Haare und spielte nervös an der Ecke der Speisekarte herum.

»Keine Ahnung, ich verbringe einfach viel Zeit hier. Und wegen Dad.«

»Nein, es ist aber mehr«, beharrte ich. »Deswegen hat Audrey mir ja auch empfohlen, dich zu fragen, ob du mir alles beibringst. Sie meinte, abgesehen von ihr und Mum seist du die einzige Person, die wüsste, wie hier alles läuft.«

Er zuckte die Achseln. »Ich habe in letzter Zeit ein paar zusätzliche Recherchen angestellt.«

Gerade wollte ich den Mund aufmachen, um ihn weiter auszufragen, da steckte Timothy den Kopf zur Tür herein. »Na, hättest du Lust, zu lernen, wie man am Tisch bedient?«

»Tolle Idee!« Cal war sofort auf die Füße gesprungen und wirkte mehr als erleichtert über die Störung.

Ich verdrehte die Augen. Auf die Idee, das Bedienen am Tisch wäre eine *tolle* Idee, konnte auch nur Cal Weston kommen.

Wir stellten uns mit den anderen Obern in einer Reihe auf und nahmen die Teller entgegen, die Kian uns reichte, nachdem er jeden einzelnen genauestens in Augenschein genommen hatte. Timothy erklärte uns, welche Nummern die Stühle um die Tische herum trugen und dass die Kellner diese allesamt im Kopf hätten, sodass sie immer wussten, welches Essen für welchen Gast war, ohne lange nachfragen zu müssen. Das Gericht, das ich trug, war für Gast Nummer drei. Ich folgte den anderen Kellnern mit einer Vorspeise aus Ziegenkäse und Walnüssen an den zentralen Tisch des Speisesaals. Erst da sah ich, wer Gast Nummer drei an diesem Tisch war.

Ella.

Sie machte einen betont gelangweilten Eindruck und saß mit ihrer Mum und drei älteren Damen da, vermutlich Freundinnen ihrer Mutter. Unsere Blicke begegneten sich. Im ersten Moment wirkte sie überrascht, doch dann kroch ein schmallippiges, zufriedenes Grinsen auf ihr Gesicht.

Ich hatte während der Ferien nicht ein einziges Mal von Ella gehört. Grace hatte mir fast jeden Tag Nachrichten geschickt, aber von Ella kein Mucks. Im Grunde hatte ich auch nicht groß darüber nachgedacht, ihr zwischendurch zu schreiben. Jetzt, da ich sie sah, dämmerte mir, dass ich sie nicht eine Sekunde vermisst hatte.

»Flick«, wandte sie sich mit interessierter Stimme an mich, während ich die Vorspeise vor ihr abstellte. »Was tust du denn hier?«

»Ich bediene«, antwortete ich höflich. »Wie waren deine Ferien?«

»Du *bedienst*?« Sie kicherte und beachtete meine Frage gar nicht. Dann entdeckte sie Cal, der auf der gegenüberliegenden Seite des Tisches einen Teller abstellte. »Ähm, Moment mal, war es das, was Cal meinte? Von wegen, ihr zwei hättet ein Date? Oh Mann, wenn das die anderen hören! Wie ultra-*peinlich!*«

Sie gackerte laut los. Zorn wallte in mir auf, und Cals Wangen verfärbten sich tiefrot vor Scham. Ellas Mum und ihre Freundinnen starrten uns an, während die anderen Kellner ratlos danebenstanden und nicht wussten, wie sie reagieren sollten.

»Weißt du, Ella«, verkündete ich selbstbewusst und reckte entschlossen das Kinn, »wenn ich dieses Hotel eines Tages leite, muss ich schließlich genau wissen, wie der Laden läuft, vom Kellnern bis zur Buchhaltung. Stimmt's, Cal?«

Er zögerte. Als er meinem Blick begegnete, lächelte ich ihm aufmunternd zu.

»Klar«, entgegnete er, »so ist es.«

»Genießen Sie Ihre Vorspeisen, meine Damen«, fuhr ich fort und achtete nicht weiter auf Ellas höhnische Blicke. »Sollten Sie noch etwas benötigen, lassen Sie es uns wissen. Willkommen im Hotel Royal.«

Und damit rauschte ich siegessicher ab, unter den neugierigen Blicken sämtlicher Leute im Saal. Ich hätte schwören können, dass Ellas Augen blitzten, als sie mir hinterhersah.

Hey, gehst du nächste Woche auf Skys Party?

Hey, Ethan! Ich hoffe es.
Wie läuft es bei dir?

Bestens. Wir unterhalten uns
dann über deinen Gastauftritt auf
meinem Videoblog. Ich freu mich.

KAPITEL 17

Ella redete nicht mehr mit mir. Was es mir in der Schule nicht gerade leichter machte, mich mit meinen Freundinnen zu treffen. Jedes Mal, wenn ich in die Nähe von Grace kam, zerrte Ella sie mit sich fort, als hätte ich irgendeine ansteckende Krankheit. Und immer, wenn ich an ihnen vorbeiging, flüsterte Ella ihr etwas zu. Und dann starrten sie mich alle an. Am Montag tat ich das Ganze noch mit einem Schulterzucken ab und redete mir ein, bis zum nächsten Tag hätte sich das geklärt. Doch es wurde noch schlimmer. Bis Freitag hatte ich mich damit abgefunden, dass das, was immer es war, sich nicht einfach in Wohlgefallen auflösen würde.

Die ganze Sache war megabescheuert. Wenn jemand sauer hätte sein müssen, dann war ich das. Sie war doch diejenige gewesen, die diese fiese Bemerkung gemacht hatte, *ich* war die ganze Zeit nett zu ihr gewesen. Stattdessen ging jetzt das Gerücht herum, dass ich gelogen hätte, von wegen, ich würde meine Freizeit mit irgendwelchen Stars verbringen. Denn in Wirklichkeit würde ich sie bloß bedienen.

Eigentlich waren Ella und ich befreundet, aber sie benahm sich kein bisschen so. Im Gegenteil, es sah so aus, als hätte sie insgeheim ihren Spaß daran, Gerüchte über mich in die Welt zu setzen. Und wegen Grace war ich auch ziemlich geknickt, ich vermisste unsere schrägen Gespräche. Es war nicht zu übersehen, dass ihr die ganze Sache genauso unangenehm war. Immer wieder warf sie mir sehnsüchtige Blicke zu, auf dem Flur und im Klassenzimmer, nur leider schien sie nicht den Mut aufzubringen, sich Ellas Zorn zu stellen und zu mir zu gehen, um mit mir zu reden. Das wäre ja alles nicht so schlimm gewesen, hätte ich noch massenhaft andere Freunde gehabt. Doch eigenartigerweise fiel mir niemand ein, mit dem ich etwas hätte machen können, dabei war ich eins der beliebtesten Mädchen der ganzen Klasse. Ich hatte immer zur Clique um Ella gehört – oder vielmehr war sie ein Teil *meiner* Clique gewesen –, und auf einmal stand ich allein da. Das brachte mich rasch zu der Erkenntnis, dass ich im Grunde gar keinen außerhalb meiner Clique kannte, zumindest nicht richtig.

Aber ich war der festen Überzeugung, dass meine Freunde scharenweise zu mir zurückkommen würden und Ella allein dastehen würde, sobald ich auf Ethans Videoblog auftreten oder auf Skys Party fotografiert werden würde. Bis dahin aber blieben die Mittagspausen für mich die reinste Qual. Ich hatte keinen Schimmer, zu wem ich mich setzen sollte, deshalb saß ich am Montag kurzerhand allein, ganz am Ende eines Tisches, an dem eine Reihe Jungen aus höheren Jahrgangsstufen Platz genommen hatte. Sie nahmen kaum von mir Notiz, weil sie so vertieft in ihr Gespräch über Computerspiele waren.

Nach einem weiteren einsamen Mittagessen am Dienstag fürchtete ich mich schon davor, dass es am Mittwoch wieder genauso laufen würde. Deshalb kaufte ich mir einfach ein paar Chips und einen Schokoriegel aus dem Automaten und verzog mich in eine Ecke der Bibliothek. Mr Grindle war im Lehrerzimmer und aß zu Mittag, deshalb konnte ich in Ruhe essen – bis Cal die Ruhe störte. Er war echt der Letzte, den ich jetzt sehen wollte.

Er wirkte völlig baff, mich zu sehen. »Was tust du denn hier?«

»Ich lese.«

»Ohne Buch?«

Oh Mann, der immer mit seiner bescheuerten Logik.

»Ich wollte gerade lesen. Dazu habe ich mich aber erst einmal hingesetzt. Verstößt das gegen die Regeln?«

»Jetzt mal Hand aufs Herz, was willst du hier, Flick?«

Ich stieß ein lang gezogenes Seufzen aus und erzählte ihm dann die Wahrheit, nämlich dass ich keinen hatte, zu dem ich mich in der Mittagspause setzen konnte. Eigentlich hatte ich erwartet, dass er Mitleid mit mir haben würde, aber stattdessen lachte er bloß, was ich so was von gemein fand und total unnötig. Und das sagte ich ihm auf den Kopf zu.

»Das war echt voll gemein und unnötig.«

»Tut mir leid.« Er kicherte und machte überhaupt nicht den Eindruck, als täte es ihm leid. »Es ist nur ... na ja, jetzt weißt du auch, wie das so ist.«

»Wie was ist?«, fragte ich verärgert. »Der totale Versager zu sein?«

Er zuckte die Schulter. »So ungefähr.«

»Hä?«

»Sorry, Flick«, fuhr er fort, »aber so läuft es nun einmal für die, die weniger Glück hatten. Du und Ella, ihr behandelt uns von oben herab und tut so, als wärt ihr Mitglieder einer Art Elite-Klub, aber für uns anderen ist das die bittere Realität. Na ja, egal«, fügte er gut gelaunt hinzu. »Ich muss zurück zu meinen Büchern. Guten Appetit!«

Und dann besaß er doch glatt die Unverfrorenheit, einfach zu gehen und mich sitzen zu lassen.

Obwohl er sich unmöglich benommen hatte und ich ernsthaft darüber nachdachte, nie wieder ein Wort mit ihm zu reden, akzeptierte ich doch nach und nach, dass Cal vielleicht irgendwo recht hatte. Am darauffolgenden Tag in der Schule fiel mir auf, dass die Leute zum Großteil die Köpfe einzogen und auf dem Gang einen Zahn zulegten, wenn sie an Ella und ihrer Clique vorbeikamen. Immer wieder wandte Ella sich an die anderen und flüsterte ihnen etwas zu, und sofort drehten sich alle um und musterten eine bestimmte Person, die gerade vorbeikam. Natürlich wurden die Opfer jedes Mal nervös und liefen rot an. Der einzige Mensch, dem das nichts anzuhaben schien, war Cal. Er schlenderte an ihnen vorbei, ohne Notiz von ihnen zu nehmen, und das, obwohl wegen der jüngsten Entwicklungen noch mehr geflüstert und mit dem Finger gezeigt wurde.

Aber nicht so schlimm wie bei mir.

Am Freitag saß ich an meinem neuen Stammplatz in der Bibliothek und aß ein köstliches Nudelgericht, das Kian eigens für mich gezaubert hatte. Ich hatte ihm erzählt, was in der Schule los war. Sofort war ihm die Röte ins Gesicht gestiegen und der Kragen geplatzt.

»Na schön«, brüllte er, nachdem er mit seiner Schimpftirade gegen Ella fertig war. »Auf keinen Fall lasse ich zu, dass du hungern musst. Wenn die dich nicht in der Schulcafeteria essen lassen, dann speist du eben wie die Queen in der Bibliothek.«

Daraufhin hatte er die nobelste Brotzeitbox aller Zeiten gepackt, komplett mit Vorspeise, Hauptgericht und Nachtisch. Fast hätte man auf die Idee kommen können, es wäre gar nicht so schlimm, keine Freunde zu haben.

Cal hatte das Buch über Londons Architektur der Bibliothek zurückgegeben, deshalb stibitzte ich es mir jetzt aus dem Regal und fing an, das Kapitel über das Hotel zu lesen. Wie sich herausstellte, standen in dem Buch unheimlich viele verblüffende Fakten. Als es am Anfang des zwanzigsten Jahrhunderts erbaut wurde, behauptete zum Beispiel einer der Arbeiter, ein gewisser Mr Colin Whittle, ihm wäre wiederholt ein Geist erschienen, der wie aus dem Nichts aus den Wänden hervortrat. Er schmiss den Job hin und suchte Unterstützung bei seinen Kollegen, damit man die Arbeiten an dem Bau einstellte, doch keiner wollte ihm glauben. Am Ende bettelte er, man möge ihn wieder mitarbeiten lassen, aber man wollte ihn nicht mehr haben.

Ich wurde das eigenartige Gefühl nicht los, dass Mr Colin Whittle und ich einiges gemeinsam hatten. Schließlich war auch ich so was wie eine Außenseiterin, alle mieden mich. Nur dass meine Situation vielleicht nichts Übersinnliches an sich hatte.

Gerade rastete ich aus, weil ich die Geschichte über Colin Whittle las und mich mit Schrecken an dieses eine Mal erinnerte, als meine Ohrringe spurlos verschwunden waren. Vielleicht hatte sie damals gar nicht Fritz aufgefressen, wie ich angenommen hatte, sondern waren von einem Geist geklaut worden? Da hörte ich auf einmal, wie sich Schritte näherten. Wer auch immer gekommen war, blieb nun neben mir stehen. Ich rollte genervt mit den Augen und wollte Cal mitteilen, er solle mich in Ruhe lassen, als ich aufsah und merkte, dass es Olly war, der mich anstarrte.

»Hey.« Er zog den Sessel neben mir heran und nahm darauf Platz.

Hilflos sah ich mich um, weil ich glaubte, dies könnte ein blöder Witz sein, und Ella würde jeden Moment herausgesprungen kommen und mir einen Eimer Senf über den Kopf kippen oder so etwas. Nur sah ich keinen anderen Menschen zwischen den ganzen Bücherreihen.

»Schon gut«, sagte er, weil er meinen panischen Gesichtsausdruck richtig gedeutet hatte. »Hier ist keiner außer uns.«

Er deutete auf meine Nudeln. »Das sieht ja lecker aus.«

»Ist es auch.«

»Tut mir echt leid, wie Ella dich neuerdings behandelt«, sagte er.

»Oh.« Ich entspannte mich. Es schien sich wohl wirklich nicht um einen bescheuerten Streich zu handeln, sondern er war von sich aus hier. Er zog schon wieder dieses Ich-bin-meganett-Ding durch. »Keine Sorge, du kannst ja nichts dafür.«

»Ich finde es superuncool«, bemerkte er. »Ich verstehe ja noch nicht einmal, was du falsch gemacht haben sollst.«

»Tja, dann wären wir schon zu zweit.« Ich grinste und wickelte Nudeln auf meine Gabel.

»Sie findet es toll, andere zu schikanieren«, erklärte er verbittert. »Ich habe mit ihr Schluss gemacht.«

Ich hielt mit der Gabel in der Hand inne. »Was?«

»Na ja, wir waren im Grunde kein richtiges Paar.« Seufzend lehnte er sich im Sessel zurück und strich sich durch die Haare. »Ich mag sie noch nicht einmal besonders.«

Er fing meinen Blick ein, und ich konnte nicht anders, ich musste lachen. Im ersten Moment wirkte er überrascht, aber dann fiel er in mein Lachen ein.

»Ganz schön bescheuert, oder?«

»Und wie.« Ich kicherte. »Warum triffst du dich denn mit einem Mädchen, das du gar nicht richtig magst?«

»Keine Ahnung!«

Wir prusteten aufs Neue los, dann lehnte er sich vor und legte mir die Hand auf den Arm. Ich musste zugeben, in einem hatte Ella recht: Ollys Wimpern waren irrsinnig lang, vor allem aus der Nähe. Und sie waren so fein. Sie umrahmten perfekt seine tiefdunklen Augen. Hatten die schon immer so ausgesehen, so fein? Ich kann mich nicht erinnern, dass mir seine Wimpern je aufgefallen wären.

»Am Montag versteckst du dich aber bitte nicht mehr in der Bibliothek. Komm mit zum Essen. Du kannst dich zu mir setzen.«

»FEIN!«

OH MANN, WARUM PASSIERTE MIR DAS EIGENTLICH DAUERND?

»Fein?« Er lachte. »Ich glaube, das habe ich von dir noch nie gehört«

»Äh«, stammelte ich, »ich habe mir gedacht, das Wort wird viel zu selten verwendet, ich wollte es wieder mehr benutzen. Fein. Ist doch ein wunderbares Wort. Findest du nicht? Wir sollten es öfter verwenden. Fein.«

Ich hasse mein Gehirn, echt.

»Wenn du meinst.«

Als er sich erhob, um zu gehen, lösten wir unsere Blicke voneinander, und endlich gelang es mir, wieder einigermaßen klar zu denken.

»Olly«, schob ich hastig hinterher, »das wird ihr gar nicht gefallen. Ich will damit nur sagen, überleg es dir gut, ob du dich beim Essen mit mir zusammensetzen willst. Sie wird megasauer auf dich sein und vielleicht nie wieder ein Wort mit dir reden. Glaub mir, ich weiß genau, wie sie tickt. Ich verstehe komplett, wenn du das Risiko nicht eingehen willst.«

Er stieß ein Seufzen aus.

»Flick, ich habe schon kaum mehr Haare am Arm, weil sie ihn permanent gestreichelt hat, als wäre ich ihr Haustier. Wenn sie nicht mehr mit mir redet, bin ich froh.«

Und damit schlenderte er davon und ließ mich mit meinen Nudeln allein. Aber irgendwie hatte ich keinen großen Hunger mehr.

Wie es aussah, hatte Olly Grace davon erzählt, denn am selben Abend, als ich Fritz gerade wie jede Woche badete, klingelte plötzlich das Festnetztelefon. Es war Matthew, der mir mitteilte, Grace warte an der Rezeption auf mich. Ich erklärte ihm, sie solle einfach nach oben kommen, und während ich Fritz in sein flauschiges Lieblingshandtuch wickelte und ganz fest an mich drückte, war ich auf einmal total aufgeregt, und mir wurde etwas flau. Ich öffnete die Tür, als es läutete, und davor stand Grace, total verlegen und mit mehreren Packungen Mikrowellenpopcorn und zwei Bechern Eiscreme auf dem Arm.

»Filmabend? Weil du doch den letzte Woche schon verpasst hast.«

Ich wusste nicht, was ich sagen sollte, deshalb trat ich zur Seite, um sie hereinzulassen. Sie ging sofort zum Sofa und setzte sich. Ich folgte ihr und nahm ihr gegenüber Platz. Fritz, der mittlerweile tief und fest schlief, legte ich in seinem kleinen Handtuch neben mich und wartete ab, bis sie etwas sagte.

»Mir tut das alles so leid«, jammerte sie los. »Ich fand diese Woche fürchterlich, ich möchte einfach, dass wir wieder Freundinnen sind!«

Mitleidig reichte ich ihr ein Taschentuch. »Wir sind Freundinnen, Grace.«

»Ella war so wahnsinnig gemein, ich habe ihr gesagt, sie soll nicht all diese schrecklichen Dinge über dich verbreiten. Da ist sie auf mich losgegangen und hat mich angefaucht, von wegen, du hättest mich eh nie richtig gemocht und hättest hinter meinem Rücken oft fiese Sachen über mich gesagt. Deshalb wusste ich nicht, was ich tun soll. Und dann hat auch noch Olly mit ihr Schluss gemacht, und jetzt hasst sie mich gleich noch mehr. Und Olly hat mit mir geschimpft, weil ich eine echt miese Freundin für dich war, und …« Ihre Unterlippe begann zu beben. »Das ist alles totaler Mist!«

Ich hielt ihr ein weiteres Taschentuch hin und wartete geduldig, bis sie sich die Augen trocken getupft und die Nase geputzt hatte, womit sie Fritz aus dem Schlaf riss. Er knurrte kurz und kuschelte sich dann sofort wieder in sein Handtuch.

»Schon gut«, versicherte ich ihr und setzte mich neben sie, um ihr tröstend das Knie zu tätscheln.

»Nichts ist gut«, winselte sie.

»Doch, ist es schon. Du warst keine miese Freundin. Ich weiß doch, wie Ella manchmal sein kann.«

»Dann sind wir also immer noch Freundinnen?« Sie schniefte und blinzelte mich durch einen Schleier aus Tränen an. Ihre Augen waren so voller Hoffnung.

»Ja, wir sind immer noch Freundinnen«, bestätigte ich lächelnd.

»Puh!« Erleichtert warf sie sich mir an den Hals und drückte mich ganz fest. »Ich bin ja so was von froh«, sagte sie mit einem matten Lächeln, dann löste sie sich von mir und lehnte sich bequem zurück in die Sofapolster. »Und weißt du was? Ich glaube, ich werde es nicht vermissen, mit Ella befreundet zu sein. Das war doch ohnehin die ganze Zeit ein einziger Eiertanz. Auf die Dauer ist das ganz schön ermüdend.«

Ich lachte. »Du kannst dich jetzt wieder entspannen. Zusammen schaffen wir das schon.«

Sie zog den Deckel von einem der Eisbecher ab. »Okay. Dann also Filmabend?«

»Klingt perfekt.«

Mum schlug vor, Grace könne gern über Nacht bleiben, deshalb legte sie eine zusätzliche Matratze auf den Boden meines Zimmers. Wir redeten die halbe Nacht, bis Fritz muffelig wurde. Lautstark kaute er an seinem Bettchen herum, um uns zu kommunizieren, endlich leise zu sein und nicht weiter seinen Schönheitsschlaf zu stören. Nur war es das erste Mal seit Langem, dass ich mich wieder richtig mit Grace unterhielt, ohne Angst haben zu müssen, etwas Falsches zu sagen. Ich erfuhr unheimlich viel Neues über sie, von dem ich keine Ahnung gehabt hatte. Zum Beispiel dass sie total tierlieb war – vor allem Hunde und Schildkröten mochte sie –, deshalb wollte sie Tierärztin werden, wenn sie älter war. Außerdem war sie die totale Filmfanatikerin mit einem Faible für alte Streifen, von denen noch nie ein Mensch gehört hatte. Grace zufolge sind die Filme heute nicht mehr das, was sie mal waren. In diesen wenigen Stunden erfuhr ich mehr über Grace als in den vielen Wochen davor, die wir zusammen verbracht hatten.

Mir machte es nichts aus, dass wir bis in die frühen Morgenstunden hinein redeten. Irgendwann schlief ich total glücklich ein, weil ich wusste, dass ich am nächsten Tag nichts zu erledigen hatte.

Ich hätte nicht mehr danebenliegen können.

KAPITEL 18

Unsanft wurde ich wach gerüttelt. Ich zog meine Augenmaske herunter und sah Audrey, die auf mich herabstarrte.

»Was machst du denn hier?«, krächzte ich, während ich mich aufrichtete und mir die Augen rieb. Die Matratze auf dem Boden war leer. »Wo steckt Grace?«

»Sie macht Kaffee«, sagte Audrey mit gerunzelter Stirn. »Sie war es auch, die mich reingelassen hat. Außerdem ist sie bereits frisch geduscht und fertig angezogen, und deine Mum ist längst losgefahren zu diesem Vortrag, den sie in Surrey hält.«

»Oh Mann, ich hätte wissen sollen, dass Grace ein Morgenmensch ist. Sie ist immer so … quietschfidel.«

»Du musst aufstehen«, wies Audrey mich an, erhob sich und warf mir ein Handtuch zu.

»Nein, muss ich nicht«, grummelte ich. »Für heute steht kein Termin zum Probearbeiten an. Schläft hier eigentlich keiner aus? Ihr seid doch alle Roboter!«

»Nicht deswegen, es ist wegen Miss Chase.«

»Sky?« Erneut rieb ich mir die Augen. »Was ist denn mit ihr?«

»Guck auf dein Handy, sie versucht schon den ganzen Morgen, dich zu kontaktieren. Sie hat an der Rezeption angerufen und war ziemlich aufgelöst. Sie hat sich erkundigt, ob du vielleicht direkt zu ihr kommen könntest.« Audrey biss sich auf die Unterlippe. »Sie klang sehr angespannt am Telefon. Ich befürchte, da stimmt etwas nicht.«

Hastig griff ich nach meinem Handy und entdeckte die vielen verpassten Anrufe, mehrere »SOS«-Nachrichten und Anweisungen, meinen »Hintern« sofort zu ihr aufs Zimmer zu schwingen, sobald ich wach war. Schnell warf ich die Bettdecke zurück und rannte unter die Dusche. Als ich wieder herauskam, war Audrey wieder gegangen, und Grace saß auf meinem Bett. Sie hatte bereits das Laken von der Matratze gezogen und die Bettwäsche gefaltet und fein säuberlich gestapelt. Sie sah so frisch und rosig aus, total hübsch, mit ihren großen strahlenden Augen und der reinen Haut. Ihre langen Haare hatte sie zu einem ordentlichen Pferdeschwanz zurückgebunden. Im Gegensatz zu mir. Als ich im Badezimmer zufällig mein Spiegelbild sah, schrie ich tatsächlich laut auf vor Schreck.

»Guten Morgen!«, flötete sie munter und hielt mir eine Tasse Kaffee hin. Vorsichtig nahm ich sie entgegen. »Ich habe ein bisschen Vanille reingetan. Ich hoffe, du magst das.«

»Wow, danke.« Ich nahm einen kleinen Schluck, nachdem ich in Jeans und Pulli geschlüpft war. »Oh Mann, das schmeckt ja toll!«

»Audrey hat schon gesagt, du müsstest gleich weg. Sie meinte, Skylar Chase bräuchte deine Hilfe? Das ist ja so was von cool.«

»Tut mir leid, Grace, eigentlich wollten wir ja was zusammen machen.«

»Kann ich dafür mit Fritz Gassi gehen?«

Ich saß vor der Frisierkommode und bürstete meine nassen Haare. »Was, jetzt gleich?«

»Klar!« Sie strahlte wie ein Honigkuchenpferd.

»Ich war heute Morgen schon mit ihm draußen, als du noch geschlafen hast, aber ich glaube, er bräuchte mal einen längeren Spaziergang.«

»Seit wann bist du denn wach?«, wollte ich wissen und versuchte, in dem Haufen Schuhe in der Zimmerecke zwei zusammengehörige Exemplare zu finden.

»Sehr früh.« Sie zuckte mit den Schultern. »Also, darf ich? Mit ihm Gassi gehen, meine ich? Ist vielleicht ganz gut, wenn du dir seinetwegen heute keine Gedanken zu machen brauchst. Ich kann mich gern um ihn kümmern.«

»Tu dir keinen Zwang an!«

Voller Freude sprang sie auf und lief los, um seine Leine und das Halsband aus der Küche zu holen. Dann streckte sie den Kopf zur Tür herein, um sich zu verabschieden und mir einen meiner Schuhe zuzuwerfen, den sie im Wohnzimmer gefunden hatte.

»Ah, da ist er ja! Danke«, sagte ich und schlüpfte hinein. »Bis später.«

»Ja, bis dann. Oh ...« Sie hielt ihr Handy hoch. »Olly lässt dich schön grüßen.«

Ich hatte noch gar nicht richtig angeklopft bei Sky, als die Tür auch schon aufgerissen wurde und sie loslegte: »Wo hast du denn so lange GESTECKT?«

Ich folgte ihr in ihre Suite, wo sie sich auf eines ihrer Sofas warf. Ihr Team war übers ganze Zimmer verteilt, alle brüllten irgendwas in ihre Handys. Ich schlängelte mich zwischen den Leuten durch, um mich zu Sky zu setzen. Es war gar nicht so leicht, ihnen auszuweichen, weil sie hysterisch hin und her liefen.

Sie sah grauenvoll aus. Für ihre Verhältnisse zumindest. Was natürlich heißen soll, dass sie immer noch besser aussah als die meisten Menschen, nur nicht ganz so gut, verglichen mit sonst. Ihre Augen waren ganz rot und verquollen, als hätte sie geweint, außerdem trug sie einen Pullover, der ihr mehrere Nummern zu groß war, dazu eine eigenartige Hose im Haremsstil.

»Was ist denn passiert?«, fragte ich, gerade als ein Piepsen eine neue Nachricht auf ihrem Handy ankündigte. Sie las sie durch und stieß einen spitzen Schrei aus. Sofort schleuderte sie ihr Handy quer durchs Zimmer und verfehlte nur knapp ein paar Leute. Nicht, dass ihnen das etwas ausgemacht hätte, sie waren selbst viel zu sehr damit beschäftigt, in ihre Handys zu brüllen, um mitzubekommen, wie es an ihren Köpfen vorbeisegelte. Bis jetzt hatte ich noch nie ihr komplettes Team zu sehen bekommen. Da waren DUTZENDE Leute, sodass die riesige Suite fast winzig wirkte, und sie alle sprachen laut durcheinander, dass es mir kaum möglich schien, dass sie die Personen am anderen Ende der Leitung verstehen konnten. Aber irgendwie gelang es ihnen, sich zu unterhalten. Ein Teammitglied schlängelte sich gerade zwischen den Leuten durch und verteilte Becher voll mit schwarzem Kaffee. Ich wollte gar nicht wissen, welchen Blutdruck die Leute hier im Zimmer durchschnittlich hatten.

»Oh, Achtung, Diva-Popstar-Alarm!«, rief ich, nachdem ich zugesehen hatte, wie Skys Handy auf den Boden gekracht war. »Was ist denn los?«

»Es geht um meine Party.« Sie schluchzte laut auf. »Die kann ich vergessen. Alles komplett ruiniert!«

»Warum?«

»Der Klub, in dem sie stattfinden sollte, musste schließen. Heute Morgen. Wie viel Pech kann man eigentlich haben?«

»Aber die Party ist –«

»HEUTE ABEND!« Sie brach erneut in Tränen aus.

»Du findest doch sicher eine andere Location dafür. Hallo? Du bist Skylar Chase!«

»Das glaubst auch bloß du!«, jammerte sie. »Die ganzen guten Läden sind bereits ausgebucht. Wir können die Party ja nicht irgendwo veranstalten, außerdem müssen wir die ganzen Gäste informieren ... Oh Mann, das ist ja wieder ein gefundenes Fressen für die Presse! Und morgen fliege ich nach L. A. zurück, deshalb kann ich die Party auch nicht auf einen anderen Abend verschieben. Das ist die totale Katastrophe!«

Ich sah hilflos zu, wie sie den Kopf in den Händen vergrub. Aus irgendeinem Grund kam mir jetzt, da ich sie in ihrer Verzweiflung sah, etwas in den Sinn, das Cal gesagt hatte. *Im Hotel Royal setzen wir Himmel und Hölle in Bewegung für unsere Gäste.* Und da saß nun unser wichtigster Gast und erlitt einen Nervenzusammenbruch, und alle ihre guten Erinnerungen an London wären dadurch getrübt. Ich musste etwas unternehmen.

»Wer redet denn gleich von einer Katastrophe?«, flüsterte ich. »Ich weiß, was wir machen.«

Blinzelnd sah sie zu mir auf. »Hä?«

Entschlossen sprang ich hoch aufs Sofa und schrie aus vollem Hals: »ALLE MAL HERHÖREN!«

Sämtliche Anwesende rissen die Köpfe zu mir herum, und nachdem sie einen kurzen Blick zu Sky geworfen hatten, die ihnen bekräftigend zunickte, versicherten sie ihren Gesprächspartnern am Telefon, dass sie so schnell wie möglich zurückrufen würden, und nahmen dann ihre Handys hinunter.

»Na schön«, sagte ich voller Selbstbewusstsein, da ich jetzt ihre ungeteilte Aufmerksamkeit hatte, »die Party findet hier statt. Im Hotel Royal.«

Sky schnappte entgeistert nach Luft. »Aber … habt ihr dafür denn den Platz? So kurzfristig? An einem Samstag?«

»Mach dir darüber keine Gedanken. Es ist mein Job, mich um solche Dinge zu kümmern. Folgendermaßen sieht mein Plan aus«, gab ich bekannt und fühlte mich irre wichtig, wie ich hier oben auf dem Sofa stand und auf alle herabschaute. Kein Wunder, dass Regierungschefs immer auf einem hohen Podium standen, wenn sie ihre Reden schwangen. »Sky, du darfst dich heute entspannen und dich in Ruhe auf deine Party am Abend vorbereiten. Ich brauche nur jemanden, der dafür sorgt, dass du das auch tust. Wer kann das übernehmen?«

Ihre Assistentin riss sofort die Hand hoch.

»Ausgezeichnet. Vielen Dank. Und jetzt muss ich nur noch ein paar Telefonate führen.«

Ich sprang hinunter vom Sofa, schnappte mir mein Handy und rief bei Audrey im Büro an. Sie ging sofort ran und gab mir die erwünschte Information. Dann legte ich wieder auf und richtete mich erneut an mein schweigendes Publikum. Alle sahen mich an und warteten gebannt.

»Ich möchte, dass Sie jetzt alle in den Konferenzraum im zweiten Stock gehen. Es wird gleich jemand kommen, der Ihnen den Weg zeigt. Wichtig ist nur, dass Sie sich erst einmal alle beruhigen.« Ich schenkte ihnen ein breites Lächeln. »Wir kriegen das schon hin.«

Nachdem ich Sky, die mich völlig entgeistert ansah, kurz zugewinkt hatte, verließ ich den Raum und lief hinunter zu Audrey.

Wie ich sie am Telefon gebeten hatte, wartete sie in ihrem Büro auf mich, zusammen mit Matthew, Kian und Ellie. Cal winkte mir von Audreys Schreibtischstuhl aus zu, in dem er es sich bequem gemacht hatte.

»Warum schläfst du nicht wie jeder normale Teenager?«, fragte ich. »Bin ich eigentlich der einzige Mensch auf der ganzen Welt, der schon mal was von Ausschlafen gehört hat?«

»Bei uns sind nebenan Bauarbeiten im Gange«, erklärte er. »Ich bin schon um vier Uhr morgens aufgewacht. Außerdem war mir daheim langweilig.«

»Flick, was ist los?«, wollte Audrey wissen. Auf ihrem Gesicht lag ein besorgter Ausdruck.

Also fing ich an, ausführlich zu erklären, was passiert war. »Und deshalb habe ich Sky versprochen, dass wir die Party hier veranstalten«, schloss ich.

»Wie meinst du das?«, hakte Audrey nach.

»Hier. Im Hotel Royal.«

Schweigend starrten sie mich an.

»Aber«, fuhr Audrey fort, »wie um alles in der Welt sollen wir das hinbekommen, vor allem so kurzfristig? Das geht doch nicht.«

»Oh doch, im Royal geht das«, verbesserte ich sie. »Hier machen wir alles möglich. Stimmt's, Matthew?«

Matthew blähte sich vor Stolz auf wie ein Pfau. »Das stimmt.«

»Aber wir haben doch gar keine freien Räume?«, wandte Ellie ein, die bereits durch ihr Tablet scrollte, um das zu überprüfen.

»Echt gar nichts?«, fragte ich und biss mir auf die Unterlippe. »Was ist denn mit den Konferenzzimmern?«

»Das wird nicht funktionieren. Die liegen zu nahe an den Schlafräumen. Die Gäste würden sich gestört fühlen.«

»Es muss doch noch eine Möglichkeit geben«, rief ich verzweifelt. Ich durfte Sky nicht enttäuschen. Sie zählte auf mich. Und das war mir echt noch nie passiert.

Bedauernd schüttelte sie den Kopf. »Wir haben keine freien Räumlichkeiten.«

Enttäuscht lehnte ich mich gegen Audreys Schreibtisch. Das war ein ziemlich heftiger Dämpfer.

»Doch, haben wir«, bemerkte Cal leise.

Wir drehten uns alle zu ihm um und sahen ihn abwartend an. Sein Blick begegnete dem meinen.

»Wir haben Platz«, bekräftigte er. »Es gibt da einen Raum, der auf jeden Fall frei ist und weit genug weg von allem. Und noch dazu ein bisschen anders. Er hat sogar eine eigene kleine Terrasse. Wir müssten nur ein bisschen … aufräumen.«

Zweifelnd sah ich ihn an, bis mir plötzlich dämmerte, was er meinte.

»Aber Cal, das geht doch nicht, das ist dein Geheimversteck. Dann wäre das ja nicht mehr geheim!«

»Das hier ist wichtiger.« Er nickte entschlossen. »Flick, der Raum ist *perfekt!*«

»Tja, vielleicht, wenn wir alles rausräumen. Groß genug müsste er sein«, sagte ich nachdenklich.

»Die Küche ist nicht weit, es ist also kein Problem, Essen und Getränke dorthin zu schaffen.«

»Band oder DJ passt in die hintere Ecke, und zum Tanzen wäre auch genügend Platz.«

»Wir könnten die Gänge mit Lichterketten schmücken, das sieht bestimmt megaschön aus.«

»Oder wir sagen den Gästen, sie sollen durch die Außentür über die Straße hinter dem Hotel reingehen.«

»Ja, super, du bist genial! Wir könnten ja Laternen entlang der Straße aufstellen, die ihnen den Weg weisen.«

»Magisch und mysteriös! Einfach perfekt.«

»DAS REICHT!« Matthew trat vor. »Wovon um alles in der Welt redet ihr zwei da?«

Cal und ich grinsten einander an. Wir sahen aus wie zwei Grinsekatzen.

»Kommt.« Ich lächelte. »Wir zeigen es euch.«

KAPITEL 19

Party-Aus für Skylar Chase!

Von Nancy Rose – The Daily Post

Ärger im Paradies. Wie wir von der *Daily Post* eben erst erfahren haben, musste der berühmte Londoner Nachtklub »Candle Bar« aufgrund von zwingend notwendigen Reparaturen am Gebäude zeitweilig schließen. Leider bringt das Skylar Chase nun in die Verlegenheit, dass sie für ihre Tour-Abschluss-Party mit hohem Staraufgebot plötzlich ohne Location dasteht, denn die sollte heute Abend in der Bar stattfinden! Wie aus ihrem engsten Umfeld bekannt wurde, ist die amerikanische Pop-Prinzessin, die schon morgen nach L. A. zurückfliegen soll, am Boden zerstört. »Sie ist völlig aufgelöst«, verriet uns unsere Quelle. »Die Party bedeutet ihr unheimlich viel, und nun muss sie aller Wahrscheinlichkeit nach absagen.« Wir haben versucht, mit der Pressesprecherin von Miss Chase Kontakt aufzunehmen, doch sie verweigert bislang jeden Kommentar. Sorry, Skylar, aber wie es aussieht, ist die Party für dich vorbei!

»Die Party ist nicht vorbei!«, verkündete ich im Konferenzzimmer, wo sich Skylars Team bereits versammelt hatte. »Ich kann Ihnen versichern, dass sie heute Abend hier stattfinden kann.«

Die Menge brach in Applaus und lautes Jubeln aus, und sofort zückten alle ihre Handys, bereit, loszulegen.

»Aber« – ich hielt die Hände hoch, um sie zu beruhigen – »es liegt viel Arbeit vor uns. Wir werden jede Hilfe benötigen. Ich gebe zu, der Raum, den wir zur Verfügung stellen können, ist nicht die durchschnittliche Party-Location.« Ich wechselte einen verschmitzten Blick mit Cal und grinste. »Als Erstes will ich Ihnen das Team vorstellen.«

Ich deutete auf Audrey, Matthew, Cal, Kian und Ellie, die sich neben mir in einer Reihe aufgestellt hatten. Sie winkten den Leuten munter zu.

»Wir brauchen ein paar Freiwillige, die Cal beim Aufräumen des Raumes helfen und ihn so weit vorbereiten. Kian und Sasha kümmern sich um die Kanapees, und Jamie ist für die Getränke zuständig. Ich brauche jemanden aus Skys Team, der mir bei der Auswahl der Gerichte hilft. Audrey hat bereits unsere hauseigene Floristin einberufen, die sollte jeden Moment hier eintreffen. Die beiden kümmern sich um die Dekoration. Und dann brauchen wir jemanden aus Skys Team, der sich mit ihrer Plattenfirma in Verbindung setzt. Wir brauchen Promo-Material, alles, was man im Zusammenhang mit dem Album präsentieren kann. Ellie sorgt dafür, dass wir eine Anlage, Beleuchtung und das nötige technische Equipment bekommen. Könnte sich vielleicht jemand mit ihr kurzschließen wegen eines DJs? Außerdem wird sie einen Fotografen buchen, der ganz offiziell Fotos macht. Wir haben da schon einen an der Hand, der öfter für uns arbeitet. Matthew kümmert sich um die Gästeliste. Wir brauchen in der nächsten halben Stunde den aktuellen Stand mit den Rückmeldungen, damit wir die Kapazität prüfen und für ausreichend Essen sorgen können. Wir müssen außerdem zusehen, dass jeder einzelne Gast über den Ortswechsel informiert wird. Und ich«, sagte ich und tat einen tiefen Atemzug, »ich werde das Ganze koordinieren. Sollten Sie irgendwelche Fragen haben oder Probleme auftreten, kommen Sie bitte zu mir. Gut, dann sprechen Sie sich bitte ab, wer aus Ihrem Team welche Aufgaben übernimmt.«

Aufgeregt scharten sich die Leute zusammen. Ich bemerkte, wie Audrey mich mit einem eigenartigen Ausdruck im Gesicht ansah.

»Was denn?«

Sie zögerte. »Na ja, es ist nur ... Du hast mich gerade stark an deine Mutter erinnert.«

»Was, weil ich alle herumkommandiert habe?«

»Nein.« Sie lächelte. »Weil du das Ruder übernommen hast.«

Ich weiß nicht, wie wir es geschafft haben, aber es klappte tatsächlich.

Kaum hatte Skys Team sämtliche Aufgaben auf die einzelnen Leute verteilt, machten sich alle an die Arbeit, und bis zum Abend sah der Lagerraum, der früher für Cal und mich ein Geheimversteck und Fluchtweg gewesen war, aus wie die exklusivste Partylocation der Stadt. Die anderen hatten ihn komplett ausgeräumt, und dank Amy und ihren Kolleginnen war hier unten alles blitzblank sauber. An der Wand hing eine riesige Leinwand mit Skys neustem Albumcover, angestrahlt von weißen Kugelleuchten und unzähligen Lichterketten, die überall im Raum funkelten. Die Floristin hatte einen Bogengang aus Blumen geschaffen, auch draußen auf der kleinen Terrasse, deshalb hatte man das Gefühl, als würde man eine Szene aus *Alice im Wunderland* betreten. Jamie hatte sogar eigens Drinks kreiert für diesen Abend, die Timothy und seine

Kollegen servieren würden, und die Kanapees sahen himmlisch aus. Kian teilte mir mit, dass Sasha darauf bestanden habe, sich persönlich um sie zu kümmern. Er war so beeindruckt von ihr, wie er mir mit Stolz verkündete, dass er sie demnächst befördern wollte.

Die Gäste sollten nun jeden Moment eintreffen, geleitet von Laternen, die entlang der Straße hinter dem Hotel aufgestellt waren. Deshalb führten Cal und ich Sky gerade durch die Tunnel, um zu sehen, wie sie es fand. Sie trug ein silbern glitzerndes Kleid von Lewis Blume und dazu königsblaue Pumps. Darin stöckelte sie durch das jetzt hell erleuchtete Labyrinth zu ihrer eigenen Party. Tränen stiegen ihr in die Augen, als sie den Raum betrat und alles eingehend auf sich wirken ließ.

»Das ist … wunderschön.«

Sie griff nach meiner Hand und drückte sie begeistert.

»Es ist einfach perfekt«, hauchte sie. »Ich fasse es nicht, wie gut ihr das alles hingekriegt habt.«

»Und alles innerhalb nur eines Tages«, sagte ich lachend.

Sie zog uns beide in ihre Arme und drückte uns ganz fest, und während ihre Assistentin um ihre Aufmerksamkeit bat, um sich die Gästeliste noch einmal anzusehen, eilten Cal und ich davon, um uns ebenfalls fertig zu machen für die Party.

Grace lag auf dem Sofa, futterte Popcorn und diskutierte mit Fritz über die Filme von Tim Burton, während im Hintergrund *Edward mit den Scherenhänden* lief. Ich war vor einer Weile schon einmal heraufgekommen, um sie über alles auf dem Laufenden zu halten. Erst hatte sie sich kaltes Wasser ins Gesicht spritzen müssen, so baff war sie. Und dann hatte sie sofort ihre Hilfe angeboten und mir vorgeschlagen, sie würde sich für den Rest des Tages um Fritz kümmern. Jetzt wartete sie bei uns in der Wohnung, genau wie sie es versprochen hatte. Doch nicht nur das, sie hatte auch schon meinen Kleiderschrank durchstöbert und eine Auswahl an popstarparty-tauglichen Outfits auf dem Bett für mich bereitgelegt – ich brauchte nur noch eins auszusuchen. Wir entschieden uns schließlich für eine hautenge schwarze Jeans mit einem roten schulterfreien Top, und meine Haare band ich mir zu einem hohen Pferdeschwanz zurück und trug dazu einen knallroten Lippenstift auf.

»Bist du dir *ganz sicher,* dass du nicht mitkommen willst?«, fragte ich Grace, während ich mich im Spiegel betrachtete.

»Ich würde schon gerne, aber meine Oma feiert ihren Geburtstag.« Sie seufzte und machte ein furchtbar gequältes Gesicht. »Mum würde mich UMBRINGEN, wenn ich da nicht aufkreuze. Selbst wenn es um Skylar Chase und eine Promi-Party geht.«

»Ja, verstehe ich, bei mir wäre es genauso.« Ich nickte. »Ich schwöre dir, irgendwann werde ich sie dir vorstellen, okay? Ich meine das ernst.«

»Danke! Du siehst übrigens umwerfend aus. Wenn auch nicht ganz so toll wie Fritz«, fügte sie noch hinzu. Sie schloss die letzten Knöpfe an seinem Smoking und rückte seine kleine Fliege gerade.

»Fritz, du siehst ja so gut aus!« Schwungvoll nahm ich ihn hoch auf meinen Arm.

»Ihr seht beide super aus, der heutige Abend wird bestimmt ein voller Erfolg«, rief sie begeistert, während sie in ihre Jacke schlüpfte und ihre Sachen zusammensammelte. »Du brauchst dir gar keine Sorgen zu machen.«

»Ich weiß es echt zu schätzen, dass du heute hier warst und auf Fritz aufgepasst hast.«

»Ich fand es voll schön, was mit ihm zu machen.« Sie tätschelte seinen Kopf. »Tja, ich geh dann mal. Vergiss nicht, mich morgen anzurufen und mir alles haarklein zu erzählen.«

»Grace.« Ich zögerte. »Ich weiß, dass es nicht unbedingt gut ist für dein Ansehen, wenn du dich mit mir ab–«

»Willst du mich auf den Arm nehmen, Flick?« Sie griff nach meinen Händen. »Du schmeißt gleich eine Party für Skylar Chase. Garantiert bist du im Moment die angesagteste Person auf dem gesamten Planeten!«

Ich blickte sie mit einer hochgezogenen Augenbraue an.

»Na gut, aber in der Schule auf jeden Fall! Und ich wollte dir nur sagen, dass ich es dir echt hoch anrechne. Dass du vorbeigekommen bist und alles.«

Sie grinste. »Viel Glück heute Abend.«

Damit hastete sie nach draußen und zog die Tür hinter sich zu. Jetzt waren Fritz und ich allein.

In der plötzlichen Stille traf mich der Druck, der den ganzen Tag auf mir gelastet hatte, mit voller Wucht. Ich war ununterbrochen hin und her gehetzt, sodass ich nicht die Zeit gefunden hatte, ernsthaft über alles nachzudenken. Aber jetzt stand ich hier mitten auf dem Flur mit dem am besten gekleideten Dackel in ganz London und war kurz davor, auf eine Party zu gehen, die ich für den weltgrößten Popstar organisiert hatte.

Was wäre, wenn etwas schiefging? Was wäre, wenn die Beleuchtung herunterkäme oder die Musikanlage nicht funktionierte oder das Essen nicht reichte? Ich meine, ich hatte Kian zwar aufgetragen, die doppelte Menge vorzubereiten, nur für den Fall, deshalb war das recht unwahrscheinlich. Aber was, wenn gar keiner aufkreuzte? Wenn etwas schieflief, war das allein meine Schuld. Mit einem Mal war mein Mund staubtrocken. Ich war wie versteinert. Meine Beine wollten sich nicht bewegen. Ich konnte nicht glauben, dass ich mich selbst in diese missliche Lage manövriert hatte. Was hatte ich mir bloß dabei *gedacht?*

Ich schreckte zusammen, als mein Handy auf dem Flurtischchen zu brummen begann.

Hey, Grace sagt, du bist neuerdings Organisatorin von Promi-Partys. Echt cool. Jetzt zeigst du's allen! Olly x

Ich las die Nachricht, holte tief Luft und wandte mich Fritz zu.

»Und? Bist du bereit?«

Er bellte kurz.

»Ich auch«, verkündete ich entschlossen und streckte die Hand nach dem Türgriff aus. Es war höchste Zeit, mich auf den Weg zu machen.

KAPITEL 20

Cal hasste mich.

Am Tag nach der Party wartete ich an der Rezeption und hoffte, er würde auftauchen. Ich wusste, dass ich alles ruiniert hatte. Wenn ich er wäre, würde ich mich auch nicht blicken lassen. Nicht nach dem, was ich gesagt hatte.

Aber ich hoffte trotzdem, dass er kommen würde.

»So schlimm war das doch gar nicht«, versicherte mir Sky, als ich ihr am Sonntagmorgen alles erzählte. Sie war noch vollkommen erledigt vom vorigen Abend, doch die Party war derart gut gelaufen, dass nichts ihre Stimmung trüben konnte. Nicht einmal der lange Flug, den sie noch vor sich hatte. Die Feier war der absolute Hit gewesen. Alle, die auf der Gästeliste standen, waren gekommen, von schicken Models über berüchtigte Rockstars bis hin zu Promi-Reportern, und jede Promi-Website der Welt schrieb darüber – die Stars, die Kleider, die Location

Ellie war unmittelbar danach mit Anfragen überhäuft worden, wir hätten die Räumlichkeiten ein ganzes Jahr im Voraus für Partys vermieten können.

»Wir werden mehr Angestellte benötigen«, hörte ich sie während der Party zufällig zu Timothy sagen, als sie wieder eine Buchung bestätigt hatte. Eigentlich hätte ich am nächsten Morgen beim Aufwachen überglücklich sein müssen bei allem, was am Abend zuvor passiert war.

Stattdessen fühlte ich mich wie der schlechteste Mensch der Welt.

Nicht einmal Fritz, der in der Küche in perfekter Tonlage zu einem Song von David Bowie mitjaulte, während Mum das Frühstück zubereitete, konnte mich aufmuntern. Ich sah auf mein Handy: keine neuen Nachrichten.

»Warum regst du dich eigentlich so auf?«, wollte Sky wissen, während die Mitglieder ihres Teams in der Suite geschäftig hin und her eilten und ihre Sachen packten. Ihr Flug zurück nach L. A. ging an diesem Nachmittag, was meine Stimmung nicht unbedingt aufhellte. Wenigstens würde sie wegen des Weihnachtsballs bald wiederkommen.

Ich zuckte mit der Schulter. »Ich fühle mich einfach ... schuldig.«

»Aber was du gesagt hast, war doch absolut richtig, oder nicht?« Sie wich ihrer Assistentin aus, die mit einer Ladung Haarpflegeprodukten in der Hand an uns vorbeiraste.

»Ja, vielleicht. Ich habe nur so ein mieses Gefühl im Bauch. Es fühlt sich an wie Blei.«

Seufzend ließ sie sich neben mir auf das Sofa plumpsen.

»Erzähl mir bitte noch mal genau, was passiert ist.«

Ich war nach unten gekommen und hatte festgestellt, dass sich auf der Party reihenweise bekannte Leute tummelten, die sich gegenseitig begeistert begrüßten und zusammen für Fotos posierten. Ich bahnte mir meinen Weg zwischen den Menschenmassen hindurch, die sich gegenseitig Luftküsse auf die Wangen hauchten, um zu Sky zu gelangen, die sich mit einer Journalistin über ihr neues Album unterhielt.

»… und was ich aus dieser Beziehung gelernt habe, hat mich zu einigen meiner Songs inspiriert.« Sie strahlte übers ganze Gesicht, als sie mich ganz in der Nähe mit Fritz herumstehen sah, und bedeutete mir, mich zu ihr zu gesellen.

»Und haben Sie Ihren Aufenthalt in London genossen?«, erkundigte sich die Reporterin, die Sky ein Diktafon unter die Nase hielt, an dem ein rotes Lämpchen blinkte.

»Oh, es war richtig toll, in erster Linie wegen meiner neuen Freundin«, antwortete sie und legte mir den Arm um die Schulter. Sie tätschelte Fritz den Kopf. »Es überrascht mich immer wieder, wie schwer es ist, im Showgeschäft nette Leute zu treffen.« Die Journalistin versuchte, noch mehr Infos aus ihr herauszuquetschen, doch in dem Moment entdeckte Sky Ethan, der in der Schlange am Einlass wartete. Ganz der Profi, der sie war, zerrte sie die Frau einfach mit sich und stellte sie ihrem Produzenten vor. Dann ließ sie die beiden stehen und eilte zu Ethan. Der küsste sie auf beide Wangen und sah sich anerkennend um.

»Wow, ich kann echt nicht fassen, dass ihr das hingekriegt habt. Heute Morgen dachte ich noch, es wäre alles aus.«

»Ich auch«, sagte Sky und nickte, »aber zum Glück habe ich Flick. Das alles haben wir ihr zu verdanken.«

»Irre«, sagte er und lehnte sich vor, um mir einen Kuss auf die Wange zu drücken. Er roch so unheimlich gut, meine Knie wurden ganz weich. Was ist los mit diesem Aftershave? Ich muss es haben! Dann kann ich es auf mein Kissen sprühen oder so.

Überhaupt nicht gruselig …

»Ah, da sind Jacob und Carly. Flick, ich bin gleich wieder da.«

Er verschwand in der Menge, und ich versuchte, nicht auf das Gefühl der Enttäuschung zu achten, weil er mich einfach hatte stehen lassen. Aber ich konnte ja schlecht von ihm erwarten, dass er sich ausschließlich mit mir beschäftigte. Er war eindeutig ein Meister darin, den Coolen zu spielen, wohingegen ich jedes Mal zu Wackelpudding wurde, wenn er in meine Nähe kam. Ich musste mir dringend eine Scheibe von Sky abschneiden – ihr Date für den Weihnachtsball hatte sie zum Beispiel nicht zu ihrer Party eingeladen, weil sie sonst »viel zu interessiert« ausgesehen hätte.

Während ich Ethan im Gedränge verschwinden sah, entdeckte ich Cal, der sich zu mir durchkämpfte. Ich musste grinsen, als er sich mir näherte – für jemanden, der sich nie groß für irgendetwas interessierte, außer vielleicht für Hausaufgaben, hatte er sich ganz schön ins Zeug gelegt. Er sah total schick aus in seinem frisch gebügelten weißen Hemd und der schmalen schwarzen Krawatte. Mit seinen Haaren hatte er auch irgendwas gemacht, sie sahen längst nicht so zerzaust aus wie sonst.

»Ganz schön voll hier«, rief er begeistert und reichte mir ein Getränk. »Sieht aus, als hätten alle riesigen Spaß. Zum Wohl.«

Wir stießen mit unseren pinkfarbenen Limonaden an, während Fritz, den ich mir unter den Arm geklemmt hatte, versuchte, sich ein Kanapee von einem Tablett zu stibitzen, das gerade vorbeigetragen wurde. Zum Glück vergebens. Ich setzte ihn unsanft auf den Boden, aber es dauerte nicht lang, da nahm Jamie ihn wieder hoch und bot ihm eine Krabbenfrikadelle an.

»Ohne dich hätte ich das niemals auf die Beine stellen können«, gab ich Cal gegenüber zu, während er sich köstlich über den verwöhnten Fritz amüsierte.

Er schüttelte den Kopf. »Doch, hättest du schon. Und das mit links. Du warst schon immer gut darin, anderen Leuten zu sagen, was sie zu tun haben.«

Ich lachte.

»Hübscher Lippenstift übrigens«, sagte er und nahm einen Schluck von seinem Getränk. »Steht dir echt gut.«

Ich warf ihm einen verwunderten Blick zu.

»Was denn?«, fragte er ganz unschuldig.

»Ach nichts. Nur … du bist auf einmal so nett zu mir.«

»Ich bin immer nett.«

»Ich weiß … na ja, jedenfalls … weil du mich doch nicht magst.«

»Das stimmt nicht.«

Jemand rempelte mich im Vorbeigehen an, weshalb ich mir beinahe die ganze Limonade über die Klamotten gekippt hätte. Ich schaute an mir hinunter, um zu sehen, ob mein Outfit einen Spritzer abbekommen hatte, als ich plötzlich spürte, wie Cals warme Finger sich um mein Handgelenk schlossen. Unsere Blicke trafen sich.

»Das ist nicht wahr«, wiederholte er mit ernster Stimme und viel leiser. Ich war dermaßen perplex, weil er mich so intensiv ansah, dass es mir komplett den Atem verschlug, und auf einmal machte sich ein wohliges, freudiges Gefühl in meiner Magengegend breit.

Ich musste mir das echt abgewöhnen, mich von Jungs so aus dem Konzept bringen zu lassen. Wie sollte man denn irgendetwas gebacken kriegen, wenn sie einen ständig mit ihren hübschen Augen und ihren wohlgeformten Kinnpartien aus dem Takt brachten?

Oh Mann, hatte ich da eben echt von einem »wohlgeformten« Kinn gesprochen? WAS GING NUR VOR IN MEINEM GEHIRN?

»Flick?«

Als er die Stimme meiner Mum hörte, ließ Cal sofort mein Handgelenk los.

»Mum! Was tust du denn hier?«

»Tja, mein Vortrag ist schon vorbei. Und als ich heimkam, hörte ich, ich würde eine Party für Skylar Chase veranstalten.«

Ich spürte, wie mir alle Farbe aus dem Gesicht wich. Ich hatte Mum noch nichts von der Party erzählt, weil ich nicht wollte, dass sie sich Sorgen machte oder etwas in der Art. Aber eigentlich hatte ich sie anrufen wollen, um sie vorzuwarnen, na ja, weil es ja schließlich ihr Hotel war und alles. Aber mein kleiner Panikanfall, nachdem Grace gegangen war, und dann diese echt nette Nachricht von Olly, das alles hatte mich komplett abgelenkt, und ich hatte vergessen, sie anzurufen.

»Mum, eigentlich wollte ich –«

»Was für ein durchschlagender Erfolg.« Sie fing an zu strahlen. »Flick, ich bin ja so unsagbar stolz auf dich.« Sie streckte beide Arme aus und zog mich an sich. »Audrey hat mir alles erzählt«, fuhr sie fort und ließ mich wieder los. Jetzt wandte sie sich auch an Cal. »Sie meinte, ihr beide hättet euch zusammengetan und das alles hier auf die Beine gestellt, ihr hättet so richtig hart gearbeitet. Ich muss schon sagen, ich wusste noch nicht einmal von der Existenz dieses Raums. Wie habt ihr den denn entdeckt?«

»Äh …«

»Tja …«

»Ähm …«

»Na, ist ja auch egal.« Sie lachte, als Cal und ich bloß verlegen stammelten, ehe sie wieder ihren kultivierten Hotelbesitzerinnenton anschlug. »Die Gäste vom Hotel Royal können sich auf uns verlassen.«

»Genau«, pflichtete ich ihr bei. »Genau dieses Motto haben wir uns auf die Fahnen geschrieben.«

»Ich gehe jetzt besser und unterhalte mich mit Miss Chase«, sagte sie und legte mir eine Hand auf die Schulter. »Flick, ich denke, es ist an der Zeit, dass wir noch einmal über den Weihnachtsball sprechen. Findest du nicht?«

Sie lächelte uns beiden freundlich zu, dann steuerte sie mit großen Schritten auf Sky zu. Ohne lange nachzudenken, warf ich Cal die Arme um den Hals und hopste freudig auf und ab.

»Wir haben es geschafft! Wir haben es echt geschafft!«

Er lachte, und auf einmal wurde mir bewusst, dass ich Cal Weston viel zu nahe gekommen war. Deshalb taumelte ich rückwärts und stieß gegen ein mies gelauntes Supermodel hinter mir. Nachdem ich mich wortreich bei ihr entschuldigt hatte, drehte ich mich wieder zu Cal um.

»Wie es aussieht, hast du deinen Kopf wieder einmal durchgesetzt.« Er grinste.

»Tja!«, sagte ich und warf dramatisch meine Haare zurück. »Wie immer halt. Cal, ich danke dir von –«

»Hey.« Wie aus dem Nichts war Ethan aufgetaucht und griff nach meiner Hand. Er warf Cal einen schiefen Blick zu. »Kann ich dich kurz entführen? Ich möchte dir ein paar Leute vorstellen.«

»Ähm, klar.«

Als er mich von Cal wegzerrte, sah er mich neugierig von oben herab an und grinste. »Wer ist dieser Junge? Sollte ich mir Sorgen machen, dass ich allein zum Weihnachtsball gehen muss?«

»Nein, nein!«, versicherte ich ihm schnell. »Das ist niemand. Nur der Sohn eines Angestellten.«

Doch Ethan hörte schon nicht mehr zu, denn er hatte jemanden entdeckt, den er kannte, und war viel zu sehr damit beschäftigt, die Person zu begrüßen. Ich warf einen Blick zurück über die Schulter und sah, dass Cal mich mit einem fassungslosen, verletzten Gesichtsausdruck beobachtete. Er schüttelte den Kopf, dann wandte er sich um, drängelte sich unter Einsatz seiner Ellbogen durch die Menge und verschwand durch die Tür. Er kam nicht mehr zurück auf die Party.

»Der kommt schon noch«, versicherte mir Sky entschlossen, während der letzte ihrer Koffer vom Portier nach unten gebracht wurde. Als ich die Geschichte zu Ende erzählt hatte, hatte ich noch erwähnt, dass Cal und ich für Sonntag bereits einen Schnellkurs bei der Floristin gebucht hatten.

Ich nickte viel zuversichtlicher, als ich mich fühlte, und begleitete sie nach unten zu ihrem Wagen, der bereits auf sie wartete. Mum, Audrey, Matthew und Fritz hatten sich in der Lobby in Reih und Glied aufgestellt, um sich von ihr zu verabschieden.

»Ich werde Sie alle vermissen«, sagte Sky, und ihre Augen füllten sich mit Tränen, als sie Fritz auf den Arm nahm und er ihr freundschaftlich über die Wange leckte. »Wir sehen uns Weihnachten.«

Sie drückte mich lange und fest, machte ein allerletztes Selfie mit Fritz und warf uns allen Luftküsse zu, ehe sie zur Tür hinaustänzelte und sich durch die Horde wartender Paparazzi zu ihrem Wagen durchkämpfte. In dem Moment kam die Floristin in die Lobby, bereit für unseren gemeinsamen Tag, und dann begann das große Warten auf Cal.

Natürlich tauchte er nicht auf.

KAPITEL 21

»Unsere Abmachung steht leider nicht mehr.« Cal zuckte müde mit der Schulter.

Ich hatte ihm in der Cafeteria aufgelauert, es war das erste Mal heute, dass ich ihn in der Schule sah. Er hatte auf keine meiner Nachrichten reagiert, und ich hatte sogar gleich als Erstes in der Früh in der Bibliothek nach ihm Ausschau gehalten, leider ohne Erfolg. Beim Mittagessen dann, als ich mir gerade einen Teller Essen aufs Tablett lud, entdeckte ich ihn auf der gegenüberliegenden Seite des Raums, wo er gerade sein schmutziges Geschirr ins Abräumregal schob und gehen wollte. Ich ließ mein Tablett kurzerhand an Ort und Stelle stehen und raste in Windeseile durch die Cafeteria, um ihn einzuholen. Geschickt wich ich den vielen Schülern aus, die mir in die Quere kamen, und überall wurden Köpfe gereckt, aufgeschreckt durch den Tumult. Ella, die in der Mitte eines Tisches voller Mädchen thronte, beobachtete mich besonders interessiert.

»Was meinst du damit, die Abmachung steht nicht mehr?«, fragte ich entgeistert, nachdem ich von ihm verlangt hatte, mir zu erklären, warum er am Tag zuvor nicht aufgetaucht war. Es war ja nicht so, als hätte ich mich nicht wortreich bei ihm entschuldigt in meinen unzähligen Nachrichten, und ja, ich geb's zu, das, was ich gesagt hatte, war echt nicht nett gewesen. In meinen Sprachnachrichten hatte ich ihm allerdings ausgiebig erläutert, dass ich es nicht so gemeint hatte. Es gab also keinen Grund, die beleidigte Leberwurst zu spielen.

Er stieß ein Seufzen aus, als müsste er einem unkonzentrierten Kleinkind eine total einfache Sache erklären.

»Die Abmachung zwischen uns beiden.«

»Ich kapiere es immer noch nicht«, erklärte ich trotzig und verschränkte die Arme vor der Brust. »Du hast doch gesagt, du würdest mir helfen, alles zu lernen, was wichtig ist. Es gibt immer noch so viel, das ich nicht weiß.«

»Ja, genau, und du hast dafür versprochen, dass du mir ein Interview mit Skylar Chase besorgst. Und sofern die *Daily Post* nicht völlig danebenliegt, hat Skylar Chase gestern Nachmittag den Flieger zurück nach L. A. genommen.«

Mir rutschte das Herz in die Hose. Das hatte ich ja komplett vergessen.

»Cal –«

Mit einem eiskalten Unterton in der Stimme unterbrach er mich. »Ich habe meinen Teil der Abmachung erfüllt, und wie wir am Samstag bereits besprochen haben, hast du deinen Willen bekommen. Du darfst jetzt mit diesem Blogger oder Videoblogger, oder was auch immer er ist, zum Weihnachtsball gehen. Du aber hast dein Versprechen nicht gehalten, also ist unsere Abmachung aus meiner Sicht nicht mehr gültig.«

»Aber ich brauche deine Hilfe!«, jammerte ich.

»Ach was, als wärst du auf die Hilfe des Sohnes eines einfachen Angestellten angewiesen. Denn mehr bin ich ja in deinen Augen nicht, stimmt's? Ich bin bloß ein Niemand.«

»Nein, Cal, so habe ich das doch nicht gemeint. Hast du denn meine Nachrichten nicht bekommen?«

»Wir sehen uns, Flick.«

Am liebsten wäre ich ihm nachgelaufen, als er den Rückzug antrat, aber ich wusste nicht, was ich noch sagen sollte.

Ich hatte mich so darauf konzentriert, Mum wegen des Weihnachtsballs umzustimmen, dass ich das Versprechen, das ich Cal gegeben hatte, total vergessen hatte. Da hatte er seine wertvolle Zeit geopfert, nur um mir zu helfen, damit ich meinen Willen bekam, und jetzt bekam er rein gar nichts von mir zurück.

»Oje, oje.«

Die höhnische Stimme, die hinter mir erklang, jagte mir einen Schauer über den Rücken. Ich drehte mich zu Ella um und sah sie herausfordernd an.

»Was willst du, Ella?«, fragte ich, völlig entkräftet von meinem Gespräch mit Cal. Ich war so gar nicht in der Stimmung für weitere Auseinandersetzungen.

»Ich habe dich durchschaut, Flick Royal«, sagte sie, und ein schmallippiges Lächeln stahl sich auf ihre Züge. Stille schien sich über die Cafeteria zu senken, sämtliche Augen richteten sich erwartungsvoll auf uns. Ich warf einen verstohlenen Blick zu Olly, der sich besorgt erhob, als er merkte, was sich hier abspielte.

»Ella, ich habe keinen Schimmer, wovon du da redest«, entgegnete ich leise.

»Ach nein? Miss Hochnäsig Felicity Royal, Freundin aller Promis. Ich weiß, wer du in Wirklichkeit bist, du bist eine Hochstaplerin.« Sie deutete anklagend mit ihrem knochigen, manikürten Finger auf mich. Schockiert schnappten die Mädchen, die sich als Unterstützung um sie geschart hatten, nach Luft.

»Wovon sprichst du?«

»Ich bin mir sicher, die Presse wäre VÖLLIG aus dem Häuschen, wenn sie den wahren Grund erfahren würde, aus dem du dich mit Skylar Chase abgegeben hast.« Sie lachte hämisch. »Du wolltest für diesen Loser von einem Freund, diesen Cal, ein Interview organisieren. Nicht einmal das hast du hinbekommen!«

»Ich habe doch nicht deswegen meine Zeit mit Sky verbracht!«, protestierte ich. »Ich wollte bloß –«

»Du hast kein Interview mit ihr bekommen, weil sie nie jemandem einen solchen Gefallen tun würde, der sie im Hotelrestaurant *bedient*. Du tust so, als wärt ihr beste Freundinnen, dabei gab es noch nicht einmal Fotos von euch beiden auf dieser Party. Und Ethan Duke hat dich noch kein EINZIGES Mal erwähnt auf seinem Videoblog. Die grausame Wahrheit ist, du benimmst dich, als wärst du die wichtigste Person auf Gottes Erden, dabei hast du überhaupt keine Freunde.«

Sie schloss ihren Vortrag mit einem überheblichen Grinsen, während gleichzeitig ein lautes Geflüster durch die Cafeteria ging. Ich hatte noch nie in der Schule geheult – dazu hatte es nie einen Grund gegeben –, aber jetzt, da mich alle anstarrten, brannten mir Tränen in den Augen. Ella hatte recht. Sie selbst hatte mich fallen lassen, Cal verachtete mich, und Sky war in einem anderen Land. Ich hatte echt keine Freunde mehr. Na ja, ich hatte Grace, aber wer konnte schon so genau sagen, wie lange das noch hielt? Wahrscheinlich würde sie irgendwann die Schnauze voll haben von mir wie alle anderen auch. Ich ballte die Hände zu Fäusten und kämpfte gegen den sich anbahnenden Heulkrampf an. Auf keinen Fall wollte ich vor der versammelten Schule Tränen vergießen. Ich sah, wie Olly den Mund aufmachte, um etwas zu sagen, was Panik in mir auslöste – Ellas Hass auf mich würde sicher noch größer werden, wenn ihr Exfreund sich auf meine Seite schlug.

Aber ich hätte mir gar keine Sorgen zu machen brauchen.

Weil die Stimme, die als Nächstes laut und deutlich durch die Cafeteria schallte, nicht Ollys war. Es war die von seiner Schwester.

»Lass sie in Ruhe, Ella.« Auf einmal stand Grace mit knallroten Bäckchen neben mir. Alle im Raum Anwesenden schnappten gleichzeitig nach Luft. Es war wie in einer Seifenoper, bloß live. Im ersten Moment wich Ella tatsächlich ein Stück zurück, doch als sie erkannte, wer es wagte, so mit ihr zu reden, entspannte sie sich, und das übliche verächtliche Grinsen trat wieder auf ihre Züge. »Setz dich wieder hin, Grace. Das hier hat nichts mit dir zu tun.«

»Oh doch. Flick ist meine Freundin.«

Ella stemmte mit amüsierter Miene die Hände in die Hüften und warf ihrer Mädchenclique einen Blick über die Schulter zu, um ihre Belustigung mit ihnen zu teilen. Sie allerdings schienen sich nicht ganz so wohl zu fühlen mit der Situation wie ihre Anführerin.

»Ich meine es ernst«, piepste Grace.

»Grace«, zischte Ella, plötzlich wütend. »Was hast du vor?«

»Ich sage, lass sie in Ruhe«, erklärte Grace entschlossen. Sie sprach laut genug, damit das völlig gebannte Publikum sie gut hören konnte. »Sie ist meine Freundin. Also wie ich schon sagte, lass sie in Ruhe.«

»Grace, diese Sache geht dich rein gar nichts an«, warnte Ella sie und verdrehte die Augen. »Es geht allein um Flick und dass sie –«

»Weißt du was, Ella?«, fiel Grace ihr barsch ins Wort und hielt abwehrend die Hand hoch. »Es interessiert doch keinen, was du zu sagen hast.«

Wieder wurde entsetzt nach Luft geschnappt. Mir klappte die Kinnlade hinunter, während ich sie fassungslos anstarrte. So entschlossen hatte ich sie noch nie erlebt. Wer war dieses Mädchen, und was war aus der schüchternen Grace geworden? Es war nicht zu übersehen, dass Ella die gleichen Gedanken hatte.

»Wie kannst du es wagen!«, fauchte sie wutentbrannt.

»Grace«, raunte ich ihr aus dem Mundwinkel zu, während Ella die Zornesröte übers Gesicht kroch. »Du musst das nicht tun. Ich komme schon allein damit kl–«

»Ich weiß. Aber ich möchte es.« Sie richtete das Wort wieder an Ella. »Ich finde es cool, dass Flick im Hotel mithilft, statt so zu tun, als würde es ihr gehören – was sogar stimmt, falls es dir entfallen sein sollte.«

»Na ja, eigentlich gehört es ja meiner Mum …«

»Jetzt nicht, Flick. Ella, du bist doch bloß eifersüchtig auf Flick, aus diversen Gründen«, merkte sie an und warf Ella einen wissenden Blick zu, in deren Augen jetzt purer Hass aufblitzte. Oder war es Angst?

»Ich bin *nicht* eifersüchtig auf sie«, spie Ella aus.

Grace achtete nicht auf sie. »Also, wenn du dann fertig bist, kannst du ja gehen.«

Ella schnaubte wütend, doch Grace reckte trotzig ihr Kinn.

»Es sei denn«, fuhr Grace ungerührt fort, jetzt mit etwas leiserer Stimme, »du möchtest, dass ich weitermache. Weil ich nämlich noch ein paar pikante Geschichten aus der Zeit auf Lager habe, als du mit meinem Bruder zusammen warst …«

Es war fast so, als hätte man Ella geohrfeigt. Nervös blickte sie sich um auf der Suche nach jemandem, der ihr beisprang und sie verteidigte, aber ihre Freundinnen weigerten sich, sie anzusehen. Natürlich wussten sie, dass Ella auf der Verliererseite stand, sie waren ja nicht ganz blöd. Ella stieß ein leises Schluchzen aus und schob sich an uns vorbei. Dann rannte sie zur Cafeteria hinaus und versteckte sich auf der Toilette. Keiner lief ihr nach. Alle im Raum brachen in tosenden Applaus aus, und Grace atmete erleichtert auf.

»Das hat gutgetan.« Sie grinste und hakte sich bei mir unter. »Na, willst du dich zu mir setzen?«

»Weißt du was?« Bedächtig nickte ich mit dem Kopf. »Das will ich wirklich.«

So, so, wie ich hörte, warst du das.

Oh nein, was ist denn jetzt wieder?

Na, der Wutausbruch meiner kleinen Schwester. Sie meinte, das hätten wir allein dir zu verdanken.

Ich wünschte, ich könnte das Lob annehmen, aber das geht nicht. Sie war einfach umwerfend. Ich schulde ihr was.

Tja, ich wollte dir jedenfalls danken.

Wofür denn?

Na, dass du ihr Selbstvertrauen gestärkt hast. Was auch immer du am Wochenende zu ihr gesagt hast, es hat etwas bewirkt. Meine Eltern und ich versuchen seit Jahren, sie zu ermutigen, ein bisschen mehr an sich selbst zu glauben. Ich fand es schrecklich, dass sie sich mit Ella abgegeben hat. Na ja, nachdem mir klar war, wie Ella so ist.

Kann ich mir vorstellen. Ich wollte mich übrigens auch bei dir bedanken. Für deine nette Nachricht neulich vor Skys Party.

Gern geschehen. Also ... sehen wir uns morgen Mittag?

Darauf kannst du wetten. Es ist schön, wenn man nicht allein sitzen muss. Die ganzen Bücher fand ich extrem langweilig.

Schön zu hören. Ach ja, Flick?

Jahaaaaa?

Bitte versuch keine weiteren Aufstände mehr anzuzetteln, okay? So unterhaltsam das ist, wir haben gerade mal Montag x

Ich kann nichts versprechen x

KAPITEL 22

Jemand klopfte an meine Zimmertür.

»Immer herein.«

Als ich von meinen Hausaufgaben aufsah, lehnte Mum im Türrahmen.

»Lernst du schon wieder?« Sie deutete mit dem Kinn auf die Bücher, die sich auf meinem Schreibtisch stapelten.

Sie hatte allen Grund dazu, überrascht zu sein, schließlich war heute Samstag, und außerdem waren es genau noch zwei Tage bis zu den Ferien und eine Woche bis zum Weihnachtsball. Wir bekamen kaum mehr Hausaufgaben auf, und in den Unterrichtsstunden sahen wir uns hauptsächlich Weihnachtsfilme an oder arbeiteten in Gruppen an irgendwelchen sinnlosen Projekten. Wenn man bedachte, dass ich die Hausaufgaben nie besonders ernst genommen hatte, musste es Mum tatsächlich eigenartig vorkommen, dass ich sie auf einmal so gewissenhaft erledigte. Vor allem, wenn ich dieses Mal sogar eine gute Entschuldigung gehabt hätte, sie überhaupt nicht zu erledigen. Außerdem war mir die Zeit kurz vor dem Weihnachtsball schon immer die liebste, normalerweise schleifte ich dann Ella oder sonst wen, der gerade Zeit hatte, in hundert verschiedene Läden, und dann brachte ich den ganzen Tag damit zu, mich in unterschiedlichen Ballkleidern zu präsentieren und die neidvollen Blicke meiner Begleitung zu genießen. Und vielleicht noch zu überlegen, welche Schuhe zu welchem Kleid passen würden.

Dieses Jahr aber war alles anders. Ella redete immer noch keinen Ton mit mir. Das war mir mittlerweile egal, weil mit ihr im Grunde auch keiner mehr reden wollte. Ohne ihr anstrengendes Gehabe lief alles viel entspannter. Sie hatte immer noch ein paar treue Anhängerinnen, die ihr auf Schritt und Tritt folgten. Doch seit ihrer öffentlichen Bloßstellung durch Grace hatte sich Ella weitestgehend zurückgehalten und uns wie die Pest gemieden. Ach ja, und wie Olly witzigerweise anmerkte, als ich bei ihm und Grace zu Besuch war, weil wir uns einen Film ansehen wollten, schien sie in der Schule auch nicht mehr ganz so hochmütig durch die Flure zu stolzieren.

»Du aber auch«, schob er noch hinterher, als ich über seine Bemerkung lachte.

»Hä?«

»Du stolzierst auch weniger als früher.«

»Ich bin nie stolziert!«

»Oh doch.« Er stieß ein Lachen aus. »Und wie du stolziert bist.«

»Bin ich nicht!«

»In dem Punkt, muss ich sagen, bin ich ganz auf Ollys Seite. Du bist echt immer ziemlich arrogant herumstolziert«, gab nun auch Liam seinen Senf dazu und hustete ein Popcorn aus, an dem er sich verschluckt hatte.

»Grace, sag doch auch mal was!«

Meine beste Freundin zögerte verlegen. »Tja, ich würde sagen, ein kleines bisschen stolziert bist du schon …«

Ich fiel aus allen Wolken. »Ich glaub's ja nicht! Brutalo, auch du?«

Die anderen prusteten los vor Lachen, und Liam verschluckte sich wieder an einem Popcorn.

»Was ist denn daran so komisch?«, fragte ich, völlig entgeistert.

»Weil du das komplett falsch verstanden hast«, lachte Olly und klopfte Liam auf den Rücken. »Es heißt ›Brutus, auch du‹.«

»Wie auch immer, ist doch egal.« Ich schnappte Liam die Schüssel mit dem Popcorn weg. »Ich bin nie stolziert.«

»Wie du meinst, Shakespeare.« Olly grinste und griff sich eine Handvoll Popcorn, ehe er an der Fernbedienung auf Start drückte.

Ella vermisste ich kein bisschen, aber diese andere Person, die nach wie vor kein Wort mit mir wechseln wollte, fehlte mir dafür umso mehr. Da Cal älter war als ich, hatten wir keinen Unterricht zusammen, und in den Pausen blieb er meistens für sich. Eines Nachmittags nach der Schule, als ich für Mum ein paar Unterlagen zu Audrey ins Büro bringen sollte, stand Cal gegen den Rezeptionstresen gelehnt da und las. Ich nahm an, dass er auf seinen Dad wartete. Ich schnappte nervös nach Luft und steuerte auf ihn zu.

»Hey.«

»Hey.« Er sah ganz kurz auf und schaute dann wieder in sein Buch.

Oh, oh. Ich hatte mir gar nicht überlegt, was ich außer »hey« noch sagen sollte. Eigentlich hatte ich keinen blassen Schimmer, wie ich weitermachen sollte. Warum hatte ich mir das nicht vorher überlegt?

»Wusstest du, dass Schmetterlinge mit den Füßen schmecken?«

Okay, nicht gerade der beste Gesprächseinstieg, aber ich beschloss, mich nicht beirren zu lassen.

»Klar, wusste ich.«

»Aha. Gut. Total interessant, nicht wahr? Ich habe mir erst kürzlich ein paar Wiederholungen von *Planet Erde* angesehen.«

Darauf antwortete er nichts, deshalb beschloss ich, es besser bleiben zu lassen. Fakten über Schmetterlinge? Hallo? Was Besseres fiel mir nicht ein? Ich drehte mich um und ärgerte mich im Stillen über mich selbst, als er plötzlich doch etwas sagte.

»Ich hab das mit Grace gehört. Dass sie Ella vor allen zur Schnecke gemacht hat.«

»Ach ja, das war ziemlich cool.«

»Und ganz schön mutig. Anscheinend färbst du mit deiner Hitzköpfigkeit auf sie ab.«

»Ich nehme das mal als Kompliment.«

»Wie du meinst.«

Zögernd sah ich zu, wie er eine Seite in seinem Buch umblätterte. »Weißt du, Cal, es tut mir ehrlich leid. Das, was ich auf der Party gesagt habe.«

»Schon gut«, entgegnete er, ohne den Blick von seinem Buch zu lösen. »Ich hab's kapiert.«

»Was kapiert?«

»Dass du diesen ... wie auch immer er heißt beeindrucken wolltest. Diesen Videoblogger.«

»Ich wollte ihn nicht beeindrucken«, protestierte ich. »Ich wollte bloß ...«

»Ich verstehe gar nicht, was du an dem so toll findest«, schnaubte Cal verächtlich und blätterte wieder um.

Okay, kein Mensch konnte so schnell lesen, nicht einmal ein Streber wie Cal. Der blätterte doch bloß um, damit ich dachte, ihm wäre das alles egal. Und weil er mich ärgern wollte. Aber das konnte er vergessen. Das klappte nicht, nicht die Bohne.

»Hörst du jetzt bitte auf damit, ständig Seiten umzublättern? Das nervt!«

(Na gut, ein bisschen funktionierte es vielleicht doch.)

»Es nervt dich, dass ich die Seiten umblättere?« Endlich sah Cal zu mir auf und musterte mich amüsiert. Oh Mann, er war echt ... Urgh!

»Hör zu, ich *finde* Ethan Duke nicht *toll*. Ich mag ihn, ja. Er ist sehr nett und macht tolle Sachen. Und du weißt gar nicht, was für ein Mensch er ist.«

»Ich weiß jedenfalls, dass er sich mehr für sein Aussehen interessiert als für irgendetwas sonst.«

»Das ist nicht wahr! Wenn du dich mal mit ihm unterhalten würdest –«

»Ich muss mich gar nicht mit ihm unterhalten, dazu muss ich mir nur seine Videos ansehen.«

»*Du* hast dir den Videoblog von Ethan Duke angeguckt?« Ich musste zugeben, das verblüffte mich nun doch. Cal gehörte eigentlich nicht zu der Sorte Mensch, die sich Videoblogs ansieht.

»Ich habe mir neulich ein paar Folgen angeschaut«, wiegelte er ab und trat nervös von einem Fuß auf den anderen. »Hat er auf der Party überhaupt richtig mit dir geredet?«

»Ja klar!«, log ich. »Wir hatten ganz viele tiefsinnige und bedeutungsvolle Gespräche! Über ... alles Mögliche.«

»Sicher.« Cal ließ sein Buch zuschnappen. »Wenn du meinen Dad zufällig siehst, sag ihm bitte, dass ich draußen auf ihn warte.«

Nach dieser Begegnung fragte ich mich ernsthaft, warum ich ihn vermisst hatte.

Er war so ein Angeber und Wichtigtuer. OH MANN! Er machte mich einfach so wütend!

Auf seinem hohen Ross, als ob er irgendein weiser alter Mann aus einem lahmen Märchen wäre, der hinter jeder Ecke darauf wartete, dir zu erklären, wie du was zu machen hast, nur damit du dich wegen jeder Kleinigkeit schuldig fühlst.

Ich beschloss, ihm im Hotel so weit wie möglich aus dem Weg zu gehen, deshalb verbrachte ich den Großteil meiner Zeit mit Fritz in unserer Wohnung und versuchte, mich mit anderen Dingen zu beschäftigen. Und so kam es auch, dass Mum mich am Samstagmorgen mit den Hausaufgaben vorfand.

»Weißt du was«, sagte ich und hielt *Herr der Fliegen* hoch, während sie immer noch im Türrahmen lehnte. »Das Buch hier ist echt gut.«

»Ich bin mir sicher, William Golding wäre dir sehr dankbar für deine positive Meinung.«

»Ich meine das ernst. Gerade schreibe ich meinen Aufsatz darüber noch einmal um.«

Mum warf mir einen verwunderten Blick zu. »Freiwillig?«

»In gewisser Weise schon. Ich habe auf den letzten Aufsatz leider eine Fünf bekommen, aber da hatte ich das Buch auch noch nicht gelesen. Miss Weatherton meinte, wenn ich es noch einmal versuchen wollte, würde sie mir eine neue Note geben. Aber ich muss den Aufsatz noch vor den Ferien abgeben.«

»Woher der plötzliche Fleiß?« Mum kam herein und setzte sich aufs Bett. Sofort wirbelte ich auf meinem Stuhl herum, um ihr ins Gesicht zu sehen.

»Ach, einfach so.« Ich zuckte mit der Schulter. »Olly hat kürzlich von *Herr der Fliegen* gesprochen, er meinte, dass –«

»Olly?«, fiel sie mir ins Wort.

»Der Bruder von Grace.«

»Ach so.«

»Er hat mir empfohlen, dem Buch eine Chance zu geben und es zu lesen. Er und Grace sind ganz verrückt nach Büchern und Musik und solchen Sachen. Sie sind beide superschlau. Meistens verstehe ich gar nicht, worüber sie sich unterhalten, deshalb wäre es schön, wenn ich ausnahmsweise einmal mitreden könnte.«

Sie nickte zustimmend. »Tja, dann richte ihm bitte meinen besten Dank aus. Und, denkst du, du könntest dir ein paar Stunden Pause gönnen?«

»Warum denn?«

»Ich bräuchte deine Hilfe bei einer Sache.« Sie warf einen Blick auf ihre Armbanduhr. »Du müsstest aber in fünf Minuten startklar sein. Ich werde Jamie bitten, sich heute um Fritz zu kümmern. Wir haben eine Besorgung zu machen.«

Nicht lange, und wir schlenderten zusammen die Bond Street entlang. Mum erzählte gerade, wie sie einmal vor dem Problem stand, dass zwei hoch angesehene Gäste nach demselben Zimmer verlangten. »Das Entscheidende ist, dass man jedem Gast das Gefühl gibt, besonders zu sein. Der Aufenthalt im Hotel Royal sollte zu einer persönlichen Erfahrung werden. So wie bei dir und Skylar Chase. Du hast ihr das Gefühl vermittelt, der wichtigste Gast im ganzen Hotel zu sein.«

»Na, sie war ja wohl auch der wichtigste Gast im ganzen Hotel, oder?«

»Nein. *Jeder* Gast ist der wichtigste. Kannst du das nachvollziehen?«

»Ich glaube schon.«

Mitten auf dem Gehsteig blieb sie stehen und sah mit ernster Miene zu mir herab.

»Flick, weißt du eigentlich, warum der Weihnachtsball für mich so wichtig ist?«

»Klar! Weil er das größte und wichtigste gesellschaftliche Ereignis des Jahres für uns ist«, antwortete ich voller Überzeugung.

»Tja, das ist natürlich richtig, aber das ist nicht der Grund, warum er mir persönlich so viel bedeutet.«

»Hm, liegt es vielleicht daran, dass du Kians weihnachtliches Schokomousse so liebst?«

»Auch ein Punkt, der zutrifft, aber ebenfalls nicht ganz richtig.« Sie lächelte. »Der eigentliche Grund ist: Er ist mir wichtig, weil er *dir* so viel bedeutet.«

Mit ausdrucksloser Miene starrte ich sie an.

»Als dein Vater und ich uns vor all diesen Jahren trennten, das war in etwa um diese Zeit, da hatte ich schreckliche Angst, dass du Weihnachten hassen würdest. Ist dir eigentlich je aufgefallen, dass der erste Weihnachtsball im Hotel Royal im selben Jahr stattfand?«

Wie benommen schüttelte ich den Kopf.

»Matthew und ich kamen auf die Idee, uns ein möglichst magisches Weihnachtsevent auszudenken, damit du den Abend in vollen Zügen genießen kannst. Und das hast du. Seitdem ist das für dich der Höhepunkt des Jahres, ist doch so, oder? Denn den Weihnachtsball im Hotel Royal veranstalten wir nur für dich. So war es schon immer, von Beginn an.«

Ich konnte nicht glauben, was ich da hörte. Dass sie und Matthew von Anfang an gemeinsame Sache gemacht hatten, nur um *mir* eine Freude zu machen, das machte mich echt sprachlos. Das war ja so was von *lieb* von ihnen. Ich war völlig überwältigt, mir schossen vor Rührung die Tränen in die Augen.

Ja, voll peinlich, schon klar, aber das war für uns beide ein ganz besonderer Moment.

»Mum«, hauchte ich, »ich hatte ja keine Ahnung.«

Lächelnd sah sie mich an.

»Tja, du hast dich in letzter Zeit wirklich vorbildlich verhalten, und letzten Endes ist es ja *deine* Party …« Bei diesen Worten drehte sie sich um und deutete auf den Schriftzug über dem Geschäft, vor dem wir jetzt standen: Lewis Blume. »Ich finde, da sollten wir dir ein ganz besonders hübsches Kleid aussuchen.«

War schön, dich auf Skys Party zu sehen. Wo sollen wir uns vor dem Ball denn treffen?

Hey, Ethan! Hat mich auch gefreut. Matthew zeigt dir, wo es langgeht, keine Sorge. Bist du schon aufgeregt?

Klar, das wird superlustig!

Er hat mich gar nichts gefragt.

Wer??

Ethan. Er hat mir eine Nachricht geschickt, und ich habe ihn was gefragt, und darauf hat er geantwortet.

Und? Ist das nicht gut?

Nein. Er hätte mir eigentlich auch eine Frage stellen müssen, auf die ich antworten kann. Jetzt kann ich ihm nicht weiterschreiben.

Warum stellst du ihm nicht noch eine Frage?

Grace, das geht nicht!

Okay, da komme ich nicht mehr mit. Soll ich Olly fragen?

NEIN, OH MEIN GOTT, BITTE FRAG NICHT DEINEN BRUDER, HÖR AUF, IHM FRAGEN ZU STELLEN!

Wow, ist ja gut, dann frage ich ihn eben nicht! Ich fasse es nicht, dass du mit Ethan Duke zum Weihnachtsball gehst. Das ist doch der Knaller, ein Traum!

Ach ja, der Ball … ich muss dich was fragen!

Möchtest du, dass ich auf Fritz aufpasse?

Nein, ich wollte dich fragen,
ob du kommen kannst?
Du bist herzlich eingeladen.

Grace?? Bist du noch da?

Sorry. Bin total geschockt. Hast du mich
gerade ernsthaft gefragt, ob ich zum
Weihnachtsball im Hotel Royal kommen will?

Ja, hab ich. Und? Kommst du?

OHMEINGOTTOHMEINGOTT! JAJAJAJAJA!

Ha, ha! Gut! Du kannst auch gerne
jemanden mitbringen, wenn du möchtest.

WIE UNGLAUBLICH IST DAS DENN!!

Ich melde mich morgen wieder.

DAS IST DER WAHNSINN! ICH FASSE ES NICHT!

Gute Nacht, Grace xxx

ICH LIEGE SCHON WIEDER FLACH AUF DEM BODEN.

KAPITEL 23

Am Tag vor dem Ball rutschte ich auf dem Geländer der Haupttreppe hinunter und dachte mir nichts Schlimmes, als ich am Ende direkt Cal Weston in die Arme flog. Wir landeten am Boden, zu Füßen des Londoner Bürgermeisters, der mir freundlicherweise aufhalf.

»Freut mich auch, dich zu sehen«, grummelte Cal, der sich mühsam aufrappelte, während Audrey den Bürgermeister ins Restaurant hineineskortierte. Bevor sie ging, warf sie mir einen bösen Blick über die Schulter zu.

»Du solltest etwas langsamer um die Ecken biegen.«

»Und du solltest nicht das Geländer herunterrutschen.«

Verlegen zupfte ich mir Teppichflusen vom Pullover, und er bückte sich, um eine Mappe aufzusammeln, die er hatte fallen lassen. Seit unserem Seiten-umblätter-Gespräch hatten wir nicht mehr miteinander geredet. In letzter Zeit hatte er sich überhaupt ziemlich rar gemacht im Hotel. Im Grunde hatte ich ihn in dem vorweihnachtlichen Chaos kaum zu Gesicht bekommen.

Das Hotel hatte sich nun ganz offiziell in ein Winter-Wunderland verwandelt, der Baum stand, und wohin man nur schaute, alles war festlich dekoriert. Mum hatte sich sogar extra einen Abend freigenommen, um zusammen mit mir unsere Wohnung zu schmücken. Das hatte es schon seit Jahren nicht mehr gegeben. Sicher, unsere Lichterketten waren nicht ganz so schön und elegant wie die vom Hotel, aber wenn es nach mir ging, konnte man nie zu viele davon haben. Ich war mir bloß nicht ganz sicher, ob Fritz das auch so sah. Als ich die Beleuchtung einschaltete, bekam er einen solchen Schreck, dass er wie wild kläffte, und jetzt saß er schon seit Stunden vor dem Kamin und beäugte misstrauisch die Drähte, die sich am Sims entlangschlängelten. Bis ich sie wieder einschaltete, dann fing das Bellen von Neuem an. Zum Wohle seiner (und Mums) seelischer Gesundheit hielt ich ihn deswegen neuerdings lieber von der Wohnung fern. Am liebsten saß er bei Matthew an der Rezeption und begrüßte in seinem Wichtelkostüm die Gäste. Das kam sehr gut an. Ein Foto von Fritz auf Instagram, auf dem er mit Prinz Harry in seinem Wichtel-Outfit posierte, bekam ganze 47.000 Likes.

Seitdem führte Fritz sich auf wie eine richtige Diva. Er rümpfte sein Schnäuzchen, wenn ich ihm einen Chip anbot, und später an dem Tag ertappte ich ihn dann dabei, wie er sich unten im Küchenbereich einen ganzen Teller Lachs einverleibte, den Sasha eigens für ihn zubereitet hatte.

»Ach, nach dir habe ich übrigens gesucht«, gab Cal zu, als ich damit fertig war, meine Kleider nach dem Sturz wieder zu ordnen. »Ich hätte zwar nicht erwartet, dass du dich gleich so an mich ranschmeißt, aber ...«

Genervt verdrehte ich die Augen. »Ich habe mich nicht an dich rangeschmissen! Du warst mir im Weg.«

»Ich wollte dir sagen, dass ich Zweiter geworden bin. Beim Schreibwettbewerb.«

»Das ist ... wunderbar!«

»Ich war völlig von den Socken. Weil ich nie gedacht hätte, dass ich damit so weit komme.«

»Cal, das ist toll! Warum hat Matthew mir denn nichts davon erzählt? Das ist unglaublich!«

Verlegen guckte er runter auf seine Füße. »Ich habe ihn gebeten, es nicht zu tun.«

»Oh.« Ich nickte. Jetzt linste ich ebenfalls runter auf meine Zehen. »Verstehe.«

»Die Preisverleihung findet morgen Abend statt. Ich soll meine Auszeichnung von Nicholas Huntley entgegennehmen.«

»Wow, das ist bestimmt der Hammer für dich, wo du ihn doch so toll findest.«

»Klar, und wie.« Er grinste. »Wobei es mir schon leidtut, dass ich den Ball verpasse.«

»Der Ball! Stimmt! Der ist ja auch morgen.«

»Ich werde versuchen, pünktlich zum Feuerwerk zurück zu sein. Das ist sowieso immer der beste Teil.«

»Das stimmt.«

»Weißt du noch, wie wir immer rauf sind auf –«

»Ja, das war super.«

Er hielt mir die schmale Plastikmappe hin.

»Was ist das?«, erkundigte ich mich, während ich sie entgegennahm.

»Das ist mein Beitrag. Den ich beim Wettbewerb eingereicht habe. Ich hätte gern, dass du ihn liest.«

»Dein Ernst? Worum geht es denn?«

»Lies ihn einfach, dann siehst du's schon. Ich denke, er wird dir gefallen.«

»Vielen Dank.«

»Gern geschehen.« Verlegen vergrub er seine Hände in den Hosentaschen.

»Cal.« Ich wartete, bis er meinem Blick begegnete. »Ähm … mir tut nicht nur das leid, was ich auf der Party zu Ethan Duke gesagt habe. Mir tut auch leid, dass ich völlig fixiert darauf war, zum Ball zu gehen, und deswegen ganz vergessen habe …

na ja, das mit dem Wettbewerb. Und dem Artikel. Auch wenn es so aussieht, als hättest du meine Hilfe letzten Endes gar nicht nötig gehabt, das ist … gut.«

»Danke.« Er nickte und deutete zum Ausgang. »Ich muss weiter. Viel Spaß auf dem Ball.«

Ich sah zu, wie er verschwand, dann zog ich den Artikel aus der Mappe.

Willkommen im Hotel Royal

Hinter den Kulissen von Londons berühmtestem Hotel

Von Cal Weston

Am selben Abend traf ich mich mit Sky oben an der Treppe im ersten Stock. Ich schnappte hörbar nach Luft, als ich sie erblickte, so wunderschön sah sie aus. Sie trug ein trägerloses, hautenges Kleid in Gold, dazu lange Diamantohrringe und eine diamantbesetzte Clutch. Ihre dunklen Locken hatte sie auf eine Seite gekämmt und festgesteckt, sodass sie ihr in wunderschönen Wellen über die linke Schulter fielen. Ihre Augen hatte sie im Smokey-Eye-Look geschminkt, mit dickem schwarzem Eyeliner und langen vollen Wimpern.

»Du siehst umwerfend aus«, verkündete sie bewundernd, während sie meine Hände festhielt und mich von Kopf bis Fuß musterte. »Lewis hat es wieder einmal geschafft.«

Ich musste zugeben, dass Lewis Blume einen echt guten Job gemacht hatte. Das ganze Maßnehmen und die vielen Male, die er mich mit der Nadel gepikst hatte bei meinen Ausflügen mit Mum, waren die Sache absolut wert gewesen. Mein Kleid war smaragdgrün mit hochgeschlossenem Kragen und weitem Rock, sodass es sich raschelnd um mich bauschte, wenn ich mich im Kreis drehte, genau wie ich es mir gewünscht hatte. Es war das schönste Kleid, das ich je getragen hatte, und als Mum mich das erste Mal darin sah, füllten sich ihre Augen mit Tränen, was sonst NIE vorkam. Sie entschuldigte sich mit der Ausrede, sie müsse Fritz' Weihnachtsmannmütze suchen gehen, nur damit sie das Zimmer verlassen konnte. Meine Haare hatte ich zu Locken gedreht und hochgesteckt, nur ein paar lose Strähnen umspielten locker mein Gesicht. Ich sah viel erwachsener aus, als ich mich fühlte. Die Vorstellung, dieses Jahr zum Weihnachtsball ein Date zu haben, zumal es sich um einen so attraktiven Jungen handelte, brachte mich ins Schwitzen, ich hatte dauernd feuchte Hände, so nervös war ich.

Ich musste mir unbedingt einen Mini-Ventilator zulegen.

»Ach, übrigens«, merkte Sky an, während eine ihrer Assistentinnen sich am Saum ihres Kleides zu schaffen machte. »Ich habe den Artikel gelesen. Er ist wunderbar.«

Ich hatte Cals Wettbewerbsbeitrag am Vorabend auf Skys Bett gelegt, damit sie ihn gleich lesen konnte, sobald sie eintraf. Ich hatte gewusst, dass sie spät ankommen würde und ich Mum helfen müsste, deswegen war klar, dass ich mich nicht mehr mit ihr darüber würde unterhalten können.

»Er hat die Atmosphäre hier im Hotel sehr treffend eingefangen. Und die Geschichte des Hauses und die vielen Interviews mit den Angestellten! Das war ja so was von spannend!«, rief sie begeistert. »Ach ja, und am Ende wirst du sogar namentlich erwähnt.« Ich errötete bis in die Haarspitzen, als ich mich jetzt an den Satz erinnerte, auf den sie anspielte. Ich hatte ihn unzählige Male gelesen, sodass ich ihn schon auswendig kannte.

Das Personal verrichtet die schwere Arbeit mit Leidenschaft und Stolz. Die Eigentümerin, Christine Royal, ist der Kopf des Unternehmens. Und das Herz des Ganzen bildet ihre Tochter Flick – sie sorgt für die dazugehörige Prise Humor und erinnert uns alle daran, wofür das Hotel Royal wirklich steht. Für ein Zuhause. Und bekanntlich ist es dort am schönsten.

»Okay, ich bin fertig, Sie können los«, teilte Skys Assistentin ihr mit und richtete sich wieder auf.

»Noch eine kurze Frage«, wandte Sky sich an mich und drückte meine Hand. »Ich glaube, du sagtest etwas davon, eure Abmachung wäre gewesen, dass er einen Artikel über mich schreibt, wenn er dir im Hotel hilft?«

»Ja, stimmt.«

»Findest du es nicht eigenartig, dass er sich auf einen solchen Deal eingelassen hat?«

»Wie meinst du das? Es war ein ganz ausgezeichneter Deal.«

Sie machte ein verdutztes Gesicht. »Aber du hast mir doch erzählt, Audrey hätte gesagt, sie hätte allein deshalb vorgeschlagen, dass Cal dir alles über das Hotel beibringen könne, weil sie wusste, dass er schon alle für seinen Artikel interviewt hatte. Aus diesem Grund wusste er auch so viel über die anderen Mitarbeiter.«

»Und?«

»Warum geht er dann einen Deal ein, um ein Interview mit mir zu bekommen? Er hat es doch gar nicht gebraucht. Er hatte seinen Beitrag für den Wettbewerb doch längst fertig. Warum also opfert er seine Zeit, um dir zu helfen, für etwas, das er eigentlich gar nicht nötig hatte?«

Ihre Assistentin ließ ein Hüsteln vernehmen. »Sorry, Sky, aber Prinz Gustav Xavier III. wartet.«

»Moment. WAS?« Fassungslos blinzelte ich Sky an. »PRINZ GUSTAV IST DEIN DATE?«

»Hach, er ist ja so was von romantisch«, schwärmte Sky, während ihre Assistentin ein letztes Mal ihr Kleid überprüfte.

»Aber ... ist er nicht ein bisschen ... ich weiß auch nicht ...« Ich suchte nach der richtigen Formulierung, fand aber nichts Passendes. »Ich meine, bis vor wenigen Wochen hatte er noch nicht einmal einen eigenen Instagram-Account. Und ... er wusste nicht, wie man ein Selfie macht! Hallo? Jeder weiß, wie man ein Selfie macht, oder?«

»Das ist doch total süß, findest du nicht?« Sie seufzte verzückt. »Solche Dinge interessieren ihn einfach nicht. Das ist so herrlich erfrischend. Mein letzter Freund hat dauernd Fotos gemacht, egal, was wir gemacht haben. Prinz Gustav dagegen hört richtig zu, wenn man etwas sagt, weil er nicht gerade damit beschäftigt ist, den passenden Filter zu wählen.«

»Gibt es für so was nicht ein Wort? Alt?«

»Er ist erst Mitte zwanzig, Flick!« Sie kicherte vergnügt. »Er hat sich bloß nie groß mit der ganzen Social-Media-Sache befasst. Aber seine Instagramseite wird immer besser.«

»Oh, na ja, wenn das so ist ...«

Sky ließ meine Hand los und zwinkerte mir zu. »Wir sehen uns unten!«

Elegant rauschte sie die Treppe hinunter, und ich linste neugierig über das Geländer. Unten an der Treppe sah ich Prinz Gustav stehen, mit einer blauen Schärpe um den Leib. Er blickte zu ihr auf, als hätte er gerade einen Sechser im Lotto gewonnen. Als er mich entdeckte, salutierte er steif. Ich winkte ihm verlegen zu und lehnte mich kopfschüttelnd zurück, weil ich ihn so ultrapeinlich fand.

DAMIT hatte ich nun gar nicht gerechnet.

Zögernd stand ich oben an der Treppe, lauschte auf die Musik, die aus dem Ballsaal kam, und dachte noch einmal über das nach, was Sky über Cal gesagt hatte. Sie hatte recht, es war eigenartig, dass er diese Vereinbarung mit mir eingegangen war, obwohl er sich doch im Grunde schon für den Artikel über das Hotel entschieden hatte. Aber vielleicht dachte er ja, das Interview mit Sky wäre noch viel besser gewesen? Oder er wollte bloß nett sein? Oder er hatte die Gelegenheit genutzt, dass er mich ausnahmsweise einmal herumkommandieren konnte?

Ich war so in Gedanken versunken, dass ich gar nicht merkte, wie Audrey sich vom Fahrstuhl heranpirschte und sich neben mir auf das Geländer stützte.

»Dein Date ist hier. Von Pünktlichkeit hält er wohl nicht viel, er kommt zehn Minuten zu spät.«

Sofort war ich hellwach und strich hastig mein Kleid glatt.

»Hör auf mit dem nervösen Gezappel, du siehst hübsch aus«, ermahnte sie mich streng.

Ich holte tief Luft, legte eine Hand auf das Geländer und hob den Saum meines Kleides mit der anderen Hand an, damit ich nicht darüber stolperte. Dann machte ich mich auf den Weg die Treppe hinunter zu Ethan Duke, der dort wartete und einfach unverschämt gut aussah. Ich konnte nicht fassen, dass er meinetwegen gekommen war.

»Hübsches Kleid«, merkte er an und streckte mir den Arm entgegen.

»Danke.« Lächelnd hakte ich mich bei ihm unter.

Sämtliche Blicke waren auf uns gerichtet, als wir durch den Bogengang den Ballsaal betraten. Wir stahlen sogar Fritz fast die Schau, der wie immer der Star des Abends war. Er saß in seinem Weihnachtsmannanzug auf einem Samtsessel gleich bei der Tür.

Der Ballsaal war in das reinste Winter-Wunderland verwandelt worden. Jedes Jahr war ich aufs Neue völlig überwältigt von der Dekoration, doch heute kam mir alles noch wunderbarer vor als sonst, weil ich jetzt genau wusste, wie viel Arbeit dahintersteckte. Jedes noch so kleine Detail war vorher geplant worden, jede Kugel und jeder Mistelzweig waren exakt an der richtigen Stelle angebracht, und ich zwang Ethan sogar, stehen zu bleiben und sich die Kristallleuchter näher anzusehen, was ich selbst zuvor noch nie gemacht hatte. Ich wusste nämlich, dass gestern Abend extra jemand auf eine lange Leiter gestiegen war, um Dutzende von roten und goldenen Schleifchen daran zu befestigen.

Der Ober Thomas reichte uns etwas zu trinken, und eine Weile unterhielten wir uns über belanglose Dinge. Doch irgendwie machte Ethan auf mich einen ruhelosen Eindruck, als wäre er mit den Gedanken woanders.

»Alles in Ordnung mit dir?«, fragte ich schließlich, weil ich es nicht länger ertrug, dass er den Raum ständig mit diesem gehetzten Blick absuchte. »Du wirkst irgendwie abgelenkt.«

»Ja, tut mir leid.« Er seufzte bedauernd. »Ich habe ein schlechtes Gewissen, weil ich dich gebeten habe, heute Abend mein Date zu sein.«

»Oh.«

»Es ist nur so, ich –«

»Schon okay. Du musst mir das nicht erklären.« Mir schoss die Röte ins Gesicht.

»Doch«, widersprach er und stellte sein Getränk auf einem der Tische ab. »Das möchte ich aber. Alle meine Bekannten hatten eine Verabredung für den Ball, und ich hatte keinen Schimmer, wen ich fragen sollte, also habe ich dich gebeten, mit mir hinzugehen, weil du so nett zu mir warst.«

»Ich weiß nicht, ob ich mich jetzt besser fühlen soll.«

»Ja, sorry, ich kann das nicht richtig erklären.« Wieder seufzte er und strich sich mit der Hand durch die Haare. »Ich glaube, es lag daran, weil du mir tatsächlich zuhörst, wenn wir uns unterhalten.«

»Tja«, ich zuckte die Achsel, »du bist immerhin Ethan Duke.«

»Du wärst überrascht, wie wenige Leute in diesem Geschäft richtig zuhören, wenn man etwas zu sagen versucht.« Abrupt richtete er sich auf, als er jemanden in den Raum kommen sah. Er merkte nicht einmal, dass er dabei sein Getränk umkippte und damit um ein Haar das Kleid der spanischen Königin nass gespritzt hätte. Ich folgte seinem Blick, und mit einem Schlag ergab alles einen Sinn. Seine desinteressierten Nachrichten, dass er mir gegenüber den »Coolen« gespielt hatte, selbst der Abend bei der Modenschau und die anschließende Fahrt nach Hause.

»Weiß er es?«, fragte ich ihn und legte Ethan eine Hand auf den Arm.

»Was?«, fragte er, völlig entgeistert.

»Jacob. Weiß er, dass du ihn magst?«

Ethan seufzte und schüttelte geknickt den Kopf. »Nein. Ich habe es ihm nie gesagt.«

Wir linsten beide hinüber zu Jacob, der mit einem Model am Arm, das mir vage bekannt vorkam, in den Saal schlenderte. Ich erinnerte mich, dass er neben Jacob gestanden hatte, als wir nach der Modenschau backstage gegangen waren.

»Sein Date war auch bei der Show von Lewis Blume«, erklärte Ethan gerade. »Als wir backstage waren. Jacob hat mir damals schon gesagt, er wolle ihn fragen, ob er mit ihm zum Ball gehen möchte. Da musste ich so schnell wie möglich weg, und wie es der Zufall wollte, musstest du auch gerade gehen. Ich bin mir so idiotisch vorgekommen. Aber du warst so nett während dieser Fahrt ... da dachte ich mir, es könnte ganz lustig sein, mit einem Freund zum Ball zu kommen, statt nur das dritte Rad am Wagen zu spielen bei Jacob und seinem Date.« Sehnsüchtig sah er hinüber zu den beiden, die in diesem Moment mit Lewis Blume plauderten. »Hast du diesen Typen gesehen? Wie soll ich gegen den eine Chance haben?«

»Ach, hast du *dich* mal angeschaut?«, gab ich in gespielter Empörung zurück. »Du siehst doch aus wie die Skulptur eines Gottes.«

Er rang sich ein zaghaftes Lächeln ab.

»Du solltest es ihm sagen«, drängte ich ihn. »Vielleicht nicht gerade heute Abend, aber möglichst bald. Woher willst du sonst wissen, dass er nicht das Gleiche für dich empfindet?«

»Dann hätte er doch längst etwas gesagt.«

»Ach was, vielleicht geht es ihm ja wie dir, am Ende denkt er das Gleiche?«, wandte ich ein.

Im selben Moment entdeckte Jacob uns und winkte uns über den Köpfen der Gäste hinweg zu.

»Los, geh hin und sag Hallo!« Ich stupste ihn mit dem Ellbogen an.

»Ja, mach ich.« Er schenkte mir ein dankbares Lächeln. »Ich bin echt froh, dass ich dich als Date habe.«

»Ich auch. Über den Videoblog reden wir später. Ich könnte mir nämlich vorstellen, über Colin Whittle zu sprechen.«

»Wer ist denn Colin Whittle?«

»Ach, das war eine extrem wichtige Persönlichkeit in der Geschichte des Hotels. Du wolltest doch gerne etwas in diese Richtung hören, oder? Hat etwas mit einem Geist und solchen Dingen zu tun ... vertrau mir, das wird deine Zuschauer von den Socken hauen.«

Er lehnte sich vor, drückte mir noch einen Kuss auf die Wange und bahnte sich seinen Weg durchs Getümmel. Während ich ihm hinterherblickte, merkte ich, wie überrascht ich war, dass ich … mich ganz okay fühlte. Eigentlich hätte ich doch stinksauer sein müssen oder zumindest aufgewühlt oder enttäuscht oder so ähnlich. Aber mir ging's ganz gut. Ich glaube, insgeheim hatte ich wohl schon geahnt, dass Ethan nicht an mir interessiert war, und irgendwann hatte ich dann selbst das Interesse verloren.

Aber seinem gemeißelten Kinn trauerte ich schon ein bisschen hinterher.

Ich spürte, wie sich eine Hand auf meine Schulter legte, und sah Grace neben mir stehen. Sie strahlte mich überglücklich an.

»Da bist du ja, du bist echt gekommen!«, kreischte ich freudig los und fiel ihr stürmisch um den Hals. Dann trat ich einen Schritt zurück, um ihr hübsches rosa Kleid zu bewundern und die zarten rosa Blüten, die sie sich in die Haare gesteckt hatte.

»Findest du es arg peinlich, dass ich bloß meinen Bruder als Begleitung mitgebracht habe?«, fragte sie verlegen und trat beiseite, um auf Olly zu deuten. Der kam mit drei Getränken in der Hand auf uns zu.

»He«, sagte er und reichte sie uns. »Wow, Flick, du siehst wunderschön aus.«

Ich war völlig verdutzt, erstens ihn hier zu sehen, zweitens, weil er mich gerade als wunderschön bezeichnet hatte, und drittens, weil er in seinem Smoking einfach umwerfend gut aussah. Leider kam mein Gehirn nicht schnell genug wieder auf Touren, um mit einer Antwort aufwarten zu können.

»Du … äh …«, stammelte ich hilflos.

Grace musste bemerkt haben, wie belämmert ich ihren Bruder anstarrte und dass ich den Mund auf- und zuklappte wie ein Goldfisch. Denn jetzt rief sie schnell dazwischen: »Mum meinte, er sieht aus wie ein junger James Bond. Aber ich muss sagen, für mich sieht er eher aus wie einer von diesen grottenschlechten Zauberern, die bei Kindergeburtstagspartys auftreten.«

»Vielen Dank, Schwesterherz. Immer zur Stelle, um mich aufzubauen.« Er rollte mit den Augen. »Wohin ist denn dein Date verschwunden, Flick?«

»Och«, setzte ich an und fand endlich meine Sprache wieder. »Er wollte jemandem Hallo sagen. Wir sind ohnehin nur gute Freunde. Und? Habt ihr beide denn Spaß?«

»Ja, es ist toll hier«, grinste Olly.

»Das ist die großartigste Party auf dem Planeten!«, schwärmte Grace. »Sieht so aus, als würde das Feuerwerk jeden Moment losgehen, oder?«

Ich schaute hinüber zu Fritz, der nun aus seinem Sessel auf ein Samtkissen gehoben wurde, ehe Jamie mit ihm zur Tür hinauseilte.

»Ja, sieht so aus«, antwortete ich mit einem wissenden Blick. »Das ist ein untrügliches Zeichen. Fritz hasst Feuerwerke, deshalb bringt Jamie ihn hinunter in den Küchentrakt, um ihm was zu fressen zu geben. Das heißt, sie fangen bald an. Das Feuerwerk wird der Hammer. Von der Terrasse aus hat man eine ganz passable Sicht, aber noch besser sieht man –« Plötzlich kam mir eine Idee. »He, wollt ihr von hier verschwinden?«

»Äh, nein?« Grace schnaubte empört. »Ich werde mir garantiert nicht eine Minute dieser Party entgehen lassen. George Clooney ist auch da, und ich habe ihn noch nicht mal um ein Autogramm gebeten. Ich will eins auf meinen Arm.«

»Quatsch, ich meine doch wegen der besseren Sicht auf das Feuerwerk«, erklärte ich. »Wartet im Gang auf mich, ich bin in einer Minute bei euch. Ich meine es ernst, los, geht schon.«

Ich scheuchte die beiden in Richtung Ausgang und schob mich durchs Gedränge zu Sky, die gebannt Prinz Gustavs Geschichte lauschte, die er ihr und ein paar von seinen Freunden erzählte. Darin ging es darum, wie er einmal ganz ohne Absicht ein Kanu gekauft hatte.

»Prinz Gustav«, unterbrach ich seine Erzählung. »Würde es Euch etwas ausmachen, wenn ich Euch Sky für einen Augenblick entführe? Ich verspreche auch, sie schnellstmöglich wieder zurückzubringen.«

»Wohin gehen wir denn?«, flüsterte Sky, während ich sie fortführte von der Gruppe.

»Das wirst du gleich sehen«, gab ich zurück, als wir uns den anderen näherten, die im Gang auf uns warteten. Nachdem ich hastig Anweisungen erteilt hatte – während Grace Sky mit offenem Mund anstarrte –, führte ich die anderen in Richtung Fahrstuhl. In dem Moment, in dem ich auf den Knopf drücken wollte, kamen Ella und ihre Eltern durch die Schwingtür herein. Sie war wie versteinert, als sie mich sah. Gerade hatte sie ihren Mantel ablegen wollen.

Ich habe keinen blassen Schimmer, ob genau in diesem Moment so was wie der Geist der Weihnacht Besitz von mir ergriff, jedenfalls empfand ich plötzlich Mitleid mit ihr, als sie so allein dastand und uns anstarrte. Ich bat die anderen, zu warten, und ging auf sie zu.

»Oh, Flick, hallo!«, säuselte ihre Mum. Sie lächelte freundlich und fummelte an ihren Ohrringen herum. »Wie wunderschön du aussiehst. Die Farbe deines Kleides passt perfekt zu deinen Haaren. Das ist bestimmt gar nicht so leicht. Wusstest du, dass Ella dieses Jahr zum ersten Mal beim Ball dabei ist? Für uns ist das jedes Jahr ein Pflichttermin!« Sie winkte jemandem zu, der im Durchgang zum Ballsaal stand. »Oh, da ist ja Sally. Ich lasse euch Mädchen dann mal allein, dann könnt ihr in Ruhe plaudern.«

Damit rauschte sie ab und zerrte ihren unwilligen Ehemann hinter sich her.

»Schön, dich zu sehen, Ella«, begann ich zaghaft.

Sie entgegnete nichts.

»Tut mir echt leid, dass wir uns so zerstritten haben«, fuhr ich fort. Ich nahm an, dass ihr Schweigen auf Nervosität hindeutete. »Ich hoffe, wenn die Schule wieder anfängt, renkt sich das alles wieder ein. Ich bin sicher, die anderen wären auch froh darüber. Wir wollen uns das Feuerwerk ansehen. Möchtest du mitkommen?«

Sie sah zu den anderen, die beim Aufzug auf mich warteten. Ihre Miene hellte sich auf, als sie Sky entdeckte, und kurz dachte ich, alles würde gut werden. Doch dann wanderte ihr Blick weiter zu Olly und Grace, und sofort zuckte sie zusammen. Wieder setzte sie ihre unbewegte Miene auf.

»Warum sollte ich es mir ausgerechnet mit euch ansehen wollen?«

»Weil ich zufällig weiß, von wo aus man die beste Sicht hat. Vertrau mir, das wird großartig.«

Spöttisch verzog sie den Mund. »Nein, danke. Ich denke nicht, dass ich den Dienstbotentrakt betreten will. Da geselle ich mich lieber zu den richtigen Gästen. Wir sehen uns in der Schule.«

Damit warf sie dem Portier ihren Mantel zu und stolzierte hoch erhobenen Hauptes den Gang hinunter in Richtung Ballsaal. Dabei überprüfte sie mit der Hand ihre perfekt gestylte Frisur und brachte sie in Position. Ich sah ihr nach, dann scheuchte ich die anderen in den Aufzug und drückte den Knopf für den fünfzehnten Stock.

Grace tätschelte tröstend meinen Arm. »Denk dir nichts, du hast es wenigstens versucht.«

»Weißt du was?«, meinte ich seufzend, als die Türen sich schlossen. »Ich werde das Gefühl nicht los, dass es nach den Ferien in der Schule recht interessant werden könnte.«

KAPITEL 24

Nach unserem ersten großen Streit hatte Cal mich auf dem Dach des Hotels gefunden.

Wir waren damals acht Jahre alt, ich hatte aus Versehen seinen komischen Roboter kaputt gemacht, mit dem er mich hatte spielen lassen. Wochenlang hatte ich nicht in die Nähe von dem Ding kommen dürfen, weil er seine gesamten Ersparnisse dafür ausgegeben hatte. Irgendwann aber hatte ich ihn weichgeklopft, und er lieh ihn mir. Es war am Tag des Weihnachtsballs. Ich hatte so große Angst, nachdem das Malheur passiert war, dass ich das Spielzeug in meinem Zimmer versteckte und dann einfach mit Mum zum Ball ging. Ich hatte es ihm hinterher erzählen wollen. Blöderweise musste er auf dem Weg zum Ball bei mir vorbeigeschaut haben, um ihn sich zu holen. Als er den kaputten Roboter fand, hatte er eine Stinkwut auf mich. Er machte sich sofort auf die Suche nach mir, und als er mich gefunden hatte, schrie er mich an und warf mir alle möglichen Gemeinheiten an den Kopf. Ich war so aufgewühlt, dass ich vom Ball weglieff. In unsere Wohnung wollte ich nicht und irgendwie brauchte ich frische Luft. Also kletterte ich kurzerhand hinaus auf die Feuerleiter im fünfzehnten Stock und stieg von da aus aufs Dach.

Cal fand mich dort nur wenige Minuten später. Vermutlich hatte er bemerkt, dass die Tür zur Feuerleiter offen stand. Jedenfalls kletterte er hinaus und setzte sich neben mich, während ich vor mich hin schniefte. Er sagte keinen Ton, legte nur den Arm um mich, und als das Feuerwerk begann, wurde uns schnell klar, dass wir zufällig den Ort mit der besten Aussicht in der gesamten Stadt gefunden hatten.

»Sieh dir all die Lichter an«, hauchte Grace andächtig. Zu viert standen wir in der Eiseskälte oben auf dem Dach und betrachteten die funkelnde nächtliche Skyline Londons. Ich freute mich insgeheim diebisch, dass sie alle so beeindruckt waren, denn eins will ich euch verraten, es war nicht gerade ein Kinderspiel gewesen, drei Mädchen in Ballkleidern und hohen Absätzen eine enge Feuerleiter hochzubekommen.

Ich war überzeugt, Olly würde von diesem Erlebnis ein Trauma davontragen.

»Das nenne ich mal eine grandiose Aussicht!«, stieß Sky begeistert aus. Sie holte ihr Handy hervor, um das sofort bildlich festzuhalten. »Vor allem, wenn man bedenkt, dass die eigentliche ›Royal Family‹ sich mit einem Balkon im ersten Stock begnügen muss.«

»Wie habt ihr diesen Ort entdeckt?«, fragte Olly.

Ehe ich antworten konnte, drang eine weitere Stimme von der Feuerleiter her zu uns nach oben.

»Sie hat meinen Roboter kaputt gemacht!«

»Cal!«, rief ich und riss den Kopf zu ihm herum. »Du bist auch hier!«

»Klar, na ja, die Preisverleihung war schon zu Ende, da habe ich mich beeilt. Ich wollte das Feuerwerk auf gar keinen Fall verpassen.«

Er erklomm die letzten paar Stufen und sah total schick aus in seinem Smoking. Als er mich angrinste, machte sich ein wohlig warmes Gefühl in mir breit.

»Woher wusstest du, dass wir hier oben sind?«, erkundigte sich Olly. Grace und Sky versuchten indessen, sich in ihren ausladenden Ballkleidern einigermaßen elegant aufs Dach zu setzen, ein echt kniffliges Unterfangen, wie sich herausstellte.

»Als ich Flick unten nirgends finden konnte, überkam mich plötzlich so eine Ahnung.« Er hielt mir seinen Mantel hin, den er sich über den Arm gehängt hatte. »Außerdem dachte ich mir schon, dass du bestimmt ohne Jacke hier hochkommen würdest, an so etwas denkst du nämlich nie. Dabei haben wir Dezember.«

»Danke«, sagte ich kleinlaut, während er mir half, den Mantel um meine Schultern zu legen.

»Wo hast du denn gesteckt?«, wollte Grace wissen.

»Er hat sich einen Preis abgeholt, bei einem wichtigen Schreibwettbewerb für Journalisten«, teilte ich ihr stolz mit.

»Ich habe aber nicht gewonnen«, warf Cal hastig ein, und seine Wangen wurden ganz rot, genau wie seine Nase. »Ich bin Zweiter geworden.«

»Na und?« Ich lächelte. »Dein Artikel war jedenfalls grandios.«

»Die Lorbeeren stehen mir aber nicht allein zu, immerhin warst du diejenige, die mich auf die Idee gebracht hat.«

»Ach, habe ich das?«

»Das weißt du nicht mehr? Als du mir das Interview mit Prinz Gustav madigmachen wolltest, da meintest du, ich solle doch darüber schreiben, dass ich im Hotel allen im Weg bin …«

»Die ganze Sache war Flicks Idee? Wie cool ist das denn!«, begeisterte sich Sky, ehe sie für ein Selfie mit Grace einen Schmollmund zog.

»Wartet.« Ich riss abwehrend die Hände hoch. »Können wir uns jetzt bitte alle mal auf die Tatsache konzentrieren, dass Cal gerade von ›madigmachen‹ gesprochen hat? Ich meine, hallo? Wer sagt denn so was?«

»Wieso, ist doch ein ganz normaler Ausdruck, oder?«

»Ja«, schnaubte ich, »damals im Mittelalter vielleicht.«

»Ich finde die Formulierung ganz lustig«, sprang Olly ihm bei, und Cal nickte ihm anerkennend zu.

»Nur aus Interesse, kommt dieses ›madig‹ eigentlich von ›Maden‹?«, erkundigte Grace sich nachdenklich und verzog dann angewidert das Gesicht.

»Könnt ihr jetzt bitte sofort damit aufhören und nicht von Maden reden?«, lachte Sky. »Das Feuerwerk beginnt jeden Moment, das macht ihr mir mit eurem Gerede über Maden irgendwie madig.«

Alle lachten.

Olly hielt mir die Hand hin, um mir beim Hinsetzen zu helfen, weil so ein Kleid echt viel zu unpraktisch war, wenn man auf Dächern herumklettern wollte. Anschließend bot er Sky und Grace auch noch seine Jacke an.

»Ich habe nachgedacht«, fing Cal an, als er sich auf der anderen Seite neben mich setzte. »Du solltest videobloggen.«

»Seeehr witzig, echt!«

»Nein, das ist mein Ernst!«, versicherte er mir lachend. »Es gibt tatsächlich Menschen, die sich dafür interessieren, was sich hinter den Kulissen eines Hotels wie diesem abspielt. Jetzt, da du dein Wissen in der Hinsicht auf den neusten Stand gebracht hast, gäbe es keine, die geeigneter wäre als du, um Einblicke in dieses Haus zu geben. Aber ohne seine Geheimnisse preiszugeben, versteht sich.«

»Cal, willst du mir damit sagen, dass die Menschen da draußen sich möglicherweise wirklich für mein Leben interessieren?«

»So würde ich es nicht formulieren, nein.« Er grinste spitzbübisch. »Aber es wäre lustig.«

»Das ist eine richtig coole Idee«, meldete Sky sich zu Wort. »Ich würde mir das auf jeden Fall ansehen. Und wenn ich das nächste Mal in der Stadt bin, bekomme ich vielleicht sogar einen kleinen Gastauftritt, wenn ich Glück habe.«

»Tolle Idee!«, stimmte auch Olly zu. »Ich finde, du solltest das machen.«

»Und ich auch!«, fiel Grace mit ein. »Wir können dir beim Sammeln der Ideen helfen, und nach Weihnachten bringen wir das dann gemeinsam an den Start.«

Ich lächelte überglücklich. »Okay. Ich überlege es mir.«

Während wir auf das Feuerwerk warteten, betrachtete ich meine Freunde, die in einer Reihe neben mir saßen: Sky und Grace, die sie total anhimmelte; sie lachten, weil sie sich zusammen unter eine Jacke kuschelten und sie ihnen immer wieder runterrutschte. Und Olly, der die Hände aneinanderrieb, um sie warm zu halten. Seine dunklen Augen funkelten unter den langen Wimpern. Damit hätte er echt in jede Boyband gepasst. Und schließlich Cal, der sich nach hinten gelehnt hatte und sich mit den Ellbogen abstützte. Dann begann er, laut über den blöden Roboter nachzudenken, den ich kaputt gemacht hatte, wobei ihm aber ohnehin keiner zuhörte. Es war schon ein komischer kleiner Haufen, den ich hier oben um mich versammelt hatte.

Olly stupste mich an. »Was ist denn los? Du starrst uns alle mit so einem eigenartigen Gesichtsausdruck an.«

»Ach, nichts«, gab ich rasch zurück. »Es ist nur … Ich glaube, es hat sich einiges verändert in letzter Zeit.«

»Ja, aber manchmal sind Veränderungen gut.« Er nickte und blickte hinaus über die Stadt. »Natürlich nicht immer. Ich denke zum Beispiel, ich spreche für alle hier, wenn ich sage, dass wir dein hochnäsiges Stolzieren echt vermissen. Du solltest wieder damit anfangen.«

Lachend boxte ich ihn gegen den Arm, und er grinste verschmitzt.

Plötzlich war ein lautes Zischen zu hören, dann ein schrilles Pfeifen. Feuerwerkskörper schossen senkrecht nach oben in die Luft und tauchten den nächtlichen Himmel unvermittelt in helles Licht.

»Genau, wie ich es in meinem Artikel geschrieben habe, Flick«, sprach Cal mit sanfter Stimme zu mir. Wir saßen schweigend da, gefesselt von dem Schauspiel über den Dächern. »Zu Hause ist es am schönsten, und ganz besonders in deinem Zuhause.«

»Weißt du was, Cal Weston«, ich lächelte, während Millionen winziger Funken in den verschiedensten Farben über unseren Köpfen explodierten, »ausnahmsweise muss ich dir einmal recht geben.«

Danksagung

Ein riesiges Dankeschön meiner wunderbaren Freundin und Agentin, Lauren Gardner, die immer für mich da ist. Ich bin dir und dem Team bei Bell Lomax Moreton so unendlich dankbar, denn ohne euch wäre das alles gar nicht möglich gewesen.

Ich bin sehr stolz, zum Egmont-Team zu gehören. Ein besonderes Dankeschön geht an Lindsey, Rachel, Liz, Ali und Emily; was habe ich für ein Glück, euch an meiner Seite zu haben. Danke auch Alice, Rhiannon, Emily und Siobhan, die mich stets besser aussehen lassen als in echt. Im Ernst, Mädels, ihr seid ein echtes Team.

Meiner Familie will ich danken, weil sie mich immer unterstützt und anfeuert. Ihr seid die Besten, und ich werde immer zu euch aufblicken. Natürlich gilt das auch für die Labradore.

Meinem perfekten kleinen Neffen Sam und den supersüßen Neuzugängen in unserer Familie, Luke und Lily – ihr bringt so viel Freude und Lachen in unser Leben. Ich habe Hunderte von Videos von euch allen, damit ich euch blamieren kann, wenn ihr einmal größer seid. Muahahahaha.

Ein riesiges Dankeschön meinen genialen Freunden, weil ihr mir fortwährend eine Inspiration seid. Starke Freundschaften sind in allen meinen Büchern Thema. Hey, man sagt doch, man solle nur über das schreiben, womit man sich auch auskennt. Ohne euch Loser wäre das alles doch gar nicht möglich gewesen. Ihr wisst, wer ihr seid.

Danke meinem genialen Team bei Stir Coffee in Brixton. Ohne euren Kaffee könnte ich nicht schreiben.

Die Idee zu diesem Buch kam mir, als ich im The Ritz in London übernachtete – ich war voller Ehrfurcht, als ich das sah, es war magisch. Mein besonderer Dank gilt dem tollen Team dort – Sie haben mich zu dieser Reihe inspiriert.

Mein größter Dank gebührt jedoch allen meinen Leserinnen. Ohne euch könnte ich nicht Tag für Tag das tun, was mir am meisten Spaß macht. Ich schulde euch was. Wie immer hoffe ich, dass dieses Buch euch ein Lächeln auf die Lippen zaubert.

Über die Autorin

Katy Birchall legte mit »Plötzlich It-Girl« ein herausragendes Debüt hin. Sie arbeitet außerdem als Journalistin beim Country Life Magazin und hat 2011 den Theatre Festival Award als vielversprechendste neue Autorin gewonnen. Ihre drei Labradore bezeichnet Katy als die Liebe ihres Lebens, und sie hegt eine geheime Leidenschaft für Marvel-Comics, Jane Austen und Zweite-Weltkriegs-Spionage-Biografien. Mit ihrem (augenscheinlich) viel cooleren und spaßigeren Mitbewohner wohnt Katy in Brixton, England.

Ein Interview mit der Autorin von „Mein Leben im Hotel Royal“ Katy Birchall

Mit welcher deiner Heldinnen hast du mehr gemeinsam – Anna von „Plötzlich It-Girl“ oder Flick von „Mein Leben im Hotel Royal“?

Wenn man die vielen peinlichen Situationen bedenkt, in die Anna sich ständig hineinmanövriert, dann definitiv Anna.
Ich habe ähnliche Gedankengänge und bin mit einem ähnlich geringen Selbstbewusstsein aufgewachsen. Ständig habe ich mir wegen jeder Kleinigkeit Sorgen gemacht. Annas Freundschaft mit Jess, die sie ja ständig stichelt, ist ähnlich zu der Beziehung, die ich mit meinen besten Freunden habe - wir zeigen unsere Zuneigung, indem wir uns übereinander lustig machen. Da gibt's keine sentimentale Gefühlsduselei.

Kennst du irgendeinen Hund, der so stylisch ist wie Fritz?

Leider kenne ich keine Hunde, die solch eine ausgefallene Gaderobe besitzen. ABER ich kenne einige verwöhnte Köter. Ich habe vor Kurzem auf ein paar Hunde aufgepasst, die es nicht nur gewohnt waren, mit ihrem

Besitzer in einem Bett zu schlafen, sondern auch das extravaganteste Futter bekamen, das ich jemals gesehen habe. Einmal gab's zum Beispiel Hühnerpastete mit braunem Reis und Gartengemüse. Aber sie sind auch ziemlich niedlich, sie haben es verdient.
Meine wunderschönen Labradore bekommen keine Luxusbehandlung, wenn es ums Schlafen und Essen geht, aber sie sind die verwöhntesten Hunde, was die Liebe betrifft (im Ernst, bei meinen Freunden werde ich vielleicht nicht sentimental, aber wenn es um meine Hunde geht, läuft mein Herz über).

Hattest du schon mal ein peinliches Erlebnis mit einem Selfiestick?

Ich besitze tatsächlich gar keinen Selfiestick, also nein, aber ich wäre bestimmt ein reines Naturtalent im Umgang damit. Die sehen sehr kompliziert aus in der Bedienung, und wenn man bedenkt, dass ich es auf einem Tennisplatz letztens geschafft habe, mir selbst mit dem Schläger ins Gesicht zu hauen, als ich versucht habe, einen Ball anzunehmen, sollte ich vermutlich jedes Zusammentreffen mit noch technischeren Vorrichtungen vermeiden.

Woher kam die Inspiration zu „Mein Leben im Hotel Royal“?

Altehrwürdige Hotels haben mich schon immer fasziniert, und das Hotel Royal ist eigentlich ein Mix aus Rechercheergebnissen zu meinen Hotel-Favoriten. Aber die erste Idee zu dem Buch hatte ich, als das *Country Life Magazin* mich gebeten hat, einen Artikel über das Ritz London zu schreiben. Ich blieb eine Nacht in dem Hotel, traf die Angestellten und konnte miterleben, was dort hinter den Kulissen vor sich ging. Das war eine unglaubliche Erfahrung – das Team arbeitet so hart, und das Besondere ist, dass die Gäste es nicht bemerken. Alles ist perfekt zu jeder Zeit, ohne dass jemand danach fragen muss.

Wie in vielen alten Hotels gibt es ein richtiges Labyrinth von Fluren unter dem Hotel, und einige der Angestellten arbeiteten schon Jahre für das Ritz, so wie auch ihre Eltern und Geschwister. Das ist wie bei Cal. Einige von ihnen erzählten mir, dass sie schon als Kinder ihren Eltern am Wochenende geholfen hätten. Es ist wirklich wie eine wunderbare große Familie dort.

Da kam mir der Gedanke, wie es wohl wäre, an so einem schönen, magischen und unterhaltsamen Ort wie einem historischen Hotel in London aufzuwachsen. Und so war „Mein Leben im Hotel Royal" geboren …

Was wartet noch auf Flick?

Viel Spaß und noch mehr glamouröse und freche Abenteuer im Hotel Royal - aber ihr müsst das zweite Buch lesen, um mehr herauszufinden!

Plötzlich Superstar

Mein Leben versinkt im Chaos! Mit dem neuen Freund meiner Mutter sind wir in ein altes Haus gezogen, das beinahe auseinanderfällt und kein WLAN hat (der Horror!). Um über die Trennung von Papa hinwegzukommen, schreibe ich (ziemlich durchgeknallte) Songs. Nie hätte ich gedacht, dass sich jemand außer meiner Familie dafür interessieren würde. Bis eines Tages ein Video von mir viral geht, auf dem ich Gitarre spiele und singe ...

Band 1: Katies Song
ISBN 978-3-505-14114-0

Nach dem Superhit »So bin ich nun mal«, der mich auf YouTube über Nacht berühmt gemacht hat, soll ich bei meinem Plattenlabel neue Songs für mein erstes Album aufnehmen. SUPERCOOL! Bloß: Mir fällt absolut nichts ein. Keine einzige Zeile! Was vielleicht nicht so schlimm wäre, würde nicht auch mein erstes Konzert vor der Tür stehen – Katie live vor 250 Leuten! Das ist ein Witz, oder?

Band 2: Katie live
ISBN 978-3-505-14115-7

Marianne Levy
Plötzlich Superstar
Je ca. 360 Seiten, broschiert mit Klappe
€ 14,00 [D]

www.schneiderbuch.de

Schneiderbuch
EGMONT

Casting Queen

Seit mich eine Schauspielagentin entdeckt hat, träume ich von der Oscar-Verleihung. Leider lässt die erste Filmrolle noch auf sich warten. Mal ehrlich, wie viele Absagen kann man sich beim Vorsprechen für die Rolle »Totes Mädchen« einfangen, ohne die Hoffnung auf DIE EINE große Rolle aufzugeben? Zum Glück ist da noch Archie, der wahnsinnig gut aussehende Typ in meiner Theatergruppe. Nur blöd, dass ich immer knallrot werde, wenn er mich nur ansieht ... Hilfe!

Band 1: Voll von der Rolle
ISBN 978-3-505-14036-5

Wahnsinn – ich habe eine Filmrolle bekommen! Meine erste Filmrolle! Ich schwebe auf Wolke 7 – jedenfalls bis sich herausstellt, dass »Straker« ein Weltuntergangsfilm ist, bei dem SO viel schiefläuft, dass sich nach kurzer Zeit die gesamte Crew wünscht, die Welt möge WIRKLICH untergehen. Die gute Nachricht ist, dass Archie und ich endlich ein Paar sind ...

Band 2: Klappe, die zweite
ISBN 978-3-505-14092-1

Mit knalligem Buchschnitt!

Perdita Cargill, Honor Cargill
Casting-Queen
Je ca. 350 Seiten, broschiert mit Klappe
€ 15,00 [D]